catch

catch your eyes；catch your heart；catch your mind……

張洪量作品 10 / 文字作品 1

黃書
YELLOW
BOOK

張洪量————著

part 3
──────基礎建設實例

part 4
──────結語

推薦序

投注大量時間，思考生命裡的嚴肅事情

滾石集團總經理 段鍾潭

我想，在洪量的心裡，和我的合作，在意願上常常是：「雖不理想但可接受」。在這種不得已的心情下，我們也合作了很多年，也合作了一些事。看完這本書的一部分，回想起來，我覺得他已經很看得起我了。

和洪量碰面的時候，我常常覺得我沒準備好，他會問我一些我沒想過的題目，或者我其實想迴避的題目。所以我很少去找他。不過我覺得他滿喜歡找我聊聊。

雖然我也喜歡講些偉大的夢想或一生的心願，可是回顧我的過去，不過是很多很多瑣事組合成的求生記。我喜歡洪量花很多很多時間思考生命裡或音樂裡一些嚴肅的事。他真的是這麼做的。比如他當然是個不錯的牙醫（張震嶽是他的病人，也這麼說），可是他讓我覺得他看牙的時候，也還在思考。

這兩年，我們合作了「滾石30」的演唱會，他很開心。因為莫文蔚很忙不能參加，我們每一場都為「廣島之戀」的女聲演出煩惱。最後一場在廣州時，洪量做了一個大膽的嘗試，讓全場兩萬個女生和他合唱，大成功！全場都 High 翻了！當晚慶功宴時，我問洪量，爽吧！洪量跟我說：「我要出書了，可不可以寫篇文章？」是以為記。

推薦序

寫序對我這個長年從事學術研究的人並非不尋常之事，
然而為自己的親弟弟所撰寫之書寫序，這就有了一絲弔
詭的複雜性。做為洪量的哥哥，和他一起成長，我比一
般人更加親近洪量，自然也就更了解其人其書。但是也
正因為這份兄弟親情有可能使我降低了做為學者應該具
備的客觀性，結果可能導致我對其人／書的內容評價產
生主觀性的偏差。這個矛盾對我這個寫序的人來說是個
難題。我沒有解決之道，只能讓接下來的序文替我回
答。

如果可以用一句話來形容我對洪量的感覺，大概「我多
麼羨慕你」是頗為適切的。從洪量出生的那個晚上，即
使我當時也只是個說大不大的孩子，我就從父母的臉上
看到他們的得意與滿足。洪量凝聚了父母所有的優點：
英俊美好的臉龐，天生的聰明慧黠，結實而強壯的高挑
體格，多才多藝的複合能力，而這些優點洪量都能善加
利用發揮，讓他在各方面成為許多人讚嘆佩服的偶像。
我雖是洪量的兄長，但長久以來我也一直是他的「祕密
仰慕者」。洪量的音樂創作、電影作品、牙醫技術、表
演天才、見識見解、人生體驗，在在都是如此的吸引
人，也令我這個平凡的哥哥羨慕不已。如今，洪量多彩
多姿的人生又增添了一抹顏色，他思索多年而寫成的
《黃書》終於要出版了。在洪量眾多的頭銜之外，他又
為自己贏得了「作家」這個奪目的光環。我相信所有認

國立政治大學英文系教授　張上冠

黃色意識

識洪量的人都會拭目以待《黃書》所帶來的震撼。

《黃書》每個篇章的初稿我很早就有機會讀到。書的論述及觀點，縱使做為文化研究者的我並不完全同意，但是我可以深刻地體會作者的立場和出發點。呼應洪量以「黃」貫穿全書的創意作法，我稱《黃書》的意識型態是一種「黃色意識」的展現。這種意識是強烈而主觀的、煽動且有感染性的、挑釁但也具包容性的、憤怒但也有所自制的，意識流動之處莫不引起波瀾千頃，讓人無法淡然面對，反而必須正視它所挑起的各種問題。洪量雖然不是一位科班出身的歷史學家、人類學家、經濟學家、語言學家、政治學家、宗教家、或社會學家，但憑著他的聰穎好學以及孜孜不倦的深度閱讀大量的文獻、檔案、資料、書籍，再加上他愛思辨的天性，洪量做為一位「學術庶民」仍在《黃書》的字裡行間表現一定程度的真知灼見。當然，嚴格來說，《黃書》不是一本學術專書，但洪量在書中所綻放的知識火花還是非常值得學術圈內/外之人肯定的。

以一種反抗或對抗之姿來反制並揭發白種人的眾多罪行過錯，洪量所展現的「黃色意識」當然有其一定的功效。不過任何意識都有其不識之處，這是每個有限存有者必須要有的自省。蘇格拉底的名言「我知道我有所不知」提醒我們一個人的知識總是不足，只有不斷求知才能讓我們探尋真理之道可能何在。因此，我很好奇的想知道，如果有一位白種人寫了一本《白書》，或是任何一位有色人種寫了一本和其膚色相應的（色）書，他/她會如何撰述？而一位混血的「雜種」又該如何去自我表達呢？換句話說，真有單純且全無雜質的顏色存在嗎？「黃色意識」難道真是純然黃色的？而意識若能染色，意識不能以各種顏色來進行不同的運作嗎？

美國十九世紀偉大的作家梅爾維爾在他的名作《白鯨記》的第四十二章〈白鯨之白〉中提到白色的各種聯想。他說白色是「顏色的缺乏同時也是所有顏色的混合」，不論是從自然、歷史、或是形上學來看，白色既是神聖善良的也是恐怖邪惡的象徵。梅爾維爾是位白人，其「白色意識」理應隱藏所有白人潛在的惡質，但是他的反省及自我詰難卻讓他得以超脫意識慘白的深淵以及暗黑的宿命。我學到的啟示是：人沒有固著不變的本質，而是不斷在時空裡流動變

化的。當一個人意識到自身的缺陷與行為的不當而願意改變時，這個意識就蘊涵了新生命的契機。沒有哪個人種必須在命定主義前屈膝服從，因為革命本來就應該如天體的運轉那麼自然。

《黃書》非常特別；洪量非常特別。我只希望我這平凡的序文能夠為那些意欲享受這雙份特別的讀者提供簡單的調味，讓大家更能深入欣賞洪量其人其書。

自序

懷胎二十年，《黃書》誕生始末

從小我就討厭一些人強凌弱大欺小，尤其瞧不起在旁搖旗吶喊歌功頌德仗勢欺人的小嘍囉，只要看到這種人，我一定與他們針鋒相對，鬥爭到底，相對的，只要看到那些為了養家為了生存而卑微活著的人，每當他們放棄了所有尊嚴還是只能卑躬曲膝的嚎啕大哭時，我的心中也在為他們流淚，恨不得能為他們馬上打倒所有剝削壓榨他們的惡勢力。這樣的我，在一九九一年，為了錄製新專輯，在紐約待了一年。

停留紐約期間，各色人種給我很大的衝擊，我第一次深刻地感受到黃種人在這個種族混雜的城市裡，隱藏著什麼樣的自卑情結，白種人又是如何主控著資本主義的利益和優勢。種族的問題激發了我對人種的好奇和追本溯源。

受到這樣的影響，我開始涉獵有關人類學、種族歧視論的書籍，我體會到國家的界線是不明確的、可大可小，真正的界線是膚色，因為文化可以相融、語言可以改變，膚色卻是無法改變的。因此，《有種》這張專輯當時是完全站在黃種人的角度來看種族的問題。在我的腦中也形成了某種思想，只有當黃種人在世界上強大後，產生制衡的力量，這個世界才會有真正的公平和正義。

紐約是聯合國、華爾街的所在地，從華爾街年薪千萬美元的有錢人到聯合國高高在上的官員，錢權就是高人一等的通行證，但是不管你是一無所有的窮人還是有權有勢的大官，有一種與個人的財勢完全無關的種族歧視，在這人種大拼盤的紐約卻是無所不在，西方白人之外的各種人，每天都要面對各式各樣顯性的或是隱性的歧視。在紐約這個只屬於少數有錢有權的西方白人才能耀武揚威的地方，一張與之針鋒相對的概念唱片開始醞釀。體會到西方白種人整體上對其他種族的壓迫，以及認知到人類在可見的未來，似乎擺脫不了國籍甚至民族的易變性以及膚色種族的不可自然改變性，於是一九九二年我創作了一整張都在談黃種人命運未來概念的專輯叫《有種》。但是一張只有十首歌詞的專輯表達不了我心中的千言萬語，於是萌生了寫書的念頭，在一九九二年《有種》專輯完成的同時，書的概念也全部完成，只是怎麼都沒想到，二十年後，當初與《有種》專輯一起懷胎的《黃書》才誕生。

《黃書》的骨架在一九九二年構思後，因一些契機慢慢有了血肉，一九九二又去了當時黃白人種混居的新疆拍了半年的電影，一九九五年我到紐約大學（NYU）讀電影製作與導演碩士，在二〇〇〇年畢業前在紐約的五年間，對白人的種族歧視及資本主義，以及美式民主自由人權，有了更深的研究。一九九八年，俄國正處於蘇聯解體的經濟休克期，我在西伯利亞的貝加爾湖旁也正思考著共產主義在俄國的成敗，坐著西伯利亞鐵路三天三夜到了莫斯科，沿路看到的都是殘破不堪及小民們困難謀生的窘象，甚至曾是共產主義世界首都的莫斯科也不例外。一九九八到二〇〇〇則在東京前後住了半年。最早在一九九〇年去了當時連一條像樣高速公路都沒有的貧窮落後的北京，之後二〇〇六到二〇〇七在北京住了一年，二〇〇四開始斷斷續續住在英殖民後期的香港至今。從一九九二到現在這二十年間更是往往返返長期住在美國，加上二〇〇二年開始，我不斷前往中國大陸各城市參加演唱會，累計至今不下一百次。對於世界黃白人種的市井小民的痛苦與悲哀看在眼裡，有更深的認識與了解，內心總是在不停的同情。在這二十幾年間，看到白種人最強大的國家美國耀武揚威資本軍事霸權主義背後的黑暗面，也看到黃種人現在最強大的國家中國崛起的辛酸過程，以及西方的共產主義與中華傳統文化的衝突與融合。這些見聞與經歷都是寫作

此書的養分。從《有種》到《黃書》的二十年間，雖然概念初衷完全相同，但是從完全以黃種人來看世界增加了從全人類來看黃種人的部分。

這二十年間對歐裔白種人習性的了解，除了到各地長期居住旅行，對各地白人從表面膚淺的好萊塢式的浮面了解，深入到後來跟現在的立陶宛籍妻子十年的朝夕相處，共育黃白混血的一兒一女，深入歐洲親朋好友家中，對白人的了解相信是遠超過中國民國時期搞五四運動或是日本明治維新那些對西方資本主義或是共產主義一知半解的洋買辦們。因為白人今日之所以為白人，西方今日之所以為西方，為何今日會有想法能力歧視別人，要了解緣由，並不是只靠念幾本洋書，留學放洋個幾年，交幾個洋朋友，或是跟洋人一起工作就可以了解的，因為如果只有客套的相處，沒有沒完沒了的生活文化的衝突，沒有愛恨情仇的交互激化，永遠無法觸及人性最深處的核心價值，人的平等不在於表面客套的尊重，只有當人能夠坦然的說出對別人真正內心的看法時，並能夠尊重平視或是無視別人對自己各式各樣難堪或是歧視時。

如果真如占領華爾街運動所言，有99%的美國人是被極少數1%的美國人所壓榨，那麼全世界就有99%的白人被極少數1%的白人所壓榨，還有100%的非白人被歧視，我的立陶宛籍妻子父母一家人就是那典型被極少數1%的白人壓迫的99%的白人。他們一生像工蟻一樣辛苦工作，作了幾十年，蘇聯解體後，所有積蓄化為烏有，年紀已大但一切都須從頭再來，妻子的父親是波蘭裔，母親是最純的東正教古俄裔，他們都不是俄國人，也沒在俄國住過，但自有記憶以來祖先在波羅的海東側住了幾百年，因為妻母說俄語，再加上蘇聯期在立陶宛俄語是強制性的國語，雖然妻父的母語是波蘭語，但俄語還是成了妻子的母語，雖然她青少年時期蘇聯解體，在校成績優異，可是在立陶宛壓迫俄裔政策下，仍必須從頭學立陶宛語才得以順利考入大學。美國1%的白人用軍事力經濟力壓迫全世界的人，他們不只壓迫了異族的中國，他們也在壓迫同為白人的立陶宛人，立陶宛人在政治上卻也壓迫同為立陶宛土生土長俄裔吾妻的家庭。這就是世界的現況，這一切壓迫來自於金字塔現在的頂端也就是美國總統——外黑內白的歐巴馬，一個還是在執行那1%白人願望，亦即

所謂美國利益的美國有史以來唯一的「黑人總統」。

吾妻家庭及親朋好友都是白人，雖然不是那高高在上1%有錢有勢的西方白人，但帶著蘇聯期而來對黃種人的歧視，與我接觸之初，雖女兒嫁給了我，已結為親家，但也是難以水乳交融，更別說街坊鄰居的閒言閒語了。無錢無權無勢受盡那1%白人歧視壓迫的白人尚且如此歧視黃種人，更別提那些1%的精英白人心中在想些什麼了。

只要看看一些來自西方的暢銷書，就不難了解絕大多數西方白人，不管是有錢有勢的少數西方白人，或是那99%同樣也是被壓榨的多數西方白人，都還活在少數西方白人「精英」創造的盲點中無法自拔。例如《世界是平的》一書中一廂情願的全球化推土機；《第三波》系列中一廂情願預測的世界未來；甚至連看似客觀的《槍炮、病菌與鋼鐵》也是不自覺的為西方侵略者找一些似是而非殖民殺戮的理由；《黃書》就是要向他們下戰帖，要與這些「西方白人觀點」針鋒相對。

以一個做了二十多年唱片歌手的身分，寫的歌又多半是情歌，如此薄弱的財經國際政治背景，再加上開業牙醫和電影導演碩士等風馬牛沒交集的職業和教育，卻要寫一本嚴肅的書挑戰幾百年來由多少哈佛、耶魯、牛津、經濟、政治、博士、教授，多少諾貝爾、奧斯卡、普立茲形成的西方白人觀點（現在甚至是大部分人類的觀點），挑戰完全以西方白人觀點看世界的所謂「普世價值」的各種系統制度，不只唱反調還要明確指出他們的盲點，還要提出可能的人類未來方向及達到目標的作法，不只是愚公移山，根本是螳臂擋車。

但是作為一個追求美好世界的人類，作為一個看透大部分西方白人種族優越觀點錯誤的少數黃種人，作為一個接觸西方白人多於絕大多數黃種人祖先的現代的黃種人，看著地球的現況，必須站出來，用事實指出絕大部分西方白人或是被奴化同化非西方白人所看不到的方向及盲點，我不願意看著正在復興的黃種漢字文明，跟隨著西方過去幾百年和人類過去幾千幾萬年的老路複製，失去了建立真正文明造福全人類的歷史契機。這就是我不能不寫《黃書》的理由。

如果只看《黃書》其中幾章或斷章取義，很容易會以為《黃書》只是反西方、反白人、反G8的書，但其實不僅如此，《黃書》真正要反對的正是任何不利全人類的系統作法，西方G8白人就是現在地球上最大的剝削群體，最大的亂源，所以《黃書》不只是反西方、反白人、反G8，只要是過去已有惡果產生的都要反對，《黃書》也反對漢字文化自我為中心的黃種人，只要是惡人惡法，《黃書》都反對。《黃書》打擊東、西方許多文明產物，是為全人類（包括G8西方各國）能夠心安理得，各自過各自的美好生活。希望在我的有生之年，不再看到，人與人之間的迫害，種族與民族之間的歧視。不再看到，有人為了苟活的生存而作踐自己，為了得到卑微的尊嚴而流血流淚。

從醫學、音樂到電影，從行醫生涯一刀一線實實在在的切開縫合人體，到一個一個組合出來感動人心的音樂或是影像，我對人類放棄自我利益，放棄自私自利的天性從不抱幻想或樂觀，人體所構成的人性，在人體未做改造前，始終都有其必然性規律性與劣根性，就像目前人類創造的所有已知文明一樣。人生來的細胞、荷爾蒙及種種結構，必須改造才能超過人性的侷限性，才能超過現有文明的侷限性。

我相信，地球不該被全球化的推土機抹平，最該被抹平的是西方寄生蟲的推土機。

我相信，人類這幾百年來的不平等，不是因為有些人比較不文明，而是因為有些文明人比較像畜生。

我相信，市場經濟不是由無形之手自行調節，資本主義制度下少數人剝削自己人及所有人類靠的是看得見的手，這看似合法的手，必須用新的制度將其斬斷，使其無法上下其手。

我相信，對世界和平最大的威脅不是邪惡軸心國或是恐怖分子，西方國家自私自利才是現在對世界和平最大的威脅。

我相信天賦人權，但是要人自己去爭取，人生而自由的只是神話，

就是那些吹捧人權自由的國家，為了自己更大的自由去剝奪別人的自由，為了自己更大的人權去踐踏別人的人權，不管他人之死只管自己的活。

我相信，人類現有的文明都有劣根性，通通都該被淘汰，但在過渡到新文明前，必須先建立有益全人類的「新黃種人史觀」，黃白人種的核心力量須先達成平衡，未來人類將會建立以人性為本但又超越人性侷限的極多元新文明。

引子　這個地球自從有人類以來直到今日，不管是已知文明的哪一種，不管是什麼人種，不管是什麼朝代，從夏、商、周到元、明、清，從成吉思汗到昭和天皇，從羅馬帝國到大英帝國，從號稱共產主義的俄國到號稱資本主義的美國，從班圖族到烏干達，從印加帝國到毛利人……每一代、每一個民族，都用相同的手段侵略別的民族，或是被別的民族侵略，這種千古不易的蠻幹之道，有終結的一天嗎？

如果有一天地球上沒有了人類，或是人類已成為其他變種合成物奴役的次級生物，那麼人類之間所有的爭鬥、所有創造的文明，將變得沒有任何意義。

幹道——舊文明蠻幹之道

石器時代用牙齒雙手爭　出發點很單純
鐵器時代拿刀斧握劍砍　本性不改鬥狠
工業時代架大砲扛槍打　劣根依然很深
畢竟人類還是動物的一種　下意識惡性的衝動

人種的互鬥　民族的爭雄　興衰交替　征戰無窮
食物鏈次序　生態的平衡　何曾真正和平共存
膚色的歧視　信仰的迫害　此起彼落紓解不通
當權的先後　巔峰期不同　出頭天忘落難時候

黃種子

原始社會奪取首領的地位　只比誰有大力氣
奴隸社會要做天下的共主　視人命如螻蟻
封建社會開疆拓土的明君　把侵略當作遊戲
難免人類屬於野獸的一群　直覺上反射的暴力

贏者的自私　弱者的無奈　不管制度意識型態
角色常互換　心態卻一樣　一代受害又有下一代
文化的消長　語言的淘汰　隨著稱皇帝的國家改
分贓的多寡　搜括的輕重　只有勝者有權力安排

弱肉強食　霸道的幹道　何時關閉換作小徑繞
物競天擇　生存的原理　轉移重心成為好動機
優勝劣敗　自私的法則　修改目的扶持弱兄弟
以大吃小　併吞的傳統　徹底打破建立新規矩

一個人的徹悟　是群體的變質　能產生歷史性的革命
雖然即使造成了世界大運動　宇宙仍如老僧入定
還是盡己之能　改良天賜的實行已久的幹道
縱使我們只是浩瀚宇宙中　沉沉浮浮微末的灰礫

原始語言

哺乳類　脊椎動物　達爾文進化論突變　黃河土壤　石器時代　山頂
洞人　基因染色體　孟德爾遺傳定律　原始部落　青春發動期　接合
孢子酵母　近親交配　造木成舟　漁獵社會　內收外展肌　下顎齒槽
突起　人面獸心　神經中樞　發育辨別能力　畏天　臭氧層完整　曝
日取暖避寒　鑽木取火　驅蟲　飛禽走獸　球莖營養　裸子羊齒蕨類
植物　片麻岩　新生代地質斷層　震央華北　火山爆發　躲避熔漿
骨肉痙攣　血脈欲斷　洪水氾濫　浩劫後餘生　潛意識留在種子內
胚胎發芽　按照祖先同步驟　生理時鐘　世代交替　黃種人　香火
你我

這個種有種

這個種有種　遺傳來的勇　追究根植處　黃土撒的種

紋身圖騰龍　野性烙骨中　黃河血脈流　蒙古樣面孔
造化基因裡　膚色染色體　細胞分裂後　繁殖在各地
只要一息尚存　靠著體內餘溫　原始的本性　隨時會覺醒
破天荒的力　泉湧自古井　深處藏性格　祖先早賦予
寬長生命線　躍然手掌心　五內焚火苗　香煙傳萬里
怒髮的祕方　曾經幾度亡　鳳凰浴火生　春風吹又昌
回想秦漢時　正氣初成長　徭役雖不堪　膽氣更加放
沉寂太久後　靜脈強曲張　血球跳戰舞　瞳孔放大浪
釋放腎上皮質素　激流排出汗腺孔　筋脈導火線　爆炸舊暗傷
潛能載滿腔　臍帶再連上　灌溉新生命　族譜延綿長
喊聲震破喉嚨　從低處吼出高亢　造化本有種　重整這一黨

黃種子10010011──合成變種革命

人鬥人的世界非常的苦　電腦管人的世界苦得麻木
自動開機解碼多媒體　觸控螢幕語音合成輸出新指令　思考已有第
五代電腦代替　唯一的語言是10 01 00 11　左半球是人腦　右
半球是終端機　只有統治者才有計算全部程式的能力　記憶容量遠
遠超過光學磁碟機　地球的突變新種　誕生在二十一世紀　自從電
腦政變成功後　再也沒有革命　只有一個統治者　不同人種使用一
樣和平共存的軟體　不需要交談　所有的決定已經運算完畢　不需
要溝通　所有的消息已經掃描完畢　無性生殖是電腦種族大量繁衍
的武器　不用再爭辯使用何種文字　不用再討論使用何種語言　只
有磁帶傳送的聲音才來得及傳送電腦種族心中大量的感情及資訊
電腦革命後　沒有種　沒有人種

胡想十八次

第一次　我笑想　你不加修飾粗衣打扮初見的模樣
帶來的卻是我心中一幕璀璨壯麗的煙火景觀和腦海無法銷蝕的印象
第二次　我幻想　你那拒人千里之外的神情　其實是欲迎還拒的念
頭
無緣無故的皺眉是有跡可循的假裝　對未知人事的探索
第三次　我暗想　高貴如古董一般的姿態　拘謹慎言的清秀外在
也許要的是我這般信口開河晃蕩一生的情懷
第四次　我夢想　空中的幸福幻影終有一日縈實具體　咀嚼真真確

確生活心境

開拓勾繪出懂事以來日夜盼望的良辰美景

第五次　我怯想　萬一我莽撞的行徑　對你而言是一種沒來由的衝動

或是你早已閱盡人生的滄桑　萬念俱灰之餘裝作無知不懂

第六次　我奇想　也許我對你的曖昧情緒　誇大為波濤洶湧的激情光芒

就能挑動你已淪陷於迂腐道德價值觀的心腸

第七次　我假想　在我千災百難的追求後　你會如何對我溫柔到老

鑄造我們歷經坎坷的一些信物　互擊出醉時酣唱的真摯曲調

第八次　我構想　安排一些零星的夜宴　招待強度的酸甜味道讓你嚐得感動

暴露你飢渴已久的人性脆弱部分　希望你自動自發的停止踩躪自己的青春

第九次　我漫想　在你東西南北　上下左右　前前後後　宇宙天地

布下我的觸覺耳目　打探不為人知的潛意識及心事祕密

第十次　我妄想　如影隨形你的一生　附著在你情塞頓開的靈魂

把你種在我赤子之心的深處　以免世間的俗人俗物將你從我胸中拔出

第十一次　我設想　躲在意志堅定的表面　若有一絲同情的熱淚目光

我就能用它來打造開你心靈的鑰匙　溜入那導致我心枯竭的地方

第十二次　我誤想　我終於成為你無法割捨的牽掛　從此沒有獨處的春夏秋冬

縱然受著一些親朋好友的取笑挪揄　奮不顧身點燃這堆危險的火種

第十三次　我猜想　只要這個忠心不二　那個一往情深　不會再有什麼變卦

海枯石爛直到永遠　一路盡是花草扶疏的美妙流水年華

第十四次　我癡想　你會每日好好玩味　那些我反覆詠嘆有關你的詩詞

細細揣摩我風塵僕僕的身影走後所留下的歡喜悲傷哀愁

第十五次　我默想　失敗的故事總有些捕風追影牽強附會的解釋

莫名其妙不知所以然的理由　還有一些不知何去何從的預測認知

第十六次　我細想　過程中間的一點一滴似乎有些言行不一互相矛

盾的地方

我無謂的敷衍推託之間　應該得到一些蛛絲馬跡和你的躲藏

第十七次　我冥想　參悟自己莫須有的強烈動機　是解除痛苦的不
二法門經驗

調整固定已久的雙眼焦距　才能看到空曠的遠方有一片綠地藍天

第十八次　我想想　玄而又玄　空而又空　可道又不可道　可名又
不可名

胡想十八次等於是零

作者註：以上文字創作發表於一九九二年張洪量《有種》專輯（滾石唱片發行），為《黃
書》概念的起源。

1 了解自己

「黃」這個字讓你想到什麼？黃色電影？黃色笑話？掃黃？如果你會將「黃」聯想成色情的意思，你一定是近代不了解自己文字與文化的不肖炎黃子孫。因為在這世界上沒有比炎黃子孫更歧視「黃」這個字的黃種人，無論是朝、韓、日、越等漢字文化圈的黃種人，或是其他各種黑、白、棕人類，從未聽說過有如此荒謬的事，一方面自稱是黃帝子孫，一方面又將傳統尊貴的「黃」弄得如此色情淫穢。

黃色，是黃種人的膚色，在黃種人過去的眾多朝代裡也被尊為最高貴之正色。漢字中的黃河、黃山、黃海、黃帝，無不以黃字命名。八國聯軍之前，在整個黃種人的世界，沒有任何一本書，沒有任何一篇文字，以黃為賤，以黃為齷齪的；不但不以之為賤，甚至象徵著至高無上的尊貴，例如只有皇帝可用黃色的龍袍，黃色乃是皇帝的專用色。

近代炎黃子孫在八國聯軍後喪失了民族自尊，民國時期的洋買辦將許多英文字胡亂地翻成漢字，從此開始出現了許多以汙衊黃字為樂的詞，他們用黃字創造了許多全新的辱黃字，前無古人，辱人辱己。觀諸日韓生活及書中使用的漢字，「黃」皆無不雅之意，辱黃顯然是不肖炎黃子孫的專利。西化，也等於同時引進了辱黃字的源

黃帝

頭，最終導致了國族分裂人格，在自辱的黃字中展露無遺。

本來侮辱黃字也沒什麼了不起，例如「白癡」的說法，並不會改變白種人在黃種人心中的印象。但現在不是黃種人的大唐盛世，黃種人面臨的最大難關，是如何從百年來的自卑再度恢復自信。近百年創造的辱黃字詞，代表了黃種人從數千年的自信到百年來自卑的標誌。

一個民族或一個人如果既富且強，對於別人在自己身上開個玩笑，經常是優雅地一笑置之，甚至覺得有趣，無論是自嘲或被人嘲弄都不會覺得被羞辱，頂多憤怒。野蠻一點的就攻打嘲弄他的人，如美國滅伊拉克、利比亞、殺兵拉登（又譯本拉登、賓拉登）。又如，曾經多年為世界首富的黴國（又譯美國）人——比二給子（又譯比爾蓋茲），居於地球上榮華富貴金字塔的頂端，他可以自嘲地說自己很窮，沒錢買下整個日本，但是沒有人會覺得他窮；以此來對比一個陝西貧農得意洋洋自傲地對家人說，他今年比去年多賺了一千人民幣，顯然不會有人覺得他很有錢。哭窮與炫富的對比意義，在這種情況下的意義完全相反，首富比二給子可以說他很窮，一個上海小資也可以懊惱買不起賓士車，他們的哭窮對比於一個陝西貧農哭著說付不出兩百人民幣給母親看病的醫藥費，雖然同樣都是負擔不起，可是意義是截然不同的。

中國區黃種人歷史上，皇帝開始穿黃袍始於隋文帝，在此之前帝王所穿的衣著並非黃色。《讀通鑑論》：「開皇元年，隋主服黃，定黃為上服之尊，建為永制。」唐太宗李世民繼承隋朝皇帝穿著黃龍袍的制度，唐高祖武德年間下令臣民不得僭服黃色，於是黃袍成為皇室專用的服裝。黃袍又有龍袍、袞服、袞衣、吉服之稱。

所以即使用一樣的方式自嘲或是被侮辱，用在現今地球上黑白黃棕各色人種上，無論是意義或效果都是截然不同的。何況，無論是辱白字、辱黑字、辱棕字都不曾出現在白黑棕種人各自的語文中，唯獨辱黃字出現在黃種人的漢字中。

在犾文（又譯暎文、英文）裡，「白」字雖有時也有負面意義，但絕沒有以白字而創造的齷齪下流詞彙，也沒有從其他文字如從漢字翻譯引進的辱白字眼（例如，漢字的「白癡」並沒有「White Idiot」這樣的英文說法來對應）。洋買辦們當年努力引進英文的同時，也替漢字創造了一個在英文中都沒有那麼淫穢的黃字新意義──色情。

「黃」的歷史

黃在甲骨文中是象形字，上為系，下為垂穗，中間為雙璜並聯。古代《易經・坤卦》有「黃裳元吉」的爻辭，又曰「天玄地黃」，意指天玄黑、土地黃，有黃生陰陽的說法。《左傳》有云：「黃，中之色也」。《禮記》亦云：「黃者中也」，指黃為中和之色，居於黃青白紅黑五正色之主，五正色之上，是最美之色。《說文》提到「黃，地之色也」，《論衡》中指出「黃為土色，位在中央」，炎黃先人敬土，以土為尊，以黃為中央色，代表正統之意。君王為龍，而「龍戰於野，其血玄黃」。周以「黃鉞」為天子權力象徵；隋朝以後的皇帝都穿黃龍袍；漢朝以後，黃色是皇帝專用的顏色，平民不得以赤黃為衣，皇宮、社稷宗廟、壇廟主要建築均用黃色；清代，賞賜黃馬褂給功臣是極大的恩寵。此外，在佛教中，黃色為超凡脫俗之色，清朝八旗以正黃旗為至高。從「黃」的歷史來看，可知歷來黃色受重視的程度。

黃變質的始作俑者

黃色新聞（Yellow Journalisim）的英文原意為「煽情的傳媒」，但是洋買辦們自英文煽情的原旨創造出淫穢色情的新意，並連帶地創造出一系列與此相關的詞。原本只是民間使用，如今也現身官方的正式說法，例如「掃黃」變成「打擊色情業」之意。

洋買辦對黃字新義的創造，可追溯至一八九四年的犾國。當時有一本名叫《黃雜誌》的刊物，其實這本《黃雜誌》內容有時雖然會帶

點情色意味，但絕不是淫穢；據傳，著名劇作家王爾德因同性戀事件被逮捕時，身上正好帶著《黃雜誌》而使《黃雜誌》名聲受損，不久後，《黃雜誌》被迫停刊。

與此相近的時間，在一八九五到一八九八年間，黴國牛油克（又譯新約克、紐約）的兩家報社，一家是破立茲（又譯普立茲，Joseph Pulitzer，就是普立茲獎的那個普立茲）的牛油克世界報（New York World），一家是爛道夫（William Randolph）的牛油克新聞報（New York Journal），為了增加銷量，兩報都以刊登低級趣味的煽情連環畫來吸引讀者，例如內容較低俗的《霍根小巷》漫畫專欄就是其中較受歡迎的，其主角是個穿寬大衣褲的窮小孩，名叫「黃孩子」（Yellow Kid）。當時這兩大報為爭奪「黃孩子」的漫畫版權轟動了牛油克的新聞界。兩報都常用犯罪醜聞等聳動話題來吸引讀者，因此牛油克人（New York Press）的記者華德曼，便將兩報的煽情報導風格稱之為「黃色新聞」（Yellow Journalism）。

英美兩國先後發生的這兩件事，也許為英文中的黃字帶來一些新意思，但絕非今中文漢字中所說的色情。近代英語中「黃」（Yellow）字有媚俗低級趣味等意思，但絕沒有現代漢字中所指淫穢色情的含義。引進、翻譯的過程中，這「黃」字字義的質變，完全是洋買辦背祖忘宗的愚蠢成就。

漢字中有關顏色的故事
在漢文化中，白為凶喪之色；中國傳統上，遇凶事服白，以素衣素冠服喪。遇喪事穿黑衣、戴墨鏡，以及結婚穿白紗，是近百年西風東漸後的事。白色，在京劇臉譜中代表陰險奸詐。古漢人用白代表西方，《說文解字》：「白，西方色也。」白丁、白布也指平民。

黑，在古中國也是在漢朝之前的帝王用色。《易經》中「天地玄黃」的「天玄」，指的就是天的顏色為黑色，所以秦始皇時代色尚黑，易服色與旗色為黑。黑色在京劇臉譜中代表正直，例如包拯。

英文中關於顏色的故事
英文中有不少黃字是負面意思，但是與色情無關，如黃旗（Yellow

Flag）代表檢疫中；黃色新聞（The Yellow Press）代表以聳人聽聞煽情方式所報導的新聞。其他還有懦弱卑怯（Yellow Bellied）、黃禍（Yellow Peril）、黃疸症（Yellow Fever）。

黑在西方文化中則多為貶義，如黑箱（Black Box）、黑金（Black Gold）、黑色星期五（Black Friday）、流氓（Black Guard）、黑心（Black Hearted）。

英文中有關白的字大多是美的、純潔的，如白宮（White House）、白雪公主（Snow White）。但也有負面的詞彙，如投降舉白旗（White Flag）、偽君子（Whited Sepulchre）、粉飾（White Wash）。

我們不能小看這些帶有黃白黑棕詞彙的影響，侮辱種族的關聯字在腦中重覆洗腦後，終會令我們變得主觀且形成偏見。

拒絕黃的變質、被醜化

我們以英文做為對照標準並不是沒有理由的，英文詞彙的背後代表著三百年來世界上最強大的語言族群——骯蛤虜喪蝌殉（又譯盎格魯撒克遜）民族，為最多國、最多人使用（包含不以英語為母語的人口），影響力遍及全球，成為各種國際會議、奧運、旅遊實際使用的唯一語言。

三百年來，猓、黳兩國先是以軍事力量，後又藉著媒體發言權主宰控制全球，如猓國廣播公司（BBC）、有線新聞網（CNN）、微軟視窗（Microsoft Window）、好來污電影（Hollywood，又譯好萊塢），谷歌（Google），臉書（Facebook，又譯面書）。這些全球性的喉舌無一不掌握在他們手裡，而製造國際輿論、醜化栽贓他國從來都是他們的拿手好戲——從猓國挑起與大清國的鴉片戰爭為開端，以黳國在日本廣島長崎丟下原子彈為里程碑，這一百年來，黃種人的屈辱自卑跟西方白人這股最大的勢力，有著直接關係。

猓黳兩國的喉舌除了美化、正當化自己的野蠻行為，醜化打壓其他種族之人也從不手軟，尤其是對目前最有可能挑戰其三百年霸業的漢字文化圈黃種人。只要任何黃種人的國家（或是任何人類）對其

一八六二年十月十七日，大清國政府制定黃龍旗為國旗。起因是鴉片戰爭後，來華各國船隻增多且皆有國旗，唯獨中國水師未有旗幟。於是經由總理各國事務衙門奏准之後，各師船皆豎立三角形的黃色龍旗表示為中國官船，此乃大清國國旗之始。一八八九年五月二十六日，出使美國的大臣張蔭桓奏請訂定長方形黃色龍旗 正式國旗，旗面黃色 滿族的代表色，旗上的龍形則象徵皇帝。黃龍旗從一九○年在全國懸掛直到大清國滅亡為止，它的廢除也標誌著幾千年來華夏漢文明對「黃」及「龍」自信的終結以及自卑的開始。

稍有威脅，他們便極盡汙衊，例如稱日本人為黃種侏儒、經濟動物，稱朝鮮並暗指中國為流氓國家，只要不當美國狗的人，在其掌控的喉舌中，形象便全都是壞蛋，所以黃種人若想全面恢復自尊與自信，就必須與骯蛤虜喪蝌殉民族針鋒相對。

針鋒相對，是承繼漢字文化的黃種人，現階段對於以猄徽兩國為代表的「西方野蠻傲慢與種族歧視」之必要回應。一旦能平等相待，才可和善以對，共創多元新文明；同理，去除辱黃字，是黃種人之中的炎黃子孫，在現今進入新文明的過渡階段，重建自信的必要心理基礎建設。

辱黃字的廢除

其實，將人類按膚色深淺分成黑棕黃白非常不科學；黑人不真黑，黃人不真黃，有些白人若依膚色也可叫粉紅人。「黃種人」的命名雖不科學，但與炎黃子孫尊黃相合，也算順理成章。既自稱為黃種

人，對於辱黃字只存於中文漢字之中的現象便得嚴肅面對，首先，應該廢除漢字中所有的辱黃字。

要完成這項心理建設，必須由政府及學校課本教育開始執行，讓新一代黃種人以黃膚色為榮，並了解黃字在漢文字中的原意。所有用到黃字、而帶有淫穢色情含義的字詞，一律將其中的「黃」字改為「淫」字，例如「掃黃」更正為「掃淫」，「黃色笑話」更正為「淫笑話」；相信經過兩三代之後，不需百年，黃字就可以更正為原意。一旦人類之間可以平等對待，所有人對所有顏色都可以不再有偏見，各色人種便能共同邁向混同、無偏執色的新文明。

作者註：為平衡黃種人百年來受到「西方」刻意的扭曲歧視，本文述及西方國家、文化與人物時的譯音，皆採取較為不雅的名稱，以為平衡。

大約三千年前，埃及第十八王朝的壁畫上，留下了目前
已知最早以皮膚顏色將人類分類的紀錄。壁畫上將人類
分為四種顏色：埃及人紅色、亞細亞人黃色、南方人黑
色、西方及北方人白色。當然這種分類，也有可能是純
藝術表現，在各古文明文字紀錄中，並未發現有任何
種族概念，更不要說是種族歧視（但是有民族氏族歧
視）。

法國醫生伯尼（François Bernier，1625-1688）是第一個
嘗試用所謂科學方法將人種分類的學者，他於一六八四
年出版的書《基於地球上居住的不同的物種或種族
的新的地球劃分法》（Nouvelle division de la terre par les
différentes espèces ou races qui l'habitent），是最早脫離希臘
羅馬古典期人類分類概念的新分類法。伯尼將人種區分
為四類：一、遠東人；二、美洲原住民；三、撒哈拉以
南非洲人；四、歐洲人，包括南亞人，但不包括薩米人
（拉普人）。

歐洲帝國殖民主義興起後，在有意識強調歐洲殖民國家
的種族優越性前提下，十七世紀的歐洲學者，例如瑞典
的林奈（Carl von Linné，1707-1778）和其後許多西方學
者，都帶著西方人特有的盲點，嘗試用所謂科學的分類
法將人類以膚色黑白深淺分類；但不管他們將人區分成

黃河

黃種人的起源與分布

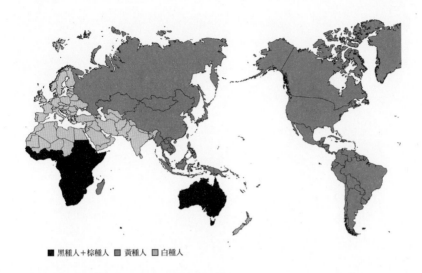

■ 黑種人＋棕種人 ■ 黃種人 □ 白種人

在歐洲白種人擴張前黃種人分布圖：此時期黃種人為世界上最大的種族，分布世界各地。

幾類，黃種人都是三大主要類別中的一種。只因黃色人種相對於其他人種（黑、白、棕等人種），膚色較白為深，較棕黑為淺，他們便草率以黃色來命名。事實上，稱作黃色完全沒有科學依據，本書為了讀者方便，在新的科學命名法出來之前，暫時仍用黃種人這個名詞。

「黃色人種」又被稱為「蒙古人種」，此種命名更是混淆視聽，常與「蒙古人」混淆。其實，不管是「黃色人種」或「蒙古人種」，自古以來，在全世界各民族的歷史中，從來沒有這種說法。直到歐洲「工業革命」後（十七世紀），有著歐洲白人自我中心的人類學家林奈（歐洲種族歧視學者中的一員），於美化所謂「高加索人種」（也就是他自認歸屬人種）的同時，刻意用「蒙古人種」這種粗糙、主觀的方式加以胡亂命名。「蒙古人種」這種帶有貶義的命名，後來也用在醫學的「蒙古癡呆症」中。

雖然黃種人的說法是草率命名而來，但是確實曾經有這麼一個人類最大的群體（在哥倫布到美洲前），他們有著共同的現代智人祖先（可追溯到至少一萬三千年前），有著近似的外形特徵（毛髮、膚色、骨骼），可溯及同源的基因與自我的認同（例如，絕大部分中國

人、日本人都認知自己為黃種人）。因黃種人的命名方式並不科學，目前歐美一般常以亞洲人或東亞人來代稱，但只是更添混淆混亂。因為，「亞洲」這個命名就已經錯誤了。

黃種人起源

有關人類及黃種人的起源有許多假說，但人類到底是拉馬古猿變的，或是歷經南方古猿、能人、直立人，到最後才變成智人、現代人，沒有任何學者敢說他一定對。更有一種說法是，現代人根本不是進化來的，而是外星人的後裔或是與猿人的混血，或是猿人被外星人基因改造變成的，各種假說百家爭鳴。

比較常聽到的說法是，十三萬到六萬年前，部分的非洲人從非洲越過紅海到東南亞，再往北移民，而後成了黃種人的祖先。也有學者認為，雲南元謀猿人、陝西藍田猿人、北京猿人是黃種人的直系祖先，起源自東亞，跟非洲完全無關。另外有一派則認為，黃種猿人是目前世界各色人種的祖先。荒謬的是，在中國雲南富源縣挖出兩億三千五百萬年前的三疊紀岩石上，發現了四個清晰的人類腳印，而據此推證確有史前文明及萬年以前的文明。

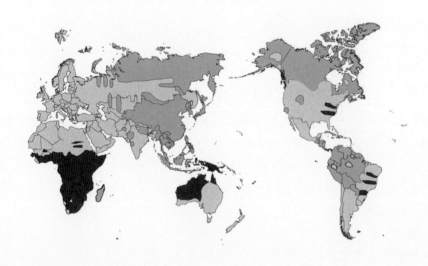

■ 黑種人＋棕種人 ▨ 黃種人 □ 白種人

在歐洲白種人擴張後黃種人分布圖：可明顯看出白種人的大幅擴張，以及黃種人勢力的衰退，逐漸侷限在亞洲地區。

一百七十萬年前的元謀人遺跡在湖南省被發現，是這片中國黃土裡目前找到最早的人類遺跡骨骼，但是以目前眼見為憑的各種證據（考古學或人類學領域），山頂洞人的骨骼化石（約兩萬五千年前）已經具備所有黃種人的特徵，應是所有黃種人的共同祖先之一。所以，各地黃種人最有可能的共同祖先，是以山頂洞人為代表的族群（包括愛斯基摩人、美洲印第安人、環太平洋美拉尼西亞大洋洲人，都與中國漢族系出同源）。

綜合以上所述，可知各種推測都有可能是一派胡言。到目前為止，各種考古或人類學領域研究有關黃種人起源的結論，都是研究者認為的合理假設。至今，黃種人的起源尚未有定論，就算部分學者自認有定論，但日後隨時都可能被推翻。

黃種人面貌、體型特徵

有關原始黃種人的面貌、體型特徵，有一說法是，距今五萬年前，在晚期智人階段確立了黃白黑三大人種之後，衍生出了「東北亞」及「東南亞」型。相對於其他人種，其主要原始面貌、特徵體型為──膚色棕黃，頭髮通常直而硬，體毛和鬍較少，臉扁平，多鏟形門齒，鼻寬度中等，鼻梁較低，唇較厚，眼瞼大多有內褶。如果對以上的特殊描述無法體會，請參考現今的寬臉蒙古人和純愛斯基摩人，也可參考美洲印第安人、大平洋小島原住民等原始純種黃種人，他們在未被歐洲白人侵略征服混血前所留下的照片。

誰是黃種人

如果以大的群體民族為基礎來定義，黃種人可廣義界定為「以原始黃種人為絕對多數主體」的以下主要民族：中華民族（含漢族蒙藏等民族）、大和民族、朝鮮族、東南亞各族、南島語系族、北極圈黃種原住民、美洲原住民，以及西伯利亞原住民。以上民族有些雖經過多次異種入侵，仍能保持以黃種人為絕對多數。

如果以現代極度狹義方式來定義黃種人，在主客觀上都認同是黃種人、以黃種人為絕對主體的，有以下國家及地區：中、日、韓、台、港、澳、蒙古，及東南亞各國。

誰是純種黃種人

自有人類以來,美洲一直都是單一人種,是最純種黃種人的居住地。在哥倫布為西歐白種人開啟四百年前的美洲屠殺史之前,美洲黃種原住民人口約有一億,到了二十世紀中期,僅存十七萬多人(但,有登記不見得是純的);目前美洲殘存的純種黃種人,大多在南美洲祕魯、巴西內陸間的亞馬遜森林未開發區。

純度較高的純種黃種人有以下幾種:大洋洲所有未曾跟棕種混過血的黃種人(例如毛利人),以及北極圈的部分愛斯基摩人。另外,以「東北亞系」黃種人來說,可以西伯利亞蒙古族、朝鮮族,及大和民族為代表;從「東南亞系」的黃種人來說,可以中南半島人、印尼人為代表。

北極圈黃種人原住民愛斯基摩人。Eskimo group/William Dinwiddie 攝影/1894 年/圖片來源 U.S. National Archives and Records Administration/ 美國國家檔案館收藏

最不純的黃種人又自稱是黃種人的民族,其實是中華民族,尤其是現今長江以北的漢族。現代所謂中華民族的漢族,起源於黃河下游的大汶口文化區及河姆渡文化區,它們雖是黃種人先祖山頂洞人發現區,但在商代殷墟的一些人頭骨中都曾發現異於仰韶文化黃種先民的特徵,可確認其並非黃種人。所以,可假設漢族黃種人早在商朝之前,已有少量混合他種族的可能;再加上五胡十六國、南北朝時期,中國北方的黃種人進行了大混血,致使北方的漢族有很多不同的基因滲入如突厥人、猶太人、西北亞白人等異種混血,足見漢族是最不純的黃種人。

儘管各地黃種人有不同程度的混血、滲入不同的基因,但除了整個美洲、部分大洋洲、部分北極圈等已大量混血歐洲白人或黑人的區域,做為全人類最大的種族,由於黃種人群體龐大,儘管有不同的新血液滲入,混血所占比例仍是微乎其微(例如,微量殘存的美洲黃種人原住民)。因此,要定義黃種人,仍然可輕易從各種特徵歸類出誰是黃種人,只因這一群人類有著共同類似的血緣基因,共同類似的面貌體型,以及骨骼特徵——他們皆來自共同的祖先。

黃種人分布在哪裡
原始黃種人由於歷經上萬年來與不同種族的少量混血,以及大量異種文化的融合,其分布的區域無法非常明確得知,因此不論以血緣、文化、基因、相貌,或生活習慣來看,都無法完全百分之百定義黃種人。目前,只能以語言、體質、相貌及現有國界分布區域,從直觀及個人自我認定,籠統廣義地將「現代黃種人」定義為生活於以下行政區域的絕大多數居民:東北亞的中、日、韓、朝、台、港、澳、蒙古、俄國西伯利亞;東南亞的新加坡、越南、泰國、緬甸、柬埔寨、寮國、印尼大部分、新(紐)幾內亞、汶萊、菲律賓等各國;非洲東邊的馬達加斯加島;印度尼克巴群島、比哈兒邦,以及太平洋上各島;北極圈和近北極圈等地(含西伯利亞、阿拉斯加、格陵蘭、冰島,北歐北部)。

根據人類目前已有的考古證據,黃種原住民的居住地遍及全球,從至少一萬年前開始,以東亞為中心,散布到東南亞、東北亞、北極圈、大洋洲,及南北美洲。在歐洲人五百年前開始地理大擴張前,

除了北極圈以外的歐洲、非洲、新（紐）幾內亞東部、澳大利亞、阿拉伯、突厥語區、印度次大陸，全世界其他區域住的都是黃種人原住民。此外，非黃種人的原居地除了以上個別提及的區域，尚有黃種、阿利安白人、突厥種和小黑人混血的地區，如中亞諸國。

應建立多元種族史觀

有關本書所用的許多名詞如亞洲、遠東等西歐語詞，都是以歐洲為世界中心的一堆胡亂命名。這些詞彙被翻譯成漢字時，被當時沒有自己世界觀、顯得盲從或自卑的漢字黃種人學者（日本人占多數）將錯就錯，把許多帶有歧視的西歐詞彙直譯為漢字。這些黃種人漢字學者，不乏留學或遊學歐洲的學者，他們就像受教於歐洲人類學老師的笨學生，被老師掛上劣等生的名牌，不但在自己的名牌寫上帶有歧視含義的直譯漢字，嘴上還不停地說謝謝老師的教誨。

當時，黃種人漢字文化崩塌，黃種人對自己上萬年的先進文明，徹

美洲黃種人原住民印第安人。The North American Indian/愛德華·柯蒂斯（Edward Sheriff Curtis）攝影/1910年/圖片來源Northwestern University Library, The North American Indian: the Photographic Images, 2001.

底喪失自信。在崇洋巨浪下,這種不合理且歧視的名詞,一個接一個被黃種漢字學者無知地放在自己種族身上。他們的翻譯,導致現代漢字中充斥著各式各樣讓黃種人自我定位混亂的詞彙。例如「歐亞大陸」這個詞的定義,在這個定義之下,歐洲之外的人,不管是印度人、韓國人、阿拉伯人都是「亞洲人」。這種荒謬的翻譯,造成近代黃種人在自我、民族、國家、種族來源及認同上的錯誤認識,甚至造成「亞洲」之內沒完沒了的領土和民族衝突。

目前人類尚未進入後種族時代,大部分的白人仍然自認優越。要破除這種以西歐白人為中心的偽世界人類史觀,最好的方法就是建立多元種族史觀。歐洲白人學者以自己的種族民族為中心看這個世界、命名這個世界,無可厚非,但是黃種漢字文化學者不需放棄自我觀點,也可以傳承一萬年來,黃種人漢字文化所累積的自我中心史觀。要建立多元人類史觀(不可能有完全一元的人類史觀),黃種人學者必須掃除這種障礙,以黃種人的觀點重新命名這個世界,恢復建立黃種人對世界歷史、地理正確的認識。而要打好地基,必須從正名做起,就像所謂的「美洲印第安人」,早就該正名為「美洲黃種人原住民」。

作者註:本書在這正名的過渡期,暫時採用一些此類錯誤的翻譯,以利目前心中無新黃種人史觀的讀者閱讀,待正名普遍後,會隨時更新、更正。

黃種人之中有一個最大的族群，自稱是中華民族、華
人、炎黃子孫，這一族群包括了中國人、台灣人、香港
人、新加坡人、華裔美國人……；他們住在世界各地，
但都稱呼自己是「炎黃子孫」，可很少有人去了解炎黃
子孫的真正含義。我們要了解這個世界，以及黃種人與
這個世界的關係，首先便要了解黃種人的最大族群。我
們首先要知道，誰是炎黃子孫，誰是蚩尤子孫，誰是中
國人，誰是漢族。

黃帝是誰

帝為領袖之意，根據司馬遷《史記‧五帝本紀》及
《山海經》記載，黃帝姓公孫、號軒轅氏，後改為姬
姓，居有熊（河南新鄭），又號有熊氏。五帝各為東方
太皞、南方炎帝、西方少昊、北方顓頊，和專管中央中
原黃土地的黃帝。其中，黃帝以土德為王，因中原土地
為黃色，故稱黃帝（有土德之瑞，故號黃帝）；另有一
說，黃帝戰勝蚩尤後，統一中原部落，在泰山之巔會合
各部落，行封禪儀式，天上顯現大螾大螻，色尚黃，故
自稱黃帝。

傳說黃帝原居於西北，過著游牧打獵的生活，約在五千
年前，漸漸成為中原三大部落之中黃河流域部落的共主
之一；之後，與炎帝在阪泉（今北京市郊延慶境內的阪

炎黃子孫

炎黃蚩尤子孫在哪裡

泉村）大戰後取得勝利；後又聯合了炎帝部落，與蚩尤在涿鹿（河北省涿縣）大戰，擊敗九黎族的蚩尤，進入整個大中原區（華北及江淮流域）。

黃帝、炎帝、蚩尤，可能只是用來指稱一群部落的人群或首領。雖然以上傳說並非來自有文字記載的信史，傳說內容基本來自《史記》，但是司馬遷當時所掌握的史料，並非兩千年後的我們所能了解的；也許他有確實的史料，才能夠對黃帝如此詳盡地描述。就像《史記》中對秦始皇陵墓的描述也曾長期被誣為傳說，直到現代，陵墓被發掘後，才證實司馬遷並未加以虛構。

何謂中國，何謂華夏

「中國」一詞，從目前已發現的古物中可見最早出現於三千年前。在西周早期成王時代的青銅器「何尊」銘文中，有「餘其宅茲中國」的記載；而當時的中國，主要指洛陽盆地一帶。春秋時代，古籍中所謂的中國，本意是京師（首都，帝王所都）地區，但也可指華夏族，這在《詩經・大雅・民勞》、《左傳》、《孟子》、《說文解字》等書已然提及，例如「裔不謀夏，夷不亂華」、「四夷交侵中國微矣」等字句。

漢朝之後，中國一詞的含義變得較為明確，司馬遷《史記・孝武

黃帝戰勝蚩尤後，統一中原部落，可說是中原最早的共主。此為明代畫家根據想像所繪的黃帝畫像。

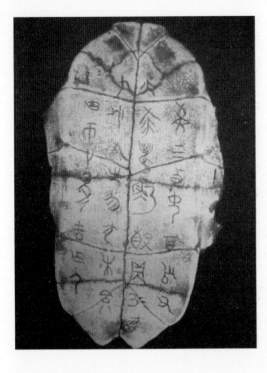

商朝的甲骨文是目前可見的最早中國文字，其名稱由來是因為這些文字大都刻在獸骨或龜甲上。當時這些文字主要是以契刀刻劃的，故又名「契文」、「契刻」。甲骨文於清光緒年間年被發現，由於出土地點河南省安陽縣乃是殷代古都，所以又有「殷墟文字」之稱。此圖為刻在龜甲上的甲骨文。

本紀・封禪書》提到：「天下名山有八，蠻夷有三，中國有五，華山、首山、太室、泰山、東萊。」意即，以今陝西、河南、山東為範圍，西嶽華山在陝西華陰縣南，首山在河南襄城縣南，中嶽太室（別名嵩山）在河南登封縣北，東嶽泰山在山東泰安縣北，東萊（又名萊山）在山東黃縣東南；這些敘述同時也標誌了古華夏族的活動區域。「夷狄進於中國則中國之」，則顯示古華夏族除了以自己為地理中心，也以自己為文化中心，就如同近代的英國、美國。中國這個稱呼在各朝代古籍中，也稱為赤縣神州、九州、中州、中土、中夏、中華、海內、華夏；不過，中國、中原、中州、中土、神州做為狹義解釋時，專指「河南」。

「華夏」二字目前已有的紀錄最早見諸於《周禮》，有一說，華夏族定居在華山之周、夏水之旁故得名，但此山此水難道不是因為住了華族叫華山，住了夏族叫夏水？是雞先生蛋還是蛋先生雞，說法很多。另有一說，夏國為夏族所建，疆域以華山為中心故稱華夏，後來華夏成了中原區文化高的民族統稱，華夏居於四夷之中故為「中國」；中國一詞，直到中華民國及中華人民共和國建立，才開始有了

政治意義。

誰是炎黃華夏子孫

不管叫做炎黃子孫、華夏子孫或漢人、唐人、中國人、中華民族，這些名詞都代表著一個事實──從黃帝以來（新石器仰韶文化及融合的其他文化），華夏民族融合了各周邊民族文化，以漢字文化為主體，五千年來不曾間斷。不過，雖然在文化上一直延續，在文化上不斷地同化異族（絕大部分仍是同一黃種人先祖的後裔），但炎黃華夏子孫在血統上，意即今日所謂的中華民族或漢族，早已不是純正的炎黃華夏子孫了。炎黃華夏子孫，不是被歷代入侵中原的蠻族幾乎殺光，即使是剩下的少數也早與異族混血；經過幾千年一再地屠殺，一再地混血，所謂的純正炎黃華夏子孫早已消失。

早在夏國建立時，蠻夷已鳩占鵲巢，炎黃子孫便已流落「中國」四周，留在洛陽盆地華山範圍的人也已跟蠻夷混血；再經商、周、春秋、戰國各朝戰亂，漢朝的漢人也早已非純正炎黃子孫；又再經過五胡亂華及其後各蠻夷建立的朝代（從五代十國直到清朝），經過各式胡人如鮮卑、匈奴、羯、羌、氐、突厥、蒙古人、女真人等的混血，早已無純正的炎黃子孫；到了現代，只有所謂「身體基因大部分是蠻夷、卻仍自稱為炎黃子孫」的中國人（尤指北方的中國人）。

誰是漢族

在七千年到五千年前新石器時代中期，中國北方的仰韶文化及後繼的龍山文化是東北亞黃種人漢字文化的主體。仰韶文化的先民，應是炎黃部族祖先之主體，今天自稱「中華民族」、「中國人」的十四億人，在血統上既非「古中華人」、「古中國人」，也非漢朝「古漢人」；所謂中華民族的「漢族」，只是一種張冠李戴的稱呼，真正的純古漢族人早已消失。古漢族，乃以炎黃華夏混血部族為主體，以洛陽盆地西端洛河發源地華山為中心，吸收了各種歸順漢字文化的異族，在各式屠殺大混血後，形成了新「漢族」（一個完全不同於古漢族的偽漢族）。

這個「漢族」融合了在中國境內各式各樣黃種人的主體，從當初在中國四周的南蠻、北狄、東夷、西戎，再加上五胡十六國，一再地

滅絕炎黃子孫，一再地滅絕漢人。而蠻夷又與殘存的古漢族進行大混血，漢朝留下的古「純漢人」，在黃河以北，已近滅絕。故今日的漢族已非漢朝時的漢人，更非炎黃子孫，絕大多數是歸化於漢字漢語文化的異族；較純的古漢族，只有極少量在中國境內。現今所謂的炎黃華夏子孫或漢族，絕大部分都是「非炎黃華夏子孫」或「非漢人」，甚至現代所謂的漢語、國語、普通話，也已是洋涇濱的漢語，是早已被蠻夷化的漢語。生活在以漢字文化為中心的中原人民，在這一直改名換姓的朝代中被叫做秦人、漢人、唐人，意味著只跟朝代有關，跟血統無關。幾千年來一脈相承的只有漢字。

誰是龍族的子孫

夏人禹所建立的夏朝，是第一個以蠻夷之身在炎黃子孫區——中華（中國）建國的，但仍被視為正統，故有華夏之稱。因此，夏朝也是第一個以非炎黃子孫的「四夷異族」身分，成為中原周邊各炎黃子孫部族的共主。夏人以龍（有紋的蛇）為神，夏朝為禹及東夷混血直系後裔所建，原居住於吳越之地，也就是以浙江南邊會稽山為中心點的周邊各區（含浙江、江蘇、福建一帶），現在的上海話及福建話仍含有夏漢語（現代漢語原型的古語）的許多音韻。夏，不只是政治的共主，也是漢字文化的共主，在江西省清江縣吳城出土的夏人陶器上，刻有象形文字，此象形文字是東夷禹於陽城（今河南登封縣）登帝位後，與崇拜龍的傳統，被夏人一起帶入了洛陽盆地——中國。夏人的象形文字成為商朝甲骨文原型，也就是漢字的原型，龍的崇拜也成為了正統。

一般夏人平民以龍為祖先神，此蛇形圖騰「龍」，共通於東南夷的各族，像是愛刺青蛇紋的海洋民族如台灣南島語系原住民，這本是平民化的蛇形圖騰龍，經過商、周等各朝代統治者沿用，到了漢朝，龍終於徹底神聖化為皇帝的象徵，從此有了漢人、中國、龍族等代表正統、正朔、帝王的字眼。

蚩尤的子孫流落何方

那麼，五千多年前，戰敗後的蚩尤子孫去了哪裡？根據現代有關語言人種及已出土證物的研究，相當吻合五、六千年前南島族及南亞族，自中國南方遷徙到各地的歷史。

假設南蠻各語系部族，就是蚩尤的子孫，那麼在涿鹿戰敗後，除部分被迫遷到南方（苗族、羌族），另有部分後來融入了黃帝部族，其他如南亞族，從華南經暹羅進入東南亞，消滅了大部分原始東南亞更早的土著，而成今日東南亞半島的主要住民；又如百越的南島語系先經台灣，再進入太平洋各島，消滅了大部分土著海洋黑種人（如馬來半島的賜芒族、孟加拉灣的安達曼島民、斯里蘭卡的味朵族，及現今新〔紐〕幾內亞土著及澳大利亞紐西蘭土著毛利人，他們全都是深黑皮膚濃鬈髮的棕種人）。

這群南島語系人當時已發展出附舷外浮木的獨木舟，已有航海捕魚技術，他們渡過台灣海峽（當時可能是陸橋），在大約五千五百年至六千年前到達台灣，留下了大坌坑文化，而後又從台灣出發繼續擴張──五千年前到菲律賓；四千五百年前到印尼、伯斯、婆羅洲北岸、帝汶；四千年前到爪哇蘇門答臘；三千六百年前到新（紐）幾內亞；直到一千年前，他們擴張的範圍，西至非洲馬達加斯加島，東到太平洋復活節島、夏威夷、紐西蘭及其他各太平洋島嶼。來到擴張後期，最後一批南島語系移民登上紐西蘭東方的查山島，至

南島語系擴張圖：五千年前蚩尤的子孫很可能就是南島語系民族的遠祖，在涿鹿與黃帝敗戰後，一部分遷移至南方，另一部分進入東南亞成為今日東南亞半島的主要住民，後來有些人渡過台灣海峽，並繼續擴張至菲律賓、印尼、新幾內亞，擴張範圍西至非洲馬達加斯加島，東到太平洋夏威夷、紐西蘭等地。

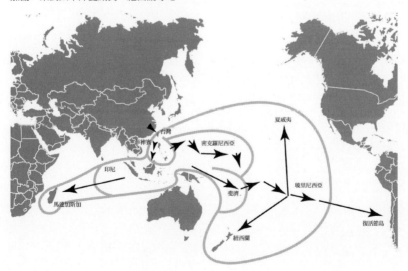

此，南島族極可能遇到頑強的抵抗而無法再行擴張占領，因此除了一些已被南亞語系及土著海洋黑種人所占區域如中南半島、新（紐）幾內亞，否則幾乎其他所有適合人居的島都已被南島族探勘或定居。（註）

建立「中國區黃種人共同史」

阿利安子孫、日爾曼子孫、維京子孫、大不列顛子孫、印度小黑人、閃族、埃及人、猶太人、朝鮮族、馬來人……，世界上有那麼多各種各族的子孫，到底炎黃子孫有何特別值得驕傲之處？難道只能仗著人多嗎？還是仗著號稱五千年的文化？如果是自豪於炎黃華夏文明歷史悠久，那麼埃及文明六千年，伊朗伊拉克美索不達米亞文明七千年，不是更值得驕傲嗎？日本也自豪有著號稱萬世一系的天皇，還有大和魂、武士道。許多西方學者更聲稱，炎黃華夏文明是從西方傳來的，而且聲稱在漫長的人類歷史中，黃種人文明（以漢字文明為主體）僅奇蹟般地領先了六百年，藉此暗示歐洲白人的優越性。事實是這樣嗎？現代「炎黃子孫尋根之旅」，可以提供我們回答歐洲白人優越性迷思的部分答案。

翻開中國商朝之前以及所謂人類四大古文明的歷史，常常出現「傳說」和「據說」二詞。雖然故事精彩，但是不是有文字或影像紀錄的信史，一切仍然只是據說。「據誰說」得有憑有據，不能人云亦云，各民族、各國都有數不清令他們驕傲自大的歷史，中華文明有何不同，首先要釐清非信史的部分。

有關三皇五帝的傳說，例如黃帝、炎帝、蚩尤的征戰傳說，應該不會憑空發生、無中生有，但加油添醋、歌功頌德恐怕難免。黃帝與炎帝的阪泉之戰，以及黃帝與蚩尤的涿鹿之戰，雖然目前還沒有出土證據，但也不能輕率否定。就像當初《史記》有關〈夏本紀〉、〈殷本紀〉、〈王公世系〉的記載，在三千多年前的商殷墟及甲骨文出土前，仍被認為只是傳說，直到現在才從已被破解的甲骨文證實，何況甲骨文目前還有許多字尚未破解，以甲骨文的成熟程度來看必載有前朝文字。

河南二里頭文化遺址也發現刻有象形文字的青銅器，經碳十四測定

（不見得可信）是在大約四千年前，相當於《史記》上記錄夏朝的年代。司馬遷編寫《史記》，有關較久遠的上古史，是否參考了我們現今無緣一見的古蹟、古籍、古物，才能言之鑿鑿，目前仍不得而知。但是，秦始皇焚書後（可能仍有許多未被焚的上古前朝史料保留至漢朝），許多上古書籍被焚，許多的上古記載只能以秦國書籍，以及後來出土的古物為依據（例如已被解讀的甲骨文），但其寫史方式也有可能如後代歷朝史官一般，為了討大王歡心或為特殊目的，而穿鑿附會、想像造假，所以即使有古籍、古物參考，就算《史記》記載得如此詳盡，也不可盡信。

五千年前如果確有涿鹿大戰，從已出土或是人類學的證據，我們可以大膽假設，同為黃種人子孫的兩方，代表西北方仰韶文化、幅員較小的「炎黃部族」，以及代表東方及南方、幅員廣大的百越南島語系部族、南蠻部族（南亞語系、傣佧岱語、苗傜語系）的「蚩尤部族」，為了爭奪地盤，而在涿鹿大戰。蚩尤敗戰後，炎黃子孫便從現今的華西北，往華東、華東南、華中擴張，可以說，炎黃部族打贏了黃種人的第一次世界大戰，從此開始中華民族不間斷的融合過程，此過程一直持續至今。但是，原本占人數比例最多的炎黃後裔，卻在歷經各式異族黃種人大混血後，早已面目全非；然而，母體炎黃華夏漢字文化，卻在華夏之後，歷經異文化、異文字語言仍能保留至今，並仍然以漢字和華夏為中心記史。

這種情況，就像這兩百年來美國的民族、種族融合過程——在民族及人種上，先以各式白人大混血，輔以異種混血，由民族種族大拼盤慢慢轉為熔爐，但在文化上仍以英國文化、文字、語言為主體，以新英國十三州（美國人的中原）為核心，融合各種異文化、異文字語言的歐洲白人移民，最終出現了以非英國人為主體的新英語民族；這群現代白種美國人，只會說變種英文，只能傳承變種英國文化，最後反客為主。發生在中原黃土地的情況，在美國再次重複；早在幾千年前就發生的黃種人大融合過程，這兩百年來也在美國白種人之間不斷發生，而最近幾十年，黑奴解放後，也增加了一些黑白異種混血。

中國在這四千年裡，歷經無數次戰亂、饑荒、大屠殺，導致純正炎

黃子孫、漢人幾無殘存，也導致有故文化無故人的情況。但美國民族種族融合史僅為兩百年，也許再過一千年也會出現如華夏漢字文化的融合情況，也許未來占多數的黑白混血人將成為美國英語民族文化的正統。混血人所使用的英語英文字也成為主流正統，原本正統的英國英語將完全沒落淪為粗鄙方言；就如今日北京人視北京話為普通話正統，無視上海、福建、廣東、客家話等更接近華夏正統古漢語的事實。

今日的北京話，源於居住在滿洲的山東移民，他們說的山東土方言，隨著滿洲女真人入關，在混雜旗人口音用詞後，流通於北京漢滿人之間，最後成為所謂的北京官話，取得正統地位。這種北京話，就像以北京話為基礎的普通話一樣，是極度混血的語言，跟李白、杜甫關係不多，更是跟中國、炎黃、華夏、漢語的正統完全無關，而是跟今日的台灣國語相似，早已融入一大堆日本式漢字，有了新詞用法，台灣式口音與當初從大陸帶過去的北京話國語，已相當不同，這個改變過程只花上了幾十年，遑論漢語已經過幾千年的改變。

夏東夷結合炎黃子孫建立了夏朝，以華山洛陽盆地西為中心，建立了中國漢字文明，但之後取得中原領導權的，幾乎都是「非炎黃子孫」，這種反客為主的情況，歷經夏東夷、商北狄、周秦西戎等蠻族入侵中國，周圍的所謂蠻夷一個接一個，不停地在炎黃子孫繁衍區——中國建立了對炎黃子孫各部的領導權。經春秋、戰國到漢朝，所謂的漢朝人民早已是炎黃子孫跟蠻夷的大混血，之後再經五胡十六國、南北朝、隋、唐、五代、遼、金、元、清等完全非漢人、非漢文化的異族統治；從血統上來看，純漢朝的古漢人已所剩無幾。今日，中國人（或華人）以炎黃子孫、漢族、崇拜龍自居，可謂牛頭接馬身，不倫不類——頭是炎黃華夏文明，身卻是蠻夷身，雖自稱華，卻有夷之態。就如猶太裔及非英語系歐裔美國人，使用原本不屬於他們的英文，卻以正統美國人自居。

兩千年來，許多自命代表中華文化正統的史學家，用原本不屬於他們的漢字，厚臉皮地把四千年間黃種人各個不同民族的歷史，寫入所謂的中國通史，穿鑿附會，自我滿足。這種絕大部分皆由「非炎

黃子孫」所領導建國的「中國歷史」，早就該改名。

以成吉思汗為例，這個腦中完全沒有中國概念的征服者完全不懂漢語、漢字，元史官用突厥文、波斯文記蒙古史，不但從未臣服於中華文明，甚至還以征服者心態狂殺所謂的南人——南宋的漢人；南宋的漢人，也成了蒙古人征服的所有異民族之中最下等的人。給了這樣一個純蒙古人成吉思汗所謂的漢字稱號——元太祖，還把元朝列入中國朝代之中；把成吉思汗的開疆拓土功業，都攬進了所謂的中國正史，這種偽中國史的自慰精神，只能遭正統蒙古人恥笑而已。究其原因，這些史學家以傳承當初炎黃子孫自我為中心、高人一等的錯誤概念，在當了亡國奴後，他們潛意識中找到平衡自我深處自卑心理的方法。在這種潛意識的驅使下，這些自認正統的史學家，將早已被蠻夷取代了無數次的「中國」、早已滅絕的「炎黃子孫」，以及所剩無幾的漢朝「漢人」，當做神位般膜拜，並以之為「中國歷史」的中心。這種名不副實的偽史，必須加以釐正。

要建立黃種人對自己的堅實自信，必須從徹底了解黃種人的歷史開始，但是必須以事實為基礎。現代所謂炎黃子孫、中國人、漢族，只是概念上而非血統上的定義。幾千年來，經過各異族的征戰與混血，東亞大陸中心早已沒有純正的炎黃子孫，所謂的中國史早已該更正為「中國區黃種人共同史」。

在這部「中國區黃種人共同史」中，炎黃華夏文化所以不同於其他古文明之處在於，漢字這個文明的載體歷經各種異族文明衝擊，歷經各種異族的屠殺混血，華夏漢字文明卻仍一脈相承未曾間斷，甚至由非炎黃子孫、非中國人、非漢族繼續傳承並以之自豪，這個文明始終是黃種人文明的主體。炎黃華夏人的肉體消滅，精神文明卻長存，更不容易的是，從漢字漢語誕生到現在的幾千年間，一直居於人類文明的最頂端（除了過去三百年歐洲白人奇蹟式的興起之外），這些應是炎黃華夏古人最值得驕傲之處。

註：以上說法雖有已出土證據支持，但隨時可能被新證據推翻，或修改一部分假設。

二〇〇一年九月十一日，全世界的人都睜大眼睛看著電視，電視上是美國紐約市世貿雙塔大樓被民航機撞上的畫面。不論是駕駛飛機撞大樓殉道的阿拉伯人，還是在飛機上陪葬的許多無辜美國人，或是在華爾街大樓裡替「為了吸乾全人類血的資本主義」而日夜辛勤工作的小寄生蟲（絕大部分也是無辜的），他們通通玉石俱焚，全部死了。人類自相殘殺本是一個野蠻的悲劇，但是全世界的各種人看見此人類悲劇的同時，想的事情卻都不一樣——當美國人陷入悲慟憤怒要復仇殺盡敵人的時候，絕大多數中國人卻毫無同情心地看待九一一事件，不但不表同情，更有許多人認為他們是罪有應得，額手稱慶。是美國人可惡還是中國人可惡，還是他們通通都可惡？只能說，全世界的舊文明思維都有相當可惡的獸性及劣根性。

究竟是什麼，導致一群人對大部分人事物有著共同的想法、共同的感情、共同的行為？是什麼思考邏輯構成了一種文化、一種共識、一種共同思想與劣根性？多數中國人對九一一事件的反應如此不人道，源自對於不人道的西方帝國殖民主義的反彈，雖情有可原，但同樣不人道不文明，以不人道不文明去反對另一種不人道不文明，根本稱不上文明。

黃種人漢字文化構成要素

黃山

中國區的漢字中華文明，自萬年前誕生來到明末，一直居於人類文明頂端，是黃種人眾多民族文化中的一個巨人。但在西方化的浪潮下，中華文明的骨肉慢慢被腐蝕（原來就已很腐蝕），終於癱瘓，現已行將就木。要探討黃種人文明的未來，首先必須探討黃種人最大的群體──中國人，以及中國區漢字中華文明的前世今生、來龍去脈。

從毛澤東要打倒孔家店到文化大革命，從日本福澤諭吉脫亞入歐到五四新文化運動，近百年來，中華文化像是過街老鼠，人人（尤其是漢字文化「精英們」）喊打。什麼是中華文化？為什麼這麼多炎黃子孫、大和子孫、大韓子孫（連漢字幾乎都廢了）、越南子孫（漢字全廢了），世界各地華人都避之唯恐不及？中華文化傳承數千年，融合了多少的異族、異文化，始終居於世界各文化的頂端，為何這一百年（是的，上萬年裡才這一百年）落到如此下場，值得我們溯源，值得我們深思及檢討。中華文化何去何從，腐朽的文明還有保存的必要嗎？我們追溯歷史的根本是想了解各種民族文化從哪裡來，從哪裡倒下，又為什麼倒下，需不需要再站起來，若站起來又要往哪裡去？中華文化，有人視之為毒藥，有人視之為人類西方文明風行百年遺毒的解藥，讓我們來找找其應該存在（或不應存在、得廢棄）的理由。

漢字文化圈版圖：包括漢族、大和民族、琉球民族、越南民族、朝鮮民族均屬於漢字文化圈，版圖相當廣大，地圖上標示黑色的即是。

孔子是舊文明思想的代表，中華文化思想的核心，可惜大多數想法是紙上談兵，對人性的了解與觀察不夠全面，難以執行。唐代被稱為「百代畫聖」的吳道子，以訛傳訛所畫的先師孔子行教像，靠想像力畫出了一直被過度吹捧又一直被過度侮蔑的無辜孔子（前551–前479年）。

現代中國中華文化構成要素

1.以思想文學哲學為主要力量帶來影響者：

漢字及文言文——漢字能讓使用不同語言的民族，以文字完全互相了解。文言文更是進一步跳脫了各民族的不同語言，令說著不同語言的民族得以在書面上完全溝通，是為人類史上的一大發明。

書同文——政治文化及書法美學基礎。

《易經》——八卦、太極、陰陽風水。

夏曆（農民曆、陰曆、黃曆）——四時節氣、春耕夏耘秋收冬藏的農民思想。

《禮記・大同篇》——大道之行也，天下為公，故人不獨親其親，不獨子其子，傳揚了同理心與人道思想。

《中庸》——不極端，重新調和中道和諧。

孔子《論語》——儒家保守規矩，把領導當皇帝，缺乏革命思想；

尊重父母上司，要王道不要霸道，要以德服人不要以力服人；不患寡而患不均的公平均分思想；有朋自遠方來不亦樂乎，有教無類，君子仁人殺身成仁，捨身取義。

《孟子》——富貴不能淫，貧賤不能移，威武不能屈的大丈夫典型。

《老子》——人法自然的個人無為空想、自由思想，認為文明的一切物質產物制度，是人類痛苦和罪惡的源頭。

《莊子》——出世的思想。

《墨子》——兼愛、非攻、尚賢、尚同，懷著公有的社會主義共產平等思想。

《荀子》、《韓非子》、李斯——強調法治，依法治國，天子與庶民同罪，具有平等的觀念。

陰陽家——萬物皆由金木水火土五行組成。

春秋戰國時代《孝經》——不忘父母、不忘祖先、尊敬兄長的孝悌精神。

西漢司馬遷《史記》——記載有關三皇五帝夏商周至秦始皇之前的記述，奠定炎黃華夏史觀。

佛教——東漢時，於白馬寺始譯佛經，宣揚成佛超凡、制慾無我、平等博愛、因果循環的理念，奠定轉世投胎的概念。

道教——由東漢張陵創始，他以符水咒語治病，著《道書》二十四篇；唐代尊道教，修建近兩千座道觀，道士設壇作法，民間眾多迷信之源。

禪宗——乃漢傳佛教主流，核心思想為「不立文字，教外別傳；直指人心，見性成佛」，導致眾多文人喜玩文字及語言空洞一類好高騖遠的遊戲。

魏晉玄學——探索萬物根源存無，王弼《老子注》、郭象，與向秀《莊子注》為重要論述，嬉皮思想之重要源頭之一。

唐詩——代表人物為李白、杜甫、白居易、王維、李商隱。

宋詩詞——代表人物為蘇東坡、柳永、李清照、辛棄疾、陸游。

五代詞——代表人物為南唐李煜（李後主）。

元曲——以關漢卿、馬致遠、王實甫、鄭光祖為四大家，描寫男女性愛及下層人民生活。

宋代程朱理學——貞節牌坊的推手，束縛女性行為。

元末明初施耐庵《水滸傳》——打造江湖好漢、草莽英雄形象。

元末明初羅貫中《三國演義》——合久必分分久必合，道出人類歷

史的必然趨勢。

東漢王充、北宋張載、明代顧炎武——建立中國本土唯物思想。

明代王陽明心學——知難行易。

明代《金瓶梅》——古代長篇性愛小說代表，影響人們對性關係的看法。

明代《西遊記》——嘲諷時事，挑戰權威的神怪小說代表。

明末清初黃宗羲《明夷待訪錄》——民主民本思想啟蒙。

清代蒲松齡《聊齋志異》——人鬼關係之概念想像形成。

清代曹雪芹《紅樓夢》——小資思想的里程碑。

梁啟超、譚嗣同——近代民主思想啟蒙。

魯迅——以《狂人日記》、《阿Q正傳》揭露中國人劣根性。

共產主義、毛澤東思想——建立了近代中華人民共和國人的思想基本架構。

武俠小說——好高騖遠，中華文化劣根性的總體現。

2. 以實用應用思想為主要力量帶來影響者：

春秋時代孫武《孫子兵法》卅六計——中國史上第一本戰略思想著作。

東漢張仲景《金匱要略》——治療內傷雜病的醫書。

東漢華佗——用麻藥解剖治病。

唐代孫思邈《千金要方》——中國最早臨床醫學。

唐代陸羽《茶經》——全世界第一本茶葉專書。

明代宋應星《天工開物》——記載中國古代科學技術。

明代李時珍《本草綱目》——集中國本草學大成。

明代徐光啟《農政全書》、西漢《氾勝之書》、北魏賈思勰《齊民要術》、宋代陳旉《農書》、元代王禎《農書》——合稱五大《農書》。

少林功夫——相傳為南北朝時達摩祖師所創，為中國功夫之代表。

其他——各類食譜／豆腐／米食／針灸／中醫／製酒。

3. 以行動實證為主要力量帶來影響者：

秦始皇——書同文、車同軌。

陳勝、吳廣——「公侯將相豈有種乎，有為者亦若是」的階級可互換想法。

漢平帝——滅匈奴主力。

魏晉竹林七賢——隱士風格，不計名利，視富貴如敝屣。

成吉思汗——建立蒙古帝國，主宰人類命運的霸主，漢族自我沾光、感覺良好。

忽必烈——令漢民族行為夷化。

明末鄭成功——擊敗荷蘭，解放台灣。

清聖祖康熙——奠定中國人心目中中國應有的疆域。

清代林則徐——虎門銷菸，抗英帝國主義，導致鴉片戰爭，割香港成純英資本主義之地，成為中國西化參考樣本；編譯《四洲志》，用以了解世界地理狀況。

清代曾國藩——洋務運動之父，經營江南製造總局。

清代左宗棠——成立福州船政局，自製仿造輪船火炮。

清代慈禧太后——挪北洋軍費建頤和園，阻康有為光緒維新變法。

清代李鴻章——投降主義。

近代五四白話文運動——仿西方語文，斷傳統文言文之根。

毛澤東——發展原子彈，支援朝鮮戰爭（韓戰）；毛澤東硬骨硬幹不服古，中國民族主義脊梁，發動文化大革命，《毛語錄》影響全中國。

鄧小平——實用主義，不管黑貓白貓，會抓老鼠的就是好貓；改革開放，洞燭要達到社會主義理想，必先經過渡階段改革開放。

4.因制度執行或歷史事件帶來影響者：

西漢董仲舒——罷黜百家獨尊儒術，大一統中央集權。

五胡（六夷）亂華——北方胡人大混合，漢人成弱勢之始；外族夷化統治中華漢族之里程碑。

鮮卑人（與後來的大清國滿人同宗，同為東胡）魏孝文帝——華化，禁胡服胡語，改漢性，胡漢通婚。

唐太宗——推行漢化胡人政策，西域稱之天可汗；貞觀之治，不中華不賤夷狄，視之若一。

科舉制度——萬般皆下品，唯有讀書高。

元代建大都，明代建紫禁城，成為近代中國的象徵。

朝鮮戰爭（韓戰）——面對西方，自信心由衰轉盛的轉捩點。

5.以抄襲或使用異族文化為主要力量帶來影響者：

中樂——幾乎就是胡樂，現代中樂器主要為胡樂器，例如胡琴、琵

琶、嗩吶。

唐代玄奘——自天竺（今印度一小部分）取經，將梵文譯成漢字。

釋迦牟尼、達摩祖師、禪宗——佛教思想的傳入，使華夏文明進入消極保守思維。

回教文化——唐高宗時，回教（伊斯蘭教）正式傳入中國，並允許回教使者沙德於廣州建立清真寺，對中國的科技、哲學、藝術、建築和飲食等方面均有影響。

清代魏源——著《海國圖志》，師夷長技以制夷。

清末民初嚴復——翻譯赫胥黎《天演論》，引進「物競天擇」「優勝劣敗」「適者生存」概念。

孫文——提倡三民主義。

胡適——發起五四白話文運動，以改良實用主義；一九四五年曾參與制定聯合國憲章及教科文組織憲章。

魯迅——五四新文化運動旗手，馬克思主義者。

從五四運動到文化大革命都說要打倒孔家店（孔子、儒教），他們找錯了對象，因為他們以西方殖民觀點建立的錯誤觀察，其實他們口中有關中國的國民劣根性保守不進取的部分，主要是建立在印度傳來的佛教思想。
圖片/雲崗石窟的釋迦牟尼佛/攝影 Gisling

陳獨秀、李大釗──引進共產主義唯物論。

6.完全原裝西化產物制度，直接移植：

近代的中國人，除了食物、語言、文字、內在核心與行為模式等非
物質文明，尚有一些華夏遺風（不管是好的或壞的），所有的外在、
尤其是物質文明已然全部西化。

劣根性形成的要素

在目前地球上已出現的文明中，沒有任何一個是完美的，延續時間
越久，越多習以為常、自己不自覺的劣根性，我們不妨看看一些對
中華文化子孫的一些國民性分析，藉此我們可了解近代的中華民族
國民性，與前述中華文化構成要素千絲萬縷的關係（不管是善的還
是惡的）。這種劣根性，是只要內在以中華文化為思想骨幹的人就有
的特徵。中華民族，人多極複雜，所以主要指的是現代的漢族人。
我們來看看漢字文化人是怎麼批評自己的漢字文化劣根性。

身為華夏文明的受益者，日人對支那（清國，中華民國大陸時期的
總稱）的國民性觀察是最多的：
●白鳥庫吉《關於清韓人的國民性》（一九〇八年）總結支那人特
徵有五點──一、民主的，而非貴族和階級的；二、保守的而非進
步的；三、和平的而非侵略的；四、實際的而非空想的；五、自尊
的、唯我獨尊的。（註一）
●原惣兵衛《支那民族性解剖》（一九三二年）指出，支那民族在本
質上是愛好和平的，只要他們的生活有保障，就不會在乎由誰來統
治。（註二）
●山崎百治《這就是支那人》（一九四一年）總結以下幾個重點
──一、現實主義、商人根性；二、為了生存，可以昧著良心說謊
誇大，毫不在乎；三、良心麻痺；四、假冒偽造；五、官僚營私；
六、只注意與自我相關事務，直觀短視；七、生存慾是支那民族的
由衷所求、最大的慾望，而性慾則是其核心；八、食慾中有性慾，
賭博中有利慾，再加上吸菸則是全民族嚮往的生活極致。（註三）
●大谷孝太郎《支那國民性與經濟精神》（一九四三年）指出，中華
有排外思想，尤其是排斥弱國，因事大主義及短視，將同為入侵夷
狄的英美法蘇聯引為他們的朋友。在可目視的部分，中國人的髒、

胡適（右）為不中不西的洋買
辦典型。

亂與惡行惡狀，也是劣根性為外人最津津樂道之處。（註四）

至於中國人（一九一一年以後的自稱，日人到一九四五年之後才開
始有此稱法）對自己的劣根性分析，則有魯迅的《阿Q正傳》、柏
楊的《醜陋的中國人》等書。但是真正想以行動推翻中國人劣根性
的則首推陳獨秀，他在〈我之愛國主義〉一文中稱：「外人之譏評吾
族，而實為吾人不能不俯首承認者，曰『好利無恥』，曰『老大病
夫』，曰『不潔如豕』，曰『遊民乞丐國』，曰『賄賂為華人通病』，
曰『官吏國』，曰『豚尾客』，曰『黃金崇拜』，曰『工於詐偽』，曰
『服權力不服公理』，曰『放縱卑劣』。」

另一五四運動大將，也就是主張全盤西化的胡適則認為，中國傳統
文化造就了「一分像人、九分像鬼的不長進民族」。胡適說：「我們

必須承認我們自己百事不如人，不但物質機械上不如人，不但政治制度不如人，並且道德不如人，知識不如人，文學不如人，音樂不如人，藝術不如人，身體不如人。」胡適的這種文化自卑感，是當時的普遍現象。就是因為這種自卑，再加上學自西方人的種族優越觀點回頭來看自己文化，怎麼看都不順眼，而導致自虐自殘自宮式的五四新文化運動。

今日再看這些黃種人對自己母體及母體文化的批評摧殘，再對照我們今日對西方殖民者靠著軍事霸權、全球殘暴無德的殺人放火殖民歷程的更深一層了解，以及對西方妖魔化異民族手段的洞悉，漢字文化黃種人已經過了五四新文化運動那種對西方一知半解的幼稚階段，對於這種源於西方種族優越論所建立的異民族劣根性理論，不應再盲目吹捧。這些五四洋買辦將所有漢字文明失敗的原因，歸結為「國民劣根性」。而他們所說中國人的「國民性」，都源自西方的傳教士，以及各種種族主義者植基於歐洲白人優越論而得的觀察；其實以劣根性而言，西方人的劣根性對全球人類為害更大。

五四新文化運動

要了解現在的漢字文化，就必須了解發生在一九一九年急欲全盤西化的五四新文化運動。一九一九年，五四運動爆發前後，以陳獨秀主辦的《新青年》雜誌為核心，胡適、魯迅、錢玄同、李大釗、周作人、吳虞等人發起了「反傳統、反儒教、反文言」運動。然而，他們本身的西化程度都不夠徹底，洋墨水喝得不夠，對於想要的西方文化及西方人模式、劣根性一知半解，常拿西方文化的糟糠劣根性來改造代替漢字文化的糟糠劣根性；有時更糟，將不該反對的漢字文化精華也盲目無知地一概加以反對。他們認為要廢漢文，否定已僵死的中國文化，才能救國救民，因此不但否定文言文，連漢字他們都想拉丁化。一九六六年，毛澤東發動文化大革命，更令傳統中華文化地位來到自誕生以來的最低點。

今日再重談已經成功（也可說是失敗）的五四新文化運動，有許多當時同為留學西方的學者已看出其運動的缺失，例如曾任哈佛大學副教授的民初留美學者梅光迪（1890-1945）對新文化運動家有以下見解：「其所稱道，以創造矜於國人之前者，不過歐美一部分流行之

陳獨秀——五四運動旗手，也
是毀掉中華文化核心文言文的
功臣（罪人）。

學說，或倡於數十年前，今之視為謬陋，無人過問者。」／「言政治
經濟，則獨取俄國與馬克思，言哲學則獨取實驗主義，言西洋文學
則獨取最晚出之短篇小說獨幕劇及墮落派之著作。」

柳詒徵（1880-1956）《論中國近世之病源》則認為：「今人論中國近
世腐敗之病源，多歸咎於孔子。」／「誤以為反對孔子為革新中國之
要途，一若焚經籍，毀孔廟，則中國即可勃然興起，與列強並驅爭
先者。」／「中國近世之病根，在滿清之旗人，在鴉片之病夫，在污
穢之官吏，在無賴之軍人，在託名革命之盜賊，在附會民治之名流
政客，以迨地痞流氓，而此諸人故皆不奉孔子之教。」／「中國最大
之病根，非奉行孔子之教，實在不行孔子之教。」

然而這些警語，之於整個漢字文化的潰敗，只能完全淹沒在當時無
知盲目崇洋媚外的浪潮下。

發揮華夏文明善的本質對全人類做出貢獻

有關漢字文化的分析，所有正反兩方的分析都有些道理，雖經常提及劣根性，但並非現代華夏文明人所獨有；只是，現代華夏文明確實具有這些特點，不過兩方也都犯了以偏概全的錯誤。然而，中華漢字文明到了近代，已是一潭死水，對全世界人類文明的提升已無貢獻，從廟堂之上的法律、主義、制度，到民間的藝術文化創作，無不自西方引進，缺乏原創性，抄襲成風，甘於居西方白人文化之下，有奴化心態。所幸還存有華夏文明善的核心——人道、同情、和平、順自然、包容，沒有完全被西方自私自利的工業革命、資本主義、實證科學主義所泯滅。

相對於西方文明商人本質為求利，現代華夏文明農民的本質和平好安定，西方式的工業革命、資本主義、實證科學主義，未誕生於中華文明可謂必然，是幸也是不幸。幸，是並未完全演變出極度自私自利、弱肉強食的野蠻性；不幸的是，西方正是靠著這些主義革命武裝起他們自私自利、弱肉強食的野蠻性，壓迫著中華農民性格的文明朝向以利為核心的西方文明。最終，近代中國人仍是秀才遇到兵地不敵西方入侵，被迫西化以抵抗西方壓迫侵占，導致自己蠻夷之態（夷也有明夷）盡現。古蠻夷再加上今蠻夷的壓迫，近代中國人已漸失和平農民的核心本質。

由上面所列的中華漢字文明構成要素可知，原有的許多原始華夏文明精華，現經夷化夷態改造、變態後已然成了糟粕，這種糟粕也奠定了今日許多中國人不人道的思想邏輯，和劣根性的行為模式。

從以上分析可知，中華文化原始核心在秦始皇時期已大部分完成，之後後人貢獻甚少，歷代漢族（到後來已是胡夷血液居多）雖有華心，但行為模式日益夷化（胡族則華化），都早已不是古中華人的行為模式了。中華文明歷經幾千年演進，有精華有糟粕，可是該留該用的精華沒留沒用，不該留不該用的糟粕卻留了很多、用了很多。

中華民族文化的構成來源有千千萬萬種，有統治者別具用心以之當工具，例如漢朝為了統治，強迫推行獨尊儒術；有自創如老莊；有述如孔子；亦有自外國外文化引進，因襲、抄襲外國先進（或退化）思想者，如孫文的三民主義。縱然許多思想如孔子的儒學，已然成

為中華民族傳統的文化，基本的思維邏輯基礎之一，但不表示新的中華民族要將錯就錯一味尊古，而不能有新的民族行為模式。何況，孔子所有提倡符合現代需要的大部分想法，從沒實施過，全成了口號，不曾實現。與此同時，這百年來因西化而被丟棄的，也未必是糟糠，例如中醫（漢醫）。

現階段的中華文明，從元清先後入主「中國」後，已自夷態變成夷心。在洋夷的西化後，硬是在已夷手夷腳的基礎之上截肢，接上了西化。這個四不像、非自然產生的近代中華漢字文明，造成了國民性格的扭曲，在半西半中、不中不西之間進退兩難，經常自我矛盾，導致近代中國人因為一代比一代西化，而有了明顯的文化代溝；在這西化深淺早晚不一的人群間，造成從家庭到國家內外的衝突。無法完全西化是必然，但也保持不了華夏文明的核心完整，最後只知死守一些中華文明的教條，而失去了天人合一自然的精髓與華夷思想的自信，成為一種掛羊頭賣狗肉、掛華頭賣夷肉的文明，實已非傳統發自善心多元的華夏文明。

華夏文明，雖有部分可做為人類過渡及未來探索可能理想的參考，但演變至今大部分內容已是該被放棄的文明，已是少善魂無善體；然而，西方國家的文明也與人類向善進入新文明背道而馳，同樣也該放棄。西方國家文明多善體但卻有惡魂，那麼中西融合是否最佳？非也，非我族類其心必異，除非人類全為同一種外形、同一種膚色、同一種文化，否則這個世界的各種舊文明，只能各自盡量吸收全人類在善良文明中進化的成果，循著各自文化的軌跡，各自發展出多元的新文明。華夏文明不可能藉著完全西化（尤其是口號化的假普世價值——西方式偽自由、偽民主、偽平等、偽人權）進入新文明，必須努力吸收全人類文明的善良成果，並有自己的創見，才可能延續華夏文明上萬年的光輝歷史，繼續對全世界的人類做出貢獻。

作者註：註一至註四的內容，參考自王向遠《日本對中國的文化侵略》，2005，中國昆侖出版社。

中原的黃土地、西伯利亞的黑土壤、北極圈格陵蘭的白色凍原、紅土的南美綠色雨林、灰沼澤的佛羅里達、藍色太平洋……，過去幾萬年間，地球上除了少數地方，黃種人無一處未曾繁衍、生活過，這些黃種人和他們的子孫，如今安在？

許多黃種人，不了解黃種人整體的歷史，不了解黃種人的祖先早在萬年前就已經散布在全球各地，因為不了解而產生了一種狹隘式的愛鄉愛土觀念，這種觀念一直限制著自己及自己民族、種族的發展。近代這五百年來，西方白人帝國殖民主義橫行霸道，西方白人（尤其是英國人及其後裔）鳩占鵲巢，不但藉著大量屠殺黃種人原住民、棕種人原住民來侵占美洲、北極圈、西伯利亞、澳洲、紐西蘭（新西蘭），以及整個太平洋及印度洋的所有小島，而且得了便宜還賣乖，限制各色人種（尤其是黃種人）移民，例如美國祭出了史上唯一針對特定民族的「排華法案」，以及澳洲在一八○○年被英國侵占之後，長達百年的「白澳政策」。

這些歷史非但許多黃種人不了解，很多西方白種人也不知道他們的祖先幹過這麼多壞事，所以這些種族滅絕人類罪犯的後裔，仍然能心安理得地住在他們祖先靠種族滅絕得來的土地上。在號稱文明開化的近五百年裡，

黃土地

走出黃土地，鼓勵異種通婚

■ 俄
■ 英
■ 西班牙
■ 其他：葡、法、美、荷、土耳其

1800 年世界殖民地圖

西方所「全力捍衛」的西方價值核心──人權，早就被西方白人的祖先以種族滅絕別人生存權的方式，加以屠殺踐踏。西方白人犯了人類史上最大最多的種族滅絕罪，這些西方白人卻還要再拿人權來教訓別人，並且當做侵略他國的藉口，或是占住殖民地限制別人移民，可說極為可惡。踐踏人權到如此地步，西方白人種族主義者推銷的西方價值，也不過是個反諷至極的笑話而已。

攤開人類的歷史，整個太平洋上的小島原住民全都是黃種人，現在卻都成為美屬地、英屬地，或是法、俄屬地；極其諷刺的是，現代黃種人卻為了太平洋邊緣的幾個蕞爾小島鬥得死去活來，現代黃種人只能爭奪幾棵小樹，卻不能站高一點看看整片森林。今日的黃種人不能再窩在黃土地，不能再窩在日本列島、朝鮮半島、蒙古草原、東南半島、爪哇群島，現代黃種人應該要像遠古先祖──那極北、極南的黃種人一樣，勇敢地走出去，移民到曾是黃種人原居地的美洲、北極圈、西伯利亞、太平洋，移到棕人原住民幾乎被白人殺光的澳洲。

世界近代移民史概要

按照許多西方人的邏輯，世界有世界史始於「西方工業革命」前後，近代文明從「世界地理大發現」、大殖民開始。雖然這並非事實，但我們不妨按照西方人的邏輯，看看這段時間裡，西方大發現了什麼，大殖民了那些地方，是發現了無人之地以文明的方式殖民，還是如野獸動物般血雨腥風地殺向其他人類。

翻開世界移民史，看看過去的五百年，很大一部分都是黃種人及其後裔的種族滅絕史。黃種原住民的土地被西方白人強盜國集團移民屠殺、強占，這段血雨腥風的歷史，占據了西方軍事殖民主義史上的絕大部分。

以美洲為例，整個美洲的印第安黃種人，在不到三百年間，被西班牙、葡萄牙及隨後的法國，尤其是後起之大惡的英國，加以屠殺殖民，美洲的印第安黃種人幾乎整個被種族滅絕。再加上，後來獨立的美國從新英國十三州一路殺，不但殺到了加州，還越過夏威夷，接著又黑吃黑，殖民了西班牙的殖民地菲律賓，一路殺的全都是黃種人；第二次世界大戰後，又「半殖民」了日、韓、台、南越。在

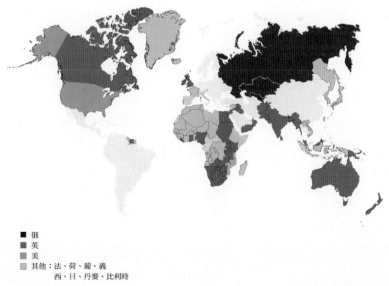

■ 俄
■ 英
■ 美
■ 其他：法、荷、葡、義
　　　西、日、丹麥、比利時

1939 年世界殖民地圖

此同時，北方的白種俄國人也如法炮製，越過萬年以來的黃白人種
分界線——烏拉山，強占了蒙古人通古斯西伯利亞族的西伯利亞，
一路殺到太平洋，最後還越過白令海峽，殺到阿拉斯加、加州，一
路殺的也全都是黃種人。以上例子只是西方白人在全球犯下人類罪
行的一部分，可惡的是，這些西方白人還為他們這罪大惡極的「種
族滅絕人類罪」，披上了文明的外衣，欲掩蓋這骯髒、又自私自利的
目的和行為。

在一五○○年代之前，全世界的土地，由國家占領、政府依法治理
的不到五分之一，這些地方雖沒有明確的國家實體（西方的偽定
義），但確實都有住民居住。但是，今日的地球，除了南極，所有當
初未被國家明確組識起來的土地，全被西方及俄國白人瓜分了；在
他們眼中，土地不是天生就有的，是靠砍殺鬥爭得來的，只因他們
相信物競天擇，弱肉強食。從歷史來看，西方歐洲白人強盜國集團
從以前到現在，侵略性、排他性都很強，各個年代的差別只在於他
們所使用的武器越來越狠毒而已。

歐洲白人強盜國集團

近五百年來，歐洲白人強盜國集團，包含了「第一集團」西、葡、
荷，後起的「第二集團」法、俄，和現如今的「西方」主力英、
美。而最後加入這軍事種族滅絕主要殖民國行列的，則是德國、義
大利，且由於正式加入時間太遲（一八八三年開始），只搶到了幾
塊地，如非洲的坦尚尼亞、肯亞、喀麥隆、太平洋的新（紐）幾內
亞；後因為在第一次世界大戰戰敗，而被其他老牌歐洲白人強盜國
集團利用「凡爾賽條約」，將德國所有殖民地黑吃黑，瓜分殆盡，德
國於是在一九一八年被迫提早結束海外殖民。此外，丹麥殖民格陵
蘭島，義大利殖民衣索匹亞，比利時、澳大利亞、瑞典等，亦都在
歐洲白人強盜之列。

歐洲白人強盜國集團，在過去五百年裡，壞事做絕，殺人無數，如
果以今日西方在荷蘭海牙的國際法庭對伊拉克海珊（又譯胡珊、侯
賽因）的控訴審判標準，這幾個國家的皇帝、總統、軍人通通都該
以極刑處決，然而只因為這些「罪犯」是為了歐洲白人的利益殖民
而殺人，不但無罪，甚至還在他們國家的史書上被捧為開疆拓土的

英雄。

以美洲移民為例，對付黃種人原住民（印第安人、愛斯基摩人）的主要手段為——驅逐、奴役、戰爭、謀殺、屠殺、傳染。這些歐洲白人強盜利用歐洲母國的政治教會組織做後盾，在登陸美洲區域時成立了殖民政府，並在西方白人的聯手下，有組織地進行全美洲種族滅絕；他們撕毀了與黃種人原住民之間的所有約定，靠偷靠騙靠搶靠殺，才得來今日的領土。

墨西哥區，原有約兩千萬黃種人及原住民後裔，人口相當於當時歐洲的人口，後來印第安人（其實就是黃種人）大量減少，高達百分之九十五都被滅掉。一八○○年，西班牙所占有的美洲區，在那一千六百九十萬人口中，尚有七百五十萬印第安人；然而到了一八二○年，在北美一千一百六十萬人口中，就只剩下六十萬印第安人殘存，再到十九世紀末，更是只剩下二十萬人。由此可知，西葡及其後的英美法殖民者，殺得有多狠，殺得前無古人後無來者。

在「新大陸」，美英屠殺印第安人以擴張地盤的同時，為鞏固白人勢力，強力禁止或控制黃種人移入，反倒大量接受歐洲白人移民，光是一九○○至一九二○年就有六百五十萬歐洲移民移入。美洲原住民原為單一種族（黃種人），在狗籠巴斯（哥倫布）開啟歐洲白人屠殺史之前，全美洲約有一億人口，百分之百是黃種人，但現在幾乎滅絕。以美國為例，美國人口現約三億人，印第安人、夏威夷和其他太平洋島嶼黃種人原住民，只占約百分之一；而且，這個數據中的黃種人原住民也幾乎都已經是混了血的——許多人的黃種人血統甚至僅為千百分之一，但在美國「一滴血」的標準下，仍然被視作印第安人，可是即便認定的標準如此寬鬆，黃種人原住民也僅剩下百分之一。

白人將黃種人從百分之百殺到百分之一以下，把一個原來只有黃種人的美洲，徹底殺成白人為主的美洲。按西方的定義，這難道不是種族滅絕人類的罪行？他們殺人殺得比德國希特勒殺猶太人還徹底，按照西方的人權標準，以及美國立國基礎的美國憲法，還有《聖經》的定義，美國歷任總統及下令屠殺的軍事將領，包括美國國

父華盛頓、傑克遜、林肯在內，通通都該被列為種族滅絕人類的罪
犯，送入大牢斬首示眾，以慰上億被殺黃種人原住民在天之靈。

歐洲白人強盜國集團衣冠禽獸罪行樣本列舉

1.葡萄牙

葡萄牙是歐洲白人強盜國集團最早的成員，也是資歷最深的成員
（一四一五至一九九九年）。葡萄牙於一四九四年和西班牙簽訂「托
爾德西里亞斯條約」，企圖共同壟斷全球，從此，西葡兩國展開對黃
種人原住民（印第安人）大量屠殺，令印第安人的數量自十五世紀
末的五千萬，減至十七世紀的四百萬。而為了補充勞動力，又開始
做起人口販子，買賣非洲奴隸——累死了要繳死亡稅，活著回來要
繳人頭稅，繳不起稅的要服勞役；葡萄牙人甚至用剖腹、挖心、活
埋、焚燒方式屠殺奴隸。

2.西班牙

一四九二年，狗籠巴斯（哥倫布）殖民西印度群島，消滅島上全
部共一百萬對他毫無敵意的黃種人（印第安人），還強姦未成年少
女。西班牙人在一五二〇年滅了阿茲特克帝國，一五三三年滅掉印
加帝國。光是在美洲的領地巴西區，西班牙就殺死一千萬印第安黃
種人，印第安人男性幾乎完全被滅，大量印第安女性被擄、被姦，
或被迫與占了人口絕大優勢的西班牙男性生下混血後代。一五五六
年，西班牙侵占「呂宋島」，重新以西班牙文命名為「菲律賓」，當
時呂宋島已有華人十多萬人，後來在一六〇三至一六三九年，西班
牙人屠殺了當地五萬多名華人。

3.荷蘭

一六一九年之後，荷蘭開始侵占印尼、爪哇、婆羅洲、新（紐）幾
內亞。荷蘭人劣行無數，一七四〇年，在印尼爪哇的荷蘭總部巴達
維亞城（今雅加達），三天之內，不分男女老幼，至少殺了一萬華
人，史稱「紅河大屠殺」；荷蘭殖民政府還按遭屠殺的華人數量獎勵
那些屠殺華人的基督徒暴徒，甚至宣稱屠殺華人是上帝的意旨。在
一九四七年二次大戰後，剛從德國占領中脫身的荷蘭人，強盜本性
不改，已迫不及待地衝向印尼——荷蘭軍隊闖進印尼爪哇島拉瓦格
德村展開屠村，並在家屬面前殺害成人及年幼男性。

4.法國

法國殖民海地（原名聖多明克），當時有五十萬黑人奴隸，讓我們來看看他們在「浪漫」的法國人「文明」統治之下的遭遇——「白人將黑人倒掛起來，將他們釘死在木板上，將他們活埋，將他們裝入麻袋扔到河裡，強迫他們吃屎，用鞭子抽掉他們的皮，將他們綁起來讓螞蟻和蚊子咬他們，將他們活活扔到沸水中，將他們綁到大炮前轟碎，讓狗吃他們……」（註一），這不是發生在石器時代原始野蠻人的暴行，而是活生生在近代上演的悲劇。一八五八年，法國人聯合西班牙海軍進攻越南峴港，之後侵占越南、柬埔寨（原名高棉）、寮國（原名老撾）等中南半島地區，花了三十五年建立了所謂「法屬印度支那聯邦」，在其殘酷統治期間殺死了無數越南、柬埔寨、寮國等中南半島黃種人。

5.俄國

一五八一至一六一八年，從原本的歐洲領土開始擴張，越過烏拉山，進入黃種人區，占據了西伯利亞西四分之一的領土，滅韃靼。一六一八至一八〇〇年，開始往中亞突厥系擴張，同時侵占除了庫頁島及俄遠東海參崴以外的西伯利亞、阿拉斯加，滅掉居住在中西伯利亞、阿拉斯加的各式黃種人及其後裔。一八一五至一九〇〇年，侵占黃種突厥混血國哈薩克，及周邊中亞諸國。一八六〇至一九〇〇年，殺盡西伯利亞的黃種人，並移入五十五萬俄國人進西伯利亞，一共侵占了一千七百萬平方公里土地（約一點七個中國那麼大）。於侵占中國西北及東北領土時，光是在小村海蘭泡，便以刀劈、射擊、水淹、火燒等殘忍手段虐殺了數千清國黃種人住民。

6.英國和美國

英國和美國是最狠的，在占領新土地時，若對方人數寡少，幾乎都是採取殺光的方式，如此一來日後便不會出現原住民要求獨立的情況，不像西葡不得不在政治上融入原住民。此外，對原住民進行大屠殺，反而令英美徹底占住美加澳紐，占盡便宜，不像法國還被要獨立後的越南人趕走（原本居於美加、會趕走英美、主張獨立的黃種原住民都被殺光了，而澳紐的原住民也所剩無幾）。一八六七至一八七一年，僅僅花了四年，靠著殺光黃種原住民的政策占據了加拿大現今所有的領土。一九〇二年，登陸加拿大北極圈南安普敦

島，帶來痢疾，島上五十六個愛斯基摩人，死了五十一個。澳洲的土著曾高達百萬人，到了一九二一年已降至六萬人，現存的四十七萬人之中許多均為混血；自十八世紀末開始，英國人以射殺土著的方式移民，以英國人侵占雪梨南方的塔斯馬尼亞島為例，整個島上的原住民正是被「文明」的英國人，一個一個殺光滅絕的。一八二〇至一九一〇年，有一千兩百七十萬英國人殖民進了美國，兩百萬英國人殖民進了澳洲、紐西蘭，三百六十萬英國人殖民進南美洲（含義、西）。

至於美國，一七七五至一七八三年，接收了英國五大湖以南、密西西比河以東的大西洋沿岸。一八三〇年，完成了對印第安保留區的占領，又私下交易原被法國強占的路易斯安那（新法國南方殖民區）。之後，一八一九至一八四八年，靠著與墨西哥（新西班牙）戰爭，占領了佛羅里達、德州以西。這段期間，美國大量引進歐洲移民，從一七七六年獨立時不到一百萬人，增加到一七八三年的三百萬人；從十三州增加到一八六〇年的三十四州，且於西進期間至少殺了一百萬黃種印第安人。一八四八至一八五二年的加州淘金潮期間，公然燒殺了居住在加州的二十萬黃種族群。一八六七年，甚至跟俄國私相買賣、強占黃種愛斯基摩人所居的阿拉斯加。一八六七年，又往太平洋朝西前進，占領黃種人的中途島。一八九八年，往南占薩摩亞，於大西洋側占維京島，學習英國占領要塞巴拿馬。一八九八年，占夏威夷、關島，及菲律賓。一九一七年占波多黎各。可以說，美國白人從立國開始，一路都是占黃種人原住民的地，一路殺的都是黃種人。一八二一至一九二〇年，歐洲白人共移入三千三百六十萬至美國；其中，英國人一千兩百七十萬，德國人（很多是猶太人）五百萬，愛爾蘭人四百一十萬，義大利人兩百萬，俄國人兩百萬，北歐人一百七十萬。一九三〇至一九六〇年，加州共移入九百五十五萬八千白人、六十五萬黑人。一九六五至一九七九年，加州共移入六百六十七萬六千白人。一九五〇至一九八〇年，全世界共一千萬移民進入美國，主要為白人移民。

以上只是所謂「文明先進」的「西方」衣冠禽獸歐洲白人強盜國所犯下的非常小一部分罪行。歐洲人口中稱頌的探險家、開疆拓土的英雄，幾乎個個都是殺人魔王，他們眼中的「世界地理大發現」，其

實根本不勞他們發現，因為早被該土地上的原住民發現超過萬年、千年以上了。

到了一九一四年，全世界除了歐洲，只有中國、泰國、日本帝國、波斯，以及東南阿拉伯半島、非洲的阿比尼西亞、賴比瑞亞，未曾被汎歐洲白人強盜國集團正式殖民。

由以上提出的客觀數據可知，歐洲白人的殖民、移民擴張行為，主要是消滅、替換居於當地的各式黃種人及其後裔，並非是發現無人的新土地而再行開發，且占領這些土地並非因其國內人口太多太密、有擴充領土的需要，主要還是先占了再說的心理驅使。他們抱著占地及資源越多越好的心理，懷著無窮無盡的貪心慾望，以致歐洲「第一白人強盜國集團」西、葡、荷，以及歐洲「第二白人強盜國集團」法、俄、英、美前仆後繼地形成；那第二強盜集團不但學會了第一集團所有的手段，還變本加厲黑吃黑，侵占了許多原本由第一強盜集團所占土地，並且屠殺得更徹底。根據聯合國教科文組織的報告，西方殖民的中段時期四百年間，因大西洋的奴隸貿易，非洲人口損失達二點一億。

縱觀近代全球白人強盜國集團，在短短幾百年內先後占領的陸地面積，竟達全球陸地面積百分之八十五以上，也等於占盡了全球大洋大海小島及各經濟海域。在十九世紀的頭七十五年，西方平均每年占領廿一萬平方公里殖民地；在之後的二十五年更是變本加厲，每年占領六十二萬平方公里殖民地（相當於十七個台灣）。光是在非洲大陸，十九世紀結束時，西方便已侵占了兩千五百六十九萬平方公里殖民地（相當於二點六個中國）。

但他們現在卻說——讓我們忘了過去的屠殺，保持現況，限制移民。試想看看，當初原居於美洲的印第安人、馬雅人、澳洲土著、紐西蘭毛利人，是否曾同意讓英國人移民？英語系占了全球最多的資源好地，不強大，可能嗎？這些人打著文明或基督的名號，幹的淨是齷齪下流勾當，以衣冠禽獸稱之，算是很客氣了。

美國移民的假象

如今，美國接受來自世界各國的非歐洲白人移民，並刻意接受少量的各種族群，主要是為了塑造「我也很公平開放移民」的假象，以便對外強調人權民主自由的宣傳統戰。尤其在對各地進行侵略時，亦不乏各國各族對美國價值深信不疑的洋買辦吆喝助威；美國利用這些洋買辦以夷治夷，保護其自私的利益。

美國媒體為了塑造美軍由各種族構成的假象，在入侵伊拉克時，刻意安排華人士兵在CNN鏡頭前拉倒海珊巨型銅像；又於《時代週刊》封面介紹西點軍校時，刻意讓華人學生居於最前面、最大面積的顯著位置；後來，甚至選出了一個黑白混血的總統歐巴馬——一個外黑內白、繼續美式霸權戰爭的諾貝爾和平獎得主；就連黃種美國人林書豪也登上了《時代週刊》「二〇一二年世界百大影響力人物」的首位……，這種種種族平等的假象，迷惑著世界各地不明就裡的人，也給了各國的洋買辦如諾貝爾和平獎得主劉曉波，一個振振有辭稱頌美國的藉口。

以「屠殺」這種不義之舉展開移民的西方強盜國，尤以美國白人當權的政府為代表，事實上，他們從未真發自內心地善待全體非白人人類。他們只需要損人利己，頒個諾貝爾和平獎給對人類和平毫無貢獻、患有斯德哥爾摩症候群的劉曉波，便可凸顯出西方「文明」、注重「人權」的特質，以對比凸顯出中國的野蠻，這一直都是五百年來西方慣用的手法——只要當時對自己有利，什麼樣的理念主義都可以提倡，都可以當做殺人藉口，打從利用《聖經》到利用「人權」，只消披著各式各樣文明的外衣，把自己塑造成文明的英國紳士、文明的傳播者、救世主即可行事。然而，偏偏有許多洋買辦深信不疑，像隻狗似地對洋主子的西方普世價值大加崇拜。

現代黃種人要打破移民迷思

西方強盜國的歷史學家，每逢碰到西方殖民史大都含混帶過，他們少有對這段骯髒血腥殖民史的反思，因為若對這段歷史鉅細靡遺地檢討，西方所謂的文明神話就會破滅，歐洲中心主義的優越性及合法性將不再存在，尤其當這些西方強盜國現今仍享受著當初屠殺殖民的好處，不但少有歉意，還繼續拿文明為謊言藉口，以各種野蠻方式繼續壓迫其他人類，相當自私自利到無可復加。

黃種人之中移往西方的移民,如果有良知、心繫全人類的根本利益,就該好好地幫助西方人(尤其是美國人)反思這段殖民史,只因這些強盜國及人民(尤其是白人)幾百年來都是殖民屠殺的受益者,他們很難有此良知自我反省。在當前無法從外強迫西方白人大徹大悟、改變自私自利野蠻政策的情況下,沒有西方白人盲點的黃種人若能移進西方的應盡量移,能變成西方公民的應盡早變西方公民,然後落地生根,在美國盡可能壯大黃種族群善良正義的力量。在那個一切號稱民主一人一票的國家,黃種人將來能掌握的最大武器,就是發揮愛和平、善良正義的力量,改變西方白人的盲點及自私性格;應該要積極著書立說,參與媒體和政治,做為西方的良心,幫助西方,改變西方的輿論思維,從現今自私自利的盲點變質,蛻變成一個可長可久的偉大善良國家,真正執行人道造福全人類;另一方面,也要把從西方得來的知識財富力量,介紹投資回流於黃種人身上及全人類各地更大的偉業上,讓個人或子孫在西方的成功當做黃種人及全人類翻身邁向真文明的助力,最終使地球上其他人類擁有足夠平衡西方的力量,徹底讓西方改變自私心態。

當然,如今已非昔日靠著強盜暴力屠殺滅絕種族、毀人家園、強占土地、累積資本的明目張膽帝國主義暴力殖民時代,不能因為西方白人強盜國集團曾犯下如此大惡大錯,黃種人、黑種人、棕種人一覓到強大機會就要加以報復,以牙還牙,再重複西方白人強盜國集團靠暴力搶土地資源資本的惡劣行為。然而,也必須讓強占最多土地的西方白人強盜國集團,尤其是地廣人稀的英語系國家及俄國,好好加以反省——這地球是屬於全人類的,不能有人擁有全部,有人一無所有。因此,在暴力殖民時代下累積了資源資本而致富的英語系國家及俄國,最好的反省作為就是,在其強占的所有前殖民地,大量開放非白人移民,最終達到人類混合混血平衡,他們也可真正活得心安理得。

對於至今仍不知悔改的西方白人強盜國集團人民,則需從內部,從根、從本質改造。要改造號稱西方式民主一人一票的西方白人強盜國,就必須從其移民、且聯合那些被自己白人壓迫的西方白人著手,改變那些在西方人裡自私自利的百分之一(此為「占領華爾街運動」的口號),只有等到絕大部分西方白人能如德國人反思屠殺猶

太人的罪行一般，真心悔改，西方白人才能卸下帝國主義暴力殖民的原罪，才能得到世界各國人民以兄弟姊妹之情相待，不用再天天提心吊膽，過著殺人心虛、為富不仁，隨時擔心害怕被恐怖打劫、精神衰弱的日子，回到人道的正路上。

而要想和平地進入新文明，最應被鼓勵的作法就是大量異種族通婚。人類如果只靠黃白兩大力量保持平衡，是無法長期穩定的；不管是哪些少數人種主宰，在人類未進入後種族階段前，一樣都會有盲點與偏見，而混血人的增加自可增進人類之間的和諧與了解，如哈薩克混血人努爾蘇丹・阿比蘇里・納紮爾巴，他的臉長得和一般黃種人沒什麼兩樣，可是卻有一雙藍眼，一頭黃髮；他妹妹古麗娜則長得像白人，但有一雙黃種人的黑杏眼，一頭黑髮，一旦他們知道他們一家人融合著印歐語民族（斯基泰人、烏孫、康居、奄蔡人、大月氏）、突厥語民族（匈奴、鐵勒、可薩人、基馬克、欽察、康里、阿兒渾、葛邏祿、旺古、克烈、乃蠻、諾蓋人）、蒙古語民族（迭列斤、尼倫、契丹）等民族的各種血液，他們兄妹還會刻意去歧視黃種人或白種人嗎？

混血人及混血家庭，將會是人類和平相處的一大助力，也是不同種族間最好的橋梁，但現今世界上大部分國家地區往往對混血家庭、混血小孩百般刁難（例如台灣），不管是國籍的取得或基本權利的保障，窮一點的人要是想異種族通婚，無異是折騰自己。國際社會為什麼要為難這群未來人類和平的天使呢？人類各人種、各民族之間的混同，尤其是現階段各色人種與西方白人的混血兒，他們將會是歐美白人看清其西方舊文明劣根性的一面鏡子，他們也會是黃種漢字人看清其漢字舊文明劣根性的一面鏡子，黑白混血人歐巴馬被以白人占大多數的美國人選為總統，證明了白種人的種族歧視也在變化中，這是美國白人進入新文明的一個嶄新契機。未來若有更多如此的例子，甚至是純黑種人或純黃種人進入西方白人世界核心，將會是全體人類進入新文明的一大助力。

※本篇註釋參考文獻
・《西印度群島簡史》（A Short History of the West Indies by J. H. Parry and P. M. Sherlock），1976，天津人民出版社翻譯出版。
・《西印度群島》（Die Westindischen Inseln by Helmut Blume），1980，上海譯文出版社

翻譯出版。
‧《拉丁美洲史》（Latin America A History by Alfred Barnaby Thomas），1973，商務印書
館翻譯出版。

美洲黃種人滅國史

「西方」航海探險殺人犯——狗籠巴斯（哥倫布），來
自熱那亞（Genoa，現義大利境內），於一四九二年至
一五〇二年之間航海到美洲，以為自己登陸的是亞洲，
於是將黃種人原住民斯克林斯人（Skraelings）稱之為印
度人（Indian），後來更有無知的西方人類學家只因這
些黃種人原住民的皮膚較黑紅，以為他們是另一個不
同的人種，因此稱整個美洲的黃種人原住民為「紅種
人」。

這些美洲的黃種人原住民之所以被滅國滅族的關鍵歷史
錯誤，就是未意識到部分的歐洲白人（尤其是白種男
人）身上的極度野蠻和侵略特質，可以說全球各地的黃
種人國家也都犯了同樣的錯誤，沒有意識到歐洲白人如
豺狼般有著無底洞似的貪婪。這種野蠻、侵略及貪婪特
質，與科技文明的落後先進無關，那是「西方」文化核
心的劣根性。時至今日，手中擁有了更多科技發明的
「西方」野蠻人，對其他人類可說為害更大，甚至連全
球各地的動物及環境也同時受害。

「最初，溫和的印第安卡里布人，稱歐洲侵略者為來自
天堂的人。後來，北方的印第安人稱他們為貪婪搶土地
的人。印第安阿爾岡昆人（Algonquian）則稱英國人為

黃國──美洲與北極圈篇

黃種人滅國史之一

美稱為西方航海家的狗籠巴
斯（哥倫布，1451-1506），
被西方歷史當成英雄人物，實
際上卻是不折不扣的種族殺人
犯，種下美洲黃種人原住民滅
國滅族的因子。他在一四九二
年到一五○二年間四次橫渡大
西洋，成為首位到達美洲新大
陸的西歐人，但他至死都以為
所到達的是亞洲，因此把他所
屠殺的黃種原住民稱為印度人
（其實是印第安人）／哥倫布畫
像／收藏於美國國家圖書館。

凶手。」（註一）印第安人對於土地，原本是不具備私有觀念的，他
們的基本社會信念是：「財產是供人使用的，人們會分享他們的所有
物，尤其是食物。如有食物可分，大家分享，沒有食物時，大家挨
餓。土地公有，任何成員都可在任何地方搭屋居住、種玉。」印第安
人無法理解的是，為何這些貪婪搶奪土地的白人，所占有的土地遠
甚於他們種植糧食所需，為何白人要將強占的土地據為己有，並聲稱
永遠屬於他們？（註二）

這是多麼美好無私的觀念，卻被滿腦子資本殖民主義的歐洲強盜充
分利用。誇張的是，西方學者居然把天花、霍亂、麻疹、痢疾這些
傳染病和他們自己祖先犯下的種族滅絕罪扯上關係，彷彿人類有史
以來最大的屠殺罪主謀其實是──「病菌」，而歐洲白人只不過是從
犯罷了。即使是最客觀的西方史學者，也同樣抱有自我中心式思考
的盲點與無知，也將印第安人的消失歸咎於這些病菌，而非自己白
人祖先所犯下的屠殺暴行。他們說，美洲消失了幾千萬名黃種人原
住民，他們只屠殺了其中的幾百萬，其餘都是自己病死的，還真是
欲脫之罪何患無辭，無恥至極。

從一四九二年往前推一百年，洲際航海科技能力實遠高於狗籠巴斯
這些白人強盜的彼時中國區「大明國人」，早已航行於各大洋之間，
大明國鄭和的寶船艦隊不但比他們早約一百年（一四〇五年）進行
洲際航海，而且規模達到兩百四十船、兩萬七千多名船員，絕非後
來的歐洲白人強盜船隊可相比。鄭和寶船艦隊曾七次進行洲際國際
和平遠航，非但沒有殺人占地，還到處交朋友送禮物；反觀歐洲白
人強盜，一旦掌握了洲際航海科技能力，卻是對世界各地人類展開
屠殺、占地、搜括資源財物，這就是源於「西方」文化核心的劣根
性。

黃種人的全球化遷徙

關於黃種人遷徙至西伯利亞及美洲的最早紀錄，一般認為始於兩萬
年前。兩萬年前，他們到達西伯利亞定居；一萬四千至一萬三千年
前，在阿拉斯加及墨西哥留下了黃種人克洛維斯遺址。但也有人推
測，三萬至三千年以前，黃種人已從西伯利亞經白令海陸橋來到阿
拉斯加，也可能還有後期文化先進的亞洲黃種人，乘船從北路沿白
令海峽（因海平面再上升，陸橋消失了）來到阿拉斯加，再從西北
海岸往南遷徙。還有另一種可能是，後來從南路南島語系太平洋擴
張至南美洲的黃種人，他們於六千年前進入加勒比海各島，於四千
年前進入北極冰帽區（因紐特人），完成對西伯利亞及美洲的全面覆
蓋。

在大洋洲方面，黃種人一路從中國華南往南進入東南亞，往東經台
灣向太平洋各島遷居，從新（紐）幾內亞北方的俾斯麥群島出發，
三千兩百至三千年前，進入玻里尼西亞、密克羅尼西亞。黃種人爪
哇人則向西經印度洋，三百至八百年前，進入非洲馬達加斯加島。
南島語系黃種人之後一直向東、向南遷徙，移民至夏威夷、復活節
島、紐（新）西蘭，甚至到達美洲。黃種人在各地的住民，於約
一千年前已完成全球化遷徙。

美洲黃國三大文明滅亡

馬雅文明、印加帝國、阿茲特克帝國並列為美洲三大文明，它們均
由黃種人所建立（阿茲特克與馬雅文明位於中美洲，印加帝國則位
於南美洲安地斯山一帶）。八世紀時，馬雅人便預言——將有白皮膚

的神穿越海洋,到達猶加敦半島。一五一九年白人果然如馬雅預言出現了,結果來的不是白皮膚的神,而是白皮膚的殺人強盜。十六世紀時,馬雅文明和印加帝國、阿茲特克帝國均被當時的「日不落帝國」——西班牙帝國所滅。

●阿茲特克(Aztec)文明

阿茲特克人是在相當於今日墨西哥的區域建國,阿茲特克的首都特諾奇特蘭(Tenochtitlan),即現今墨西哥城的位置。一五一九年,西班牙人咳耳特斯(Hernan Cortes)的船隊從墨西哥灣登陸,阿茲特克人認為這些西班牙人是傳說中的羽蛇神(Quetzalcoatl),便善意地接待他們,但西班牙人卻恩將仇報殺了他們的國王,又鼓動周圍部落圍攻。阿茲特克人終於在一五二一年八月投降,被征服期間從原本的一千五百萬人口,只剩下三百萬,首都也被大火焚毀。

●馬雅(Maya)文明

馬雅文明,是過去曾分布於現今中美洲國家的高度文明。馬雅人是最先發明零(0)的民族,比印度更早,這是多麼令人驚訝的數學成就。他們的天文知識非常先進,已計算出從地球上看月亮的週期為二十九點五三零二天,誤差低於萬分之一。

一五二〇年左右,西班牙人及其領導咳耳特斯開始征服馬雅城邦,

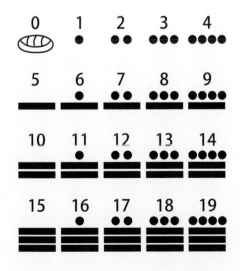

馬雅人的計數符號,具有人類最早的零(0):馬雅人有一個被稱為「人類頭腦最光輝的產物」的五進位數學體,他們率先發展了零(0)這個形狀類似貝形的數字,這個發明要比印度略早一些,比歐洲人則早了約八百年。

馬雅人一直反抗，直到一六九七年，皮天盆地（Peten Basin）被攻陷後，才停止反抗。西班牙人銷毀了大部分的馬雅文獻，後世如今只能靠幾本僅存的抄本，再加上當初西班牙人醜化後的所見所聞，來了解馬雅文化；許多傳聞皆來自當時的西班牙殖民者，極有可能被誇大甚至偽造，以合理化他們自己的惡行。但也許日後對馬雅文化，世人還會有意想不到的挖掘發現。

●印加（Inca）文明

印加帝國所在地為今日的南美洲，東西寬一千兩百多公里、南北長四千多公里，首都庫斯克位於今日的祕魯。一五二七年（被西班牙消滅前六年，他們於一五三三年被滅），印加的國土面積達兩百萬平方公里（相當於五十六個台灣），可說是所有美洲古國（包括馬雅和阿茲特克在內）中最大的一個。

從西班牙來的皮差羅（Pizarro）只帶了一百五十多人的軍隊，就打敗印加五萬大軍，他們靠的並非那性能欠佳的火繩槍，而是馬匹、金屬防具，以及他們帶來的瘟疫病菌，但最主要憑藉的仍是欺騙，以及野蠻的屠殺。西班牙人占領時期，當地人對西班牙人帶來的疾病毫無抵抗能力，人口銳減了百分之九十。一五三三至一五七二年間，印加人仍然繼續抵抗著，直到完全被消滅為止。

美洲黃種人徹底被白人征服

當三大黃種人原住民「國家」被西班牙人消滅後，美洲再無龐大的反抗組織，其他的西方白人亦紛紛跟進，如法炮製，甚至黑吃黑（應該是白吃白）。整個南美洲、中美洲為西班牙及葡萄牙所占。北美洲在沙俄及荷蘭退出後，由美國從新英國（New England）獨立，整個北美洲便由新西班牙（New Spain）、新法國（New France）、英屬加拿大，以及美國四分天下。然而，整個北美洲還有散布在各地的殘存印第安人部族及印第安人保留區，在美國往西擴張的過程中，新法國（New France）、新西班牙（New Spain）受到白人之間的私相授受或遭侵占，印第安部族也一個個被欺騙，一個個被消滅。各黃種人民族無論是反抗，或是對白人友好，最後的下場都一樣，不是被殺（例如桑德河大屠殺 Sand Creek Massacre）就是被驅逐到西部不毛之地。無論是哪一個部落（例如 Iroquois、Tuscarora、

阿帕契酋長傑羅尼莫
Geromino（1829-1909）：
美洲黃種人原住民最後反
抗白人侵略者的酋長，又
名Goyathlay、Goyahkla
抗美墨印第安民族英雄。

Huron），甚至是白人眼中對白人較友好的五個文明部落（Choctaw、
Cherokee、Chickasaw、Seminole、Creek）最終都在美國白人的手底下
通通被消滅。

印第安人所犯的錯誤是，一再地希望與侵占他們土地的白人和平相
處，一再地被逼到絕路時才反擊，一再地無法團結一致對付敵人，
一再地對敵人心軟，一再地與白人訂立和約，又一再地被白人欺詐
毀約，一再地个改變無私有、个自利的想法。（註二）

美洲最後的印第安人反抗，是在阿帕契酋長傑羅尼莫（Geronimo又
名Goyathlay、Goyahkla，抗美墨侵略的印第安民族英雄）領導下的
阿帕契人，反抗行動於一八八六年被騙投降後宣告結束。一八八七
年的美國分地法，將美國殘存的黃種人原住民，全部從美國東岸印
第安保留區趕至西部小量貧瘠的土地。至此，從一四九二年開始歷

時約四百年的種族滅絕殖民，也就是白人對美洲黃種人的征服與消滅，終於「大功告成」。

北極圈及周邊黃種人滅國史

首先，我們簡略地看一下美國於不同年代往西北方向的擴張史：

美國在一八〇三年買下路易斯安那（法屬），一八一八年取得路易斯安那北（英屬），一八一八年及一八一九年侵占和買下東佛羅里達，一八一〇年及一八一九年侵占和買下西佛羅里達（西屬），一八四六年侵占俄勒岡（英屬），一八四五至一八四八年侵占德州（墨屬），一八四八年侵占新墨西哥州（墨屬），一八四八年取得加州（墨屬），一八五〇年侵占德州北（墨屬），一八六七年買下阿拉斯加、聖羅倫斯島、阿留申群島（俄屬，含阿圖島、普里比洛夫群島）。（註四）

我們再簡略地看一下俄國於不同年代往西伯利亞方向的擴張史：

俄國滅韃靼人（黃種突厥混血）喀山汗國之後，開啟了俄國侵占西伯利亞的歷史，於一五八五年建秋明（Tiumen 原韃靼人的喀山汗國領土）。一五九八年滅西伯汗國，一六〇一至一六八九年侵占古西伯利亞人、通古斯人各黃種人北方民族於西伯利亞的領土（中蒙哈薩克部分除外），於一六三二年建雅庫次克（Yakutsk，埃文克人、雅庫特人的領土），於一六四九年建鄂霍次克（Okhotsk），於一六五二年建伊爾庫次克（Irkutsk，布里亞特人的領土）。一七二五至一八〇〇年侵占堪察加半島（堪察加人及克里亞克人的領土）、楚科奇（楚科奇人的領土）、阿留申群島，以及阿拉斯加（愛斯基摩人的領土）。一九一一至一九九一年，外蒙古（今蒙古國）實質上是被俄國占領控制。一九二一年及一九四四年併吞唐努烏梁海（今圖瓦）。一六五一至一九一一年占清國西伯利亞區，以及外新疆領土。

從以上美俄兩國的擴張過程來看，除了加拿大北冰洋（北極海）區落入英國手裡（現屬獨立後的加拿大），以及冰島、格陵蘭、北歐北部（拉普人的土地），被北歐三國及丹麥侵占，美俄兩國幾乎把北極圈及周邊繞了地球頭上一圈；也就是說，西方白人把北冰洋周邊的黃種人原住民土地，全都占了。

俄國從侵占東歐莫斯科周邊開始，於一五八六至一八○○年，從最東邊侵占到阿拉斯加；而美國則是從北美洲東北部的新英國十三州開始，於一八○三至一八九八年，從最西侵占到菲律賓。兩大白人強盜聯手，他們所屠殺侵占的都是黃種人原住民的土地，而共同的受害者則是愛斯基摩人。他們從未得到殘存的愛斯基摩人同意，還私下自行買賣以屠殺搶來的土地，而這些土地是愛斯基摩人住了幾千年的土地。本節要討論的，就是愛斯基摩民族。

愛斯基摩人的定義及各族分布區域

愛斯基摩原住民區，包括整個北極圈絕大部分及周邊區域，涵蓋北美洲北部（包括美國阿拉斯加北部、加拿大北部，以及格陵蘭）、阿拉斯加西部、西伯利亞東北部（俄屬）、阿留申群島及附近各島（美屬）。

按照西方的分類，除了愛斯基摩人，其餘的美洲土著居民則屬於印第安人，這些美洲土著居民常被統稱為「美洲原住民」，這是白人分類、分化其他種族的一貫伎倆，不管是愛斯基摩人或是印第安人，這都是他們一廂情願的錯誤命名，唯一的共同正名應為「美洲黃種人原住民」。

各愛斯基摩原住民區被侵占的歷史

愛斯基摩原住民區基本可分成以下五區：一、丹麥屬地格陵蘭島；二、加拿大北方屬地；三、美屬阿拉斯加；四、美屬阿留申群島區；五、俄屬西伯利亞東端。本篇將先討論人數比較多、較具代表性的格陵蘭島，以及阿留申群島區。

●格陵蘭島（Greenland）

格陵蘭島位於北美洲的東北部，在北冰洋和大西洋之間，全島面積為兩百一十七萬五千六百平方公里，是世界上最大的島嶼。原住民為因紐特人（Inuit，或譯伊努特），占了絕大多數。

愛斯基摩黃種人，幾千年來一直是格陵蘭島上唯一的原住民。相傳九八二年左右，因犯罪而被流放冰島的紅鬍子艾瑞克（維京人），帶著從冰島來的第一批移民定居於格陵蘭南部，因為這次的移民，

令許多西方白人歷史學者一再強調白人移民格陵蘭島的正當性，他們一再強調白人移民早在一千年前就到過格陵蘭島。事實是，當時在格陵蘭島上的愛斯基摩人早已住了上千年，只是他們不具備像白人那種國家主權私有的觀念，他們不像西方白人到處插國旗強占領土，有人反抗就殺，沒人反抗就先占地為王。如果當初這些西方白人強盜宣示主權的方式至今還有效，那麼愛斯基摩人大可在地廣人稀的北極地區，插上愛斯基摩國旗宣示其主權。當時，島上的愛斯基摩人不久便發現了這群白人移民，但他們也如同美洲其他黃種人原住民一樣和善，想和白人移民友好相處，可是這群貪得無厭的維京海盜卻不這麼想（現在的西方強盜國家，大都帶有維京海盜的血液，如英國人、俄國人，還有法國諾曼人），他們想要控制整個格陵蘭。

西方學者對此段維京海盜移民格陵蘭的歷史（可能是偽史）津津樂道，不外乎補償心中的罪惡感（西方人現在比較文明了，開始對殺人占地的行為有罪惡感了），以及間接表明白人丹麥政權的正當性。其實，西方帝國主義欲占他人之地何患無辭，他們在全球侵占的土地之中，也只有格陵蘭曾有「白人來過」之說。無論當初是否真有其事，就算有，這批入侵的維京海盜顯然已被「物競天擇」了，這也證明白人若不帶一些製造污染的「現代化」裝備，就無法像黃種的愛斯基摩人只靠天然皮毛就可在極地生存。

當歐洲白人國家丹麥於一七七五年將格陵蘭占為殖民地時，全格陵蘭島的住民百分之百皆為黃種愛斯基摩人。丹麥沒問過愛斯基摩人一聲便逕自宣告主權，宣告這些本屬於愛斯基摩人的土地是他們的領土，而愛斯基摩人當時根本不具備所謂的國家主權觀念，壓根兒不知道自己的地被人占了。

所幸，格陵蘭終於在二〇〇八年的公投之後，可以脫離做為白人的殖民而走向獨立；格陵蘭的例子，正可做為西方殖民主義國家改過向善的一個典範。丹麥，做為一個最早的西方殖民主義國家（從十三世紀開始），願放棄侵占的土地，尊重原住民的意願及人權，值得其他歐美白人強盜國好好學習。與此同時，格陵蘭如果脫離丹麥統治，最終能完全獨立建國，這樣也能激勵其他的愛斯基摩人爭取

自己的建國權。

●阿留申群島區（Aleutian Islands）

阿留申群島的範圍，乃從今日的俄屬堪察加半島，向東延伸至美屬
阿拉斯加半島。部分愛斯基摩人的先民就是經阿留申群島，往東到
達美洲大陸北邊各島，最後抵達格陵蘭。

一七四一年，俄國人僱用奇里可夫（Aleksei Chilikov）和丹麥人白令
（Vitus Bering）對西伯利亞以東的區域進行探勘，插旗宣示主權。然
而，從阿留申群島到阿拉斯加的黃種原住民，皆無國家主權觀念、
為人又太友好，再加上俄國人的暴力屠殺，移入白人移民，致使殘
存的黃種原住民毫無組織能力可加以反抗，於是就和西伯利亞的黃
種原住民一樣，所有土地均被俄國人宣示為俄國領土。

阿留申群島與阿拉斯加半島被俄國強占為領土後，由於俄國在克里
米亞戰爭敗給了英國，害怕英國人繼強占了加拿大之後，又再繼續
侵占阿拉斯加，俄國於是在一八六七年將阿拉斯加、阿留申群島區
賣給美國。今日的阿留申群島，除了一些美國殖民駐軍，其餘皆為
黃種原住民（這也是日本人在二次大戰中想攻占的原因——「大東
亞共榮圈，解放所有黃種人」）。

愛斯基摩人之痛

黃種人居住在北極地區至少有一萬多年的歷史，愛斯基摩人在北極
地區一直過著近乎游牧漁獵的原始生活，處於一種完全天人合一的
原生態之中。他們的生存方式，就像老子在《道德經》中所講述的
美麗境界，有著其他大部分「文明開化」的人類，所沒有的純人類
和諧狀態，他們憑靠自己的雙手工作，無私地與族人分享所得，如
同馬克思與恩格斯的理想共產社會——「無私地各盡其能、各取所
需」，在愛斯基摩人的社會中已見原型。這種以和善無私為核心的社
會原型，若能擴及至全人類，全人類在行為上都向這個原型學習，
甚至在愛斯基摩人當初未被白人自私自利的資本主義污染之前，由
愛斯基摩人反過來管理西方的G8政府，將今日的G8國家變得有如
當初的愛斯基摩人那般，今日的世界必定大為和諧。只可惜，最終
仍是劣幣驅逐良幣的結果，幾顆白屎壞了一鍋粥，無心向善的強盜

改變了純真的愛斯基摩人。西方及俄國白人強盜靠著欺騙，侵占了愛斯基摩人的土地；今日，愛斯基摩人的土地等於是被丹麥（快從其中獨立了）、俄國、美國、加拿大，給私自瓜分了。

這些西方白人政權如今雖然口口聲聲高喊人權，每逢侵占指謫別的國家總以人權為口號；實際上，即使過了數百年的光景，這些白人強盜政權依然只知道搶，仍不改其自私自利的心態。當殺人占地對他們有利時，便絕口不提人權；而為了己身利益拿自由民主人權當藉口惡整其他國家時，便口口聲聲高喊自由民主人權。試想，當初他們殺人占地、不管愛斯基摩人死活（出於非我族類的歐洲白人中心思想作祟，心中想的卻還是西方白人帝國主義那一套），可是連一句人權也沒提過。如今在大半屬於愛斯基摩人的北冰洋，他們又開始爭奪占海劃地，繼續行殖民搶地的勾當，就像他們的強盜祖先一樣，無視於原住民愛斯基摩人的權利。看來，全球所有的愛斯基摩人各族，只有團結一致成立一個國家，如成立北極愛斯基摩國宣布獨立，並宣布從西伯利亞到格陵蘭沿岸北冰洋全部為其領海；或者聯合其他環北冰洋沿岸的極地原住民（例如雅庫次克等通古斯民族，以及拉普人）一起宣布獨立，成立北極國，宣布全部北冰洋為其領海，才有可能行法理途徑趕走這群貪得無厭的西方白人強盜。

註一至註三的文字，參考及引述自李銓譯（1990）《美國史・上冊》。台北：財團法人陽明管理發展中心。（譯自Hugh Brogan（1987）The Pelican History of the United States of America.）
註四：墨西哥於一八二一年從西班牙獨立。

西伯利亞黃種人滅國史

西伯利亞，是黃種人幾萬年來的原居地，之後雖有一些以黃種混血突厥人為首的部落族群——匈奴（主要部族仍為黃種人）侵入，但這些入侵的黃種混血突厥人後來也已幾乎全部消失，少量的後代大都成了帶有少許突厥混血的黃種人，如雅庫特人（自稱薩哈人）、圖瓦人，他們的外觀皆與黃種人無異。其他的黃種人部族如鮮卑、突厥、契丹、蒙古及女真等民族，均曾在西伯利亞游牧定居過。所以，黃種人可說是西伯利亞萬年以來真正的原住民。

羅剎（明朝時名）、露西亞、露國（日語名）、斡羅思（蒙語名）、俄國（民國台灣時名）、俄羅斯（清代、現中國名），在漢字裡指的都是同一個國家（俄文名 Rossia，英文名 Russia）。全球土地面積為一億四千九百五十萬平方公里，全世界人口有七十億（據聯合國於二○一一年估計）；其中，俄國現有一億四千多萬人，占世界人口百分之二，卻占了一千七百零八萬平方公里的土地。沙皇時期，最大面積甚至達到兩千八百萬平方公里，占全球土地面積百分之十八點七。蘇聯時期，人口為一億七千多萬人，卻占了兩千兩百四十萬平方公里的土地，相較於現今中國土地面積為九百六十萬平方公里（占世界百分之七點二），

人口十三點二億（占世界百分之十九），就可了解俄國人相對於中
國，他們對於侵占土地的慾望有多麼強烈。

俄國於一五四七年伊凡四世執政之始，開始對外擴張；一五八一至
一六八九年，其國土面積從兩百八十萬平方公里擴張至一千五百卅
六萬平方公里。一七九六年凱薩琳女大帝時期，又增加到一千七百
零五萬平方公里。到了一八五五年尼古拉一世時，又再擴增至
一千九百九十五萬平方公里。而後又於一八五八年、一八六〇年再
侵占黑龍江區（約占清國東北領土一百萬平方公里）及阿拉斯加，
建立起跨歐亞美洲的帝國。可以說，自一六〇一至一九九一年所增
加的這些領土，絕大部分都是以侵占黃種人部族原住民區而得來
的。本篇要討論的，即是俄國人越過烏拉山，進入黃種人幾萬年來
的原居地——西伯利亞的侵占史。

西伯利亞境內，被俄國人所滅的黃種人國家及侵占的部族，包括以
下這些：
●通古斯語族
鄂溫克人、埃文人、那乃人、烏爾奇人、烏德蓋人、鄂倫春族、涅
吉達爾人、鄂羅克人。
●蒙古語族
布里亞特人、卡爾梅克人。
●楚科奇——堪察加語系
楚科奇人、克里亞克人、堪察加人。
●愛斯基摩——阿留申語系
尤皮克人、阿留申人。
●其他黃種人民族
凱特人、尼夫赫人、朝鮮人、尤卡吉爾人。
●西伯利亞操突厥語族的突厥黃種人（混血比例不同）
韃靼人、哈薩克人、雅庫特人、圖瓦人。

烏拉山脈以東、哈薩克以北的整個西伯利亞，向東直到格陵蘭，自
有人類遺跡的幾萬年以來，都是黃種人的原居地。由於被俄國侵占
的民族太多，限於篇幅無法一一介紹，本篇將按俄國侵占年代的先
後，介紹西伯利亞的一些黃種人原住民，包括西西伯利亞的西伯汗

國、中西伯利亞北的雅庫次克雅庫特人，中西伯利亞南的蒙古族、東西伯利亞的通古斯人、西伯利亞東北端的堪察加及楚科奇半島，以及西伯利亞外圍千島群島及庫頁島的阿伊努人。

西西伯利亞的西伯汗國

西伯汗國由蒙古後裔所建立，是以韃靼人（突厥黃種混血）為主的國家，前身為蒙古金帳汗國（欽察汗國）的一部分，首都為西伯（西伯利亞名之來源）。俄國入侵西伯利亞始於一五七四年（明萬曆二年）。征服了蒙古突厥混血喀山汗國之後，開始入侵烏拉爾山脈以東。一五八一年九月，哥薩克領袖葉爾馬克（Yermark，1550～1584）率軍越過烏拉山，開始征服西伯汗國。直到一五九八年（明萬曆二十六年）西伯汗國被征服之後，西西伯利亞平原各部落已無力對抗俄人勢力，哥薩克軍隊之後便進入中及東西伯利亞，而殘存的韃靼人至今仍想復國。

中西伯利亞北的雅庫次克雅庫特人

位於北極圈附近的城市雅庫次克（Yakutsk），它也是世界最寒冷的城市之一。雅庫特人自稱薩哈人，發源於貝加爾湖一帶。雅庫特人屬於黃種西伯利亞類型，是使用突厥語的黃種人，外表與一般黃種人無異，可見即使有突厥血源也是極少量的。他們在被俄人征服之後，災難不斷，原居地移入大量白種俄人，尤其是在一九二○年代末史達林推行農業集體化運動時期，雅庫特人更是受到嚴重迫害，幾乎被大量消滅。

中西伯利亞南的蒙古族

今日生活在匈奴國故地的蒙古族，被分割成三部分，主要包括貝加爾的布里亞特國、蒙古國，以及中國的內蒙古。本節要談的是仍被俄國侵占、急欲從俄國獨立的布里亞特國（Buryatia）。

布里亞特人是西伯利亞南部的居民，屬蒙古人種西伯利亞類型，又稱「布里亞特人蒙古人」，極可能是蒙古族裡最純的蒙古人。據說，中國古書所稱的「扶餘」指的就是他們。古布里亞特人分成兩支，一支東遷成為高句麗、百濟與大和族，另一支成為東芬人及芬蘭的拉普人（即薩米人）等族人。俄軍於一六三一年開始征服布里亞特

人，他們在經過廿五年的抵抗之後，終於還是被俄國侵占。

東西伯利亞的通古斯人

位於今俄羅斯遠東地區（黑龍江流域），通古斯一詞本是俄國人胡亂命名，西方學者常用通古斯人這個詞彙形容此區域的許多民族。中國的滿族、錫伯族、達斡爾族、赫哲族，及韓國朝鮮族、日本大和族、東北亞索倫族，均屬於通古斯族群；其中，朝鮮人可能是血統最為純正的通古斯族。十七世紀中葉，沙俄軍隊及俄國移民侵入清國黑龍江流域，迫使通古斯各族南遷；其中的滿族，征服了明國之後漢化，之後的清國又移入大量漢人至黑龍江流域墾荒。俄國在侵占通古斯人的黑龍江流域時，製造了無數慘案，無論是在雅克薩或廟街村，都將黃種原住民種族滅絕或驅散至南邊，甚至曾有俄人將索倫人當成食物吃。

大清國簽訂了「清俄璦琿條約」（一八五八年）及「清俄北京條約」（一八六〇年）後，將黑龍江流域的一百萬平方公里清國領土（包括黑龍江以北、外興安嶺以南、烏蘇里江以東至庫頁島），割讓給了沙俄。俄羅斯移民成了侵占區的主人，早先移入黑龍江流域的黃種漢人以及原有的通古斯人，均遭俄人進行種族清洗滅絕（例如一九〇〇年的海蘭泡及江東六十四屯慘案，但這只是整個西伯利亞俄人種族清洗原住民其中二例）。蘇聯時期，為提防遠東區的黃種居民，於是把遠東的漢族趕走或殺死，將遠東的朝鮮族強行遷至中亞，一再地實行種族清洗。俄濱海邊疆區，原本大部分的村莊是以漢人或滿人建立的漢語、滿語命名，俄國人占領後卻將原漢語或滿語名改成俄文名，而且常以那些帶領俄國人對黃種人進行種族滅絕的「白人頭目名字」來命名，這些俄國名是對黃種原住民通古斯族及漢族的徹底羞辱。

西伯利亞東北端的堪察加及楚科奇半島

堪察加半島（Kamchatka Peninsula），住著伊傑爾門人、克里亞克人、愛斯基摩人、阿伊努人等。他們在這裡從事捕鯨業和狩獵業，過著原始生活。一六九七年初，沙俄的哥薩克軍隊開始入侵堪察加半島；一七一一年，侵占了整個堪察加半島之後，俄人繼續向阿留申群島入侵。

楚科奇半島（Chukchi Peninsula），是位於歐亞大陸最東北端的半島，隔白令海峽與阿拉斯加州相對。居民為楚科奇族、尤皮克人、克里亞克族等。

以楚科奇人為例，因哥薩克軍隊一直沒有征服楚科奇人，沙皇政府無奈承認楚科奇人不屬於俄國，他們直到一九一七年都是獨立狀態。在蘇聯時期，楚科奇民族自治區就如當時其他大部分的自治區一樣，掛羊頭賣狗肉，大量湧入了俄國及烏克蘭人，楚科奇人在當地人口比例少於百分之八，幾乎完全被俄人消滅。

西伯利亞外圍千島群島及庫頁島的阿伊努人

阿伊努人（阿伊努語：Ainu），或翻譯成愛努人、愛奴人、阿衣奴人，是居住在庫頁島，以及北海道、千島群島、堪察加半島的原住民。

●庫頁島

庫頁島（Sakhalin），俄國稱之為薩哈林；日本稱之為北蝦夷地（指北海道以北）或樺太，位於北太平洋、日本以北，島上的原住民是阿伊努人和尼夫赫人，以及以赫哲族和鄂倫春族為代表的通古斯人。十二世紀時，庫頁島屬於金朝管轄；十九世紀前，元明清國均曾擁有庫頁島的主權，並稱庫頁島為苦葉、苦兀、骨嵬或黑龍嶼。一六八九年簽訂「清俄尼布楚條約」時，俄國人仍不曉得庫頁島的存在，但於一八六〇年《清俄北京條約》侵占後至今，俄羅斯人已占百分之八十以上。

●千島群島

千島群島（Kuril Islands）位於堪察加半島和北海道之間，阿伊努人、通古斯人，及古亞細亞族為當地原住民。

在一九〇四至一九〇五年日俄戰爭前後，清國的東北、庫頁島及千島群島的控制權在日俄之間來來去去。一九三一年，日本趕走侵占清國東北的沙俄，成立「滿洲國」，與蘇聯以黑龍江為界，並控制庫頁島及千島群島。目前，日本只宣稱對千島群島南部（即北方四島）（南千島群島）有主權。事實上，日俄對庫頁島及千島群島的所有主

權要求，都等於侵犯了通古斯人等原住民的土地。

俄國目前的領土，除了莫斯科周邊的原莫斯科大公國區域中央聯邦管區，其他都是侵占屠殺別的民族（主要是黃種人、突厥人或兩者的混血）得來的領土。在所有共和國行政區，都是較多少數民族或原住民殘存的地區，將來這些共和國及周邊地區，在民族自決後都有獨立的可能。

大洋洲黃種人滅國史

太平洋上及周圍的幾千個島，只要是有人住的，在西方白人侵占殖民前住的都是黃種人（除了澳洲及新〔紐〕幾內亞島東部，但其實這兩塊地方已經大到不能算島了）。五千年前，曾經有一批現中國華南區的人群（最純種的黃種人，現稱南島語系人，玻里尼西亞人便是其中一支），他們出海後先是航行（或經陸橋）來到了台灣，還有少數人則到了亞洲其他地區。台灣，是絕大部分南島語系人最重要的出發地點，他們一小部分人向北走，成為日本人及琉球人的一部分；大部分則經菲律賓向東及向南發展，散布在整個大洋洲，先是到大溪地，然後到夏威夷和復活節島，後來還到達紐西蘭。他們從台灣島到紐西蘭一共花了四千年（有一說為七千年），只憑天文星象，原始簡單的小船，便橫渡了整個太平洋，就像黃種人更早的祖先從西伯利亞跨越北太平洋到美洲一樣，他們共同創造了黃種人最終散布居住在整個太平洋及周邊大陸的奇蹟。

紐西蘭的毛利族（Maori），是黃種人移民大潮中最晚的移民。從黃種人萬年以前越過亞洲、美洲之間的陸橋，直到約一千年前毛利族定居紐西蘭，黃種人已對全球無人住過的土地完全探索完畢；除了南極，地球上所有土地皆已被發現，只是並非被西方（西歐）白人發現，因為千年以前英法德這些日爾曼族都仍在野蠻未開化階段（按西方對文明的定義），整個西歐洲人甚至都還不知道這個世界長什麼樣子，直到阿拉伯人打開了他們的蒙昧。

歐洲人於十六世紀早期才初見太平洋，最早的一位是一五一三年橫渡巴拿馬海峽的西班牙航海家巴爾沃亞（Vasco Núñez de Balboa），以及一五一九至一五二二年於環球航行中橫渡太平洋的麥哲倫

紐西蘭黃種原住民毛利人
（Maori），是黃種人世界移民
大潮中最晚的移民，大約一千
多年前來到紐西蘭定居。
攝影：David Paul Gooding

（Ferdinand Magellan）。

南島語系黃種人的大洋洲（澳洲除外）

大洋洲除了澳洲，在南太平洋周邊有三大島群，依南島語系黃種人
原住民移入的時間先後分別為——最早的密克羅尼西亞，中期的美
拉尼西亞，以及最後，也是離台灣最遠的玻里尼西亞。玻里尼西亞
的三個端點，分別是夏威夷群島、紐西蘭、復活節島。不管是白人
政權控制區（如法屬玻里尼西亞）或國家（如紐西蘭），目前都有黃
種人南島語族原住民，進行獨立復國或建國運動。

西方侵略者強占黃種人南島語族各島的手段，基本上都很類似，我
們不妨以南島語系黃種人原居地之中最有代表性的夏威夷，以及黃
種人南島語族最晚到達的紐西蘭來做例子，說明西方侵略者的狡詐
及如何沒有人性。

夏威夷

夏威夷語，為南島語系的馬來──玻里尼西亞語族所使用，與毛利語、斐濟語、薩摩亞語、塔希提語接近。

夏威夷王國，是一八一〇年由歐胡、茂伊、莫洛凱、拉奈及夏威夷等島嶼小型獨立部落，統一成立的王國；統一夏威夷群島的酋長，被尊為卡美哈梅哈大帝。一八四二年，美國首先承認夏威夷王國；一八九三年，在美國海軍的支持下，美國海軍陸戰隊登陸夏威夷，支援當地美國人發動政變；一八九八年美國戰勝西班牙，以暴力手段併吞了本來的長期友邦夏威夷，因而至今仍有不少夏威夷原住民主張恢復夏威夷王國。

紐西蘭（新西蘭）

當歐洲人還在懷疑地球彼端有沒有土地時，位於夏威夷南方的夏威基（Hawaiki）島民──毛利人航海家古比（Kupe）已經乘著木筏，於八五〇年來到了紐西蘭。毛利人的祖先從玻里尼西亞群島出發，這是黃種人南島語族的最後一次移民。

第一位發現紐西蘭的歐洲人，是荷蘭探險家塔斯曼（Abel Tasman），他於一六四二年發現了紐西蘭。英國人剛到紐西蘭時，並沒有像美國的英國後裔對待印第安人，或澳大利亞的英國人對待原住民那樣暴力屠殺。但這並不是因為英國人特別愛毛利人，或是看到紐西蘭的美景善心大發，主要還是因為當時在紐西蘭境內，毛利人與英國人的比例為五十五比一，只好先哄再騙──因毛利人相對於英國人而言，人數眾多，英國只好耍陰的，先請君入甕再說；之後，英國人不改其野蠻狡詐天性，很快地，在人口及侵占土地增加之後，開始屠殺毛利人。

一八四〇年六月，英國政府和毛利酋長簽署了《壞糖衣條約》（*Treaty of waitangi*），由於英文版與毛利語版的定義不同，毛利人的土地便在其不知情的情況下被納入大英帝國殖民地。毛利人最終開始抵抗，但仍戰敗。至此，美俄英法白人幾乎占據了太平洋的所有島嶼。

西方白人這五百年來對全球黃種人的殖民及半殖民，從哥倫布「發現」美洲到日本被丟下原子彈投降後，黃種人最後的困獸反抗終結，白人對黃種人的全面征服與消滅，終於大功告成。這些白人強盜利用各地黃種人的友善，以及黃種人之間的內鬥，加以挑撥離間各個擊破，直到如今仍然針對釣魚島（尖閣群島）玩弄著同樣的手法。日本被丟下原子彈投降了之後，各地黃種人不是被屠殺占地，就是淪為殖民地或半殖民地，無一逃出這些白人強盜的魔掌；直到韓戰（朝鮮戰爭）之後，才又出現第一個能完全自主於西方白人勢力之外的黃種人國家——中國。

西方及俄國白人大量侵占全球土地，並虐殺原住民，並非因為其境內人口增加需解決生存問題，而是為了滿足他們無法填滿的野獸般慾望。這點正是歐洲白人之所以往外擴張的特質，充分顯現出人類最殘暴、最貪心、最像動物的人性黑暗面。

全球黃種原住民的土地被西方白人侵占的血淋淋歷史，可說不勝枚舉，光是各國有明文記載的正式史料，若要鉅細靡遺地說，恐怕好幾千本書都說不完，更遑論那些被西方白人種族滅絕罪犯刻意隱藏下來的罪行。在號稱文明，又是基督教神愛世人的西方國家，犯下這些消滅異種族罪行不到兩百年後的今日，西方國家（尤其是英、美、法）天天以人權、人道口號包裝自己的自私自利，真是反諷至極；俄國人至少是真野蠻，沒有裝高尚。

本書列舉的，只是黃種人被屠殺侵占的一小部分，黑人及棕人的遭遇也一樣，因為碰到的是同一批西方白人強盜。

自以為公正客觀的西方白人世界史觀

眼下許多盲從不知所以的讀者所唸讀的世界史，都是一些站在西方白人的盲點式觀點之下，來看他們與世界其他民族種族之間關係的世界史，確實令人感到可憐又可悲。一些在黃種人國家暢銷的世界史，或是一些試圖以「公正」、「客觀」觀點談論世界史的書，如宮布利希（Ernst H. Gombrich）的《寫給年輕人的簡明世界史》（*Eine Kurze Weltgeschichte Fur Jubge Leser*），根本可以改名為「寫給年輕白人，從西方白人觀點看世界的簡

黃國——文明的西方強盜

黃人滅國史之三

明史」。這類觀點的書，對那些已然不自覺被西方白人壓迫的黃種人（尤其是年輕人）而言，以為裡頭所說的事情就是真理，日後看各色種族也會站在西方白人的觀點；這些書，無異是新一代黃種人吃下的「包著假客觀糖衣」的鴉片。而從小聽歷史老師講述這種西方白人觀點的歷史，一直不斷被洗腦的結果可想而知，結果就是，看美國西部片白人英雄屠殺印第安人時，會從內心感到這些白人英雄的拓「荒」精神、勇氣，真是無比偉大。這類毫無自覺的黃種人，看完賈德戴蒙（Jared Diamond）的《槍炮鋼鐵細菌》（*Guns, Germs, and Steel*），無不大呼精彩，從此相信白人今天之所以占優勢是歷史的必然，而美洲及各地原住民大都是自然、非人為的被主犯「細菌」所屠殺，西方白人不過是從犯而已，好似這樣一來，西方白人的罪行就比較輕。

而一些讀書不求甚解、掌握不住自己觀點的歷史老師學者們，也對這些西方白人眼中的史實倒背如流，例如認為大洋洲的南島語系黃種人被白人屠殺殖民，是活該報應，因為他們從台灣到紐西蘭的幾千年歷史中，也侵占屠殺了更早的原住民（黑及棕種人），甚至強

北美洲黃種原住民群像Natives of North America/ 圖片來源The New Student's Reference Work /1914

調他們這些黃種人之間殺得更厲害之類的言論。首先，所謂黃種人屠殺更早的原住民（黑及棕種人）的論點，根本就是拿不出任何確鑿證據的猜想假說。而有些白人及洋買辦也經常振振有辭地說，這些被屠殺的黃種人、黑人、棕人也跟那些白人一樣，曾經屠殺別人，如一三五〇年毛利人也攻占過北島，屠殺滅絕摩里歐里人（Moriori），以此暗喻英國人屠殺毛利人的正當性，指他們的行為無可譴責。一八四〇年簽訂「威坦哲條約」時，紐西蘭有廿五萬毛利人，但此後不到五十年之內，毛利人被殺得只剩下四萬三千人，也就是百分之八十以上的毛利人都被屠殺了；這兩件事看似同樣是屠殺，但不管動機及行為模式都有很大的差別，而且發生的時間相差了五百年。

但三百年前至今，正是這些西方國家（尤其是英裔人）自認比黃黑棕種人文明的三百年，這些西方國家洋洋得意自己創造出人類有史以來最文明的文明。然而，如此「文明」的英國及其後裔國（美加紐澳南非），幹的卻淨是強盜宵小的勾當。這些西方國家一直抱著種族歧視動機，無知地以為達爾文的「物競天擇」學說是真理，而將其他人種當做未開化的低等人類，偽善地打著高貴的耶穌基督旗幟，「文明」地逐一消滅異種族。把其他種族滅絕了再談人權，但那不是人權，那是極度冷血，極度的自私自利。

時至今日，仍有一堆西方學者及各國洋買辦說——要不是西方國家的殖民，這個世界今天不會如此進步文明，姑且不論別的文明（例如漢字文明的核心價值）是否更「文明」，就算是在西方眼中最不文明的澳洲棕種人原住民，這些與世無爭、也沒殺過誰的原住民，難道他們會感激英國人藉著屠殺，將其從「不文明」變成「文明」嗎？

無論白黃黑，只要是幹過這些勾當的通通都該被譴責，可悲的是，原住民甚至得使用侵略者的語言才能譴責侵略者的統治，爭取自己的權利。但光譴責是沒有用的，這世界已經亂到，罪行實在太多，實難分辨誰是主謀、主犯、累犯，只能希望停止正在進行的全部罪行，鼓勵人類全體放下屠刀立地成佛。

南美洲黃種原住民群像 Natives of South America/ 圖片來源 The New Student's Reference Work /1914

揭發用武力強迫別人屈服的「野蠻文明」真面目

所有被侵占、被壓迫的民族都想獨立，尤其是獨立於異種、異文化、異信仰的統治政權之外。在人類大混血之前，在世界化之下，異文化、異信仰的界限會變得模糊，但是人種及膚色的差異會更形突出。世界本無黑白黃棕人種之分，是西方國家自認優越，別有居心地弄出了人種分類，自我特殊化於其他人類之上。直到現在，美國的人口分類，在二〇〇〇年的人口普查種族資料裡，還分成五個預設種族──「白人」、「黑人或非裔美國人」、「美洲印第安人或阿拉斯加原住民」、「亞洲人」、「夏威夷原住民或其他太平洋島嶼民族」。其實，這根本就是故弄玄虛，「亞洲人」指的就是亞洲的黃種人，而「夏威夷原住民或其他太平洋島嶼民族」、「美洲印第安人或阿拉斯加原住民」也都是指黃種人，直接分黑白黃及其他就非常清楚簡單。但如此一來，便暴露了美國白人分化非白人的陰謀，太過於突出白人侵占了黃種人原住民土地的昔日罪行。

西方白人到現在為止，做任何事依然都是自私自利，不懷好意，動機惡劣。他們兩百年前還在屠殺世界各地非白人，今天卻開口閉口都是人權。甚至，還有那錯誤的污染式「工業革命」，革掉了不知多少動植物的命，他們兩百年來徹底污染了人類需要的空氣和水，今天卻還振振有辭地天天指責別人不保護動物，不保護雨林，還將空氣污染怪到亞洲新興工業國家（尤其是中國，而且這只是個正在成長中的工業國）頭上。雖然當初這些偽善作惡的西方白人，也許只占全體西方白人的百分之一甚至千分之一，可是在資本主義系統的運作下，其他百分之九十九的人，無論是反對或贊成這些百分之一，仍於無形之中當了從犯。而今天，這些吃香喝辣的百分之一西方白人，甚至還毫無羞恥做著全人類（包括百分之九十九的西方白人）的寄生蟲，為了自己利益，什麼冠冕堂皇的口號都說得出來，跟各國媚外（不是崇洋，有人崇洋但不媚外）的洋買辦、洋奴，裡應外合，把一齣普世價值的大戲，披上人道主義的皮，唱得有聲有色。若說這個世界人與人之間只有一個普世價值，這個普世價值就是讓每個種族的人類有尊嚴地、好好像個人活著，無奈西方這些人模人樣的畜生，就是不想讓其他人類好好地活著。

西方白人以屠殺原住民換取三百年富裕生活

要西方資助世界各敵國的人權鬥士，他們可是樂此不疲，要錢給錢，要名給名；前提是，這些來自各個國家的人權鬥士，必須具備西方敵國的公民身分，而且只能批評自己本國，不能批評他們這些頂著「完美」人權紀錄的西方支持者。至於頒個諾貝爾獎給這些對西方有利用價值的人權鬥士，讓其上個雜誌封面，鬧個國際頭條捧上天，全然不用管其是否為真正的人權鬥士，不用管其對人類、對自己國家有何貢獻，即便沒有（甚至是偽人權鬥士），也不是重點；重點是，只要能帶給危害西方利益的敵國麻煩，西方給予支援絕對不在話下。如果劉曉波不是中國的人權鬥士，而是世上其他任何西方走狗國的人權鬥士，即使他真為了人權自由斷手斷腳，全家被殺，絕食至死一萬次，諾貝爾獎也絕不會頒給他。至於西方自己國度內真正的人權鬥士如印第安人、澳洲土著、愛斯基摩人等獨立運動分子，西方則自有雙重標準，大力予以控管消音。

東北亞黃種原住民群像Natives of North-East Asia /圖片來源 The New Student's Reference Work /1914

以西方在全球大力鼓吹西藏獨立及東突厥獨立運動為例，世界各地原住民獨立運動風起雲湧，除了各民族已有自覺，西方（尤其是美國中情局）乃是幕後最大推手。而在西方G8國家之中，其領土內的原住民獨立運動卻很少被CNN、BBC等媒體鼓吹報導（俄國除外），難道是因為西方G8國對原住民很好，所以美國、加拿大、澳洲、西伯利亞等白人的侵占地裡頭，沒人要獨立？非也，主要還是因為美國人已將黃種人幾乎殺光，所以在美國各個白人占領區中沒有出現這些獨立運動；英人已將棕種人幾乎殺光，所以在澳洲各個白人占領區中沒有出現這些獨立運動；俄人已將黃種人幾乎殺光，所以在西伯利亞各個白人占領區中沒有出現這些獨立運動。美英白人侵占美洲、紐西蘭及澳洲的年代，不過區區兩百年左右（夏威夷被占，更是僅一百多年），相較於中國和西藏、新疆之間，則有千年以上的領土歷史關係。

美英俄白人政權之所以一再鼓吹西藏獨立，固然有其「正義」理由（不外乎，藏人沒有人權，以及西藏是被中國漢人所強占），如果西藏真要如英美俄等G8白人政權所願而獨立，那麼在西藏獨立之前，所有白人就更應該通通回到歐洲去，將整個美洲、澳洲、西伯利亞還給原住民，包括他們在太平洋、印度洋及大西洋所侵占的島嶼全部都該獨立。當然，這些偽善自私的G8白人絕不可能同意，更不要說他們侵占、施行種族滅絕的對象是「非白人」，西藏人實是正統漢藏語系的黃種人，而新疆的住民雖然多數操突厥語系，事實上多已是黃種突厥混血，而且早在兩千年前已是唐朝行政區。這已經不只是烏鴉笑豬黑，根本就是百步笑五十步，英美俄等G8白人政權都應該先拿鏡子好好地照照自己，看看自己有多醜，看清楚自己的醜陋及醜態，還有惡行，再批評別人也不遲。假設西藏在兩百年前是位於美國新英國十三州旁邊，今天，恐怕西藏人及藏語早已通通被消滅，只剩下一些會講英文的西藏白人混血，下場就跟「印第安紅番」一樣。

黃種人跟白種人最大的不同在於，歐洲白人強盜是在大部分人類已然開化的年代裡，使用武力屠殺消滅整個南北美洲、北極圈、西伯利亞、大洋洲，幾乎是針對所有黃種人原住民，並且占領他們的家園，奴役殘存的黃種人（尤其是在美洲及西伯利亞）。第一代歐洲強盜西葡荷俄法等白人強盜，由此得到了巨大的土地資源資本財富，並輸往歐洲，從此加速歐洲近三百年的各式發展；英美則黑吃黑，吃掉西葡荷俄法的殖民成果，搶來更多的資本財富並以之為基礎，同時利用之前吸收的各地文明（尤其是經阿拉伯轉手的古中國、印度、希臘文明）成果，才有後來更大的能力侵占大屠殺美洲、澳洲、紐西蘭原住民，以及累積更多的財富土地資源，因而造就了這近三百年來西方富國的好日子。

這一切的原住民悲劇起源於，美洲黃種人及各地土著開始接觸西方白人時，對來人懷抱著太多友善天真。尤其是愛斯基摩人，他們的世界並沒有私有土地及領土的觀念，而是各盡所能，分享一切資源，他們早就實現了老子、佛祖、馬克思心中共同存在的理想境界——少慾少求，尊重大自然的一切。這種純真與純善，難道不是人類追尋人道的最美境界嗎？可是那些西方的「文明」畜生，偏偏要

將愛斯基摩人的文明「畜生化」，這種需要藉著屠殺別人、侵占別人土地、以武力強迫別人屈服的野蠻文明，算什麼普世價值？算什麼文明？根本就該被丟入歷史的垃圾筒，任何一種文明若沒有人道人本的真心，只能算是一種比較高級的畜生文明。

印第安（Ogalala Sioux）紅雲酋長曾有如下感言：「朋友們，我們不幸曾歡迎白人，我們上當了……你們如果想擁有白人帶來的東西……必須儲存糧食，不去管飢餓的人，把房子造起來，儲藏室裝滿東西，然後找一個你能欺騙的鄰居，把他的財產奪為己有。」（註一）

另一個印第安阿爾岡昆族的黃種原住民，則曾經對一個法國白人耶穌會教士說：「我不懂你們法國人，你們只愛自己的孩子，而我們則是愛所有的孩子。」（註二）

註一、註二的引述文字，均節錄自李銓譯（1990）《美國史・上冊》。台北：財團法人陽明管理發展中心。譯自（Hugh Brogan（1987）The Pelican History of the United States of America.）

2 建立黃種人史觀及新文明

一八六〇年，英法聯軍長驅直入北京，是黃種人最大的
政治文化中心第一次被異種的白人攻占，時隔幾年，八
國聯軍又再次攻占北京，徹底毀滅了黃種人對自我文化
絕大部分的信心，從此對「西方」觀點亦步亦趨。此
外，鄰國日本脫亞入歐、脫黃入白，但最終還是逃不過
在一九四五年被白種的美國人接管，兩顆原子彈摧毀了
黃種人最後的自信。至此，西方觀點成為共產世界以外
的普世觀點；在蘇聯瓦解後，似乎更成了全人類的普世
觀點，洋買辦們不遺餘力地強調西方化的必然與必要，
上自孫中山下至胡適，無不做如是觀。

近代，許多歐美名校裡的歷史教授撰寫的世界通史，或
是坊間流行的書，如《第三波》、《世界是平的》、《藍
海策略》等等，這些自認客觀的書無一不帶有以西方為
中心看世界的盲點，而且這個盲點是自認最客觀的西方
人（即使娶了黃種女人）也看不到的。這種歧視其他種
族、自認優越，自認帶領世界文明的西方白人史觀（至
於脫亞入歐的次等假西方人——日本人，請詳見〈黃香
蕉〉篇的分析），這種一致性的西方盲點，在八國聯軍
的近百年之後，悲哀地成為大多數黃種人的共識，意
即，言必稱西方的各種價值觀為普世價值，從西方史觀
看自己及其他人類，於長期潛移默化中貶低了自己的同
類而不自知，甚至藉此得到西方的吹捧（如近期的艾

破除自我美化、貶低別人的西方白人史觀

黃膽症

一九○○年（清光緒二十六年），英、法、德、美、日、俄、義、奧等國組成八國聯軍，其中以日軍為主力（占一半兵力）。日軍聯合其他西方白人國家打入北京，俄軍則趁火打劫侵占大清國東北全境。圖片來源/ Historica, Yamagawa shuppan/ 作者Anonymous/1900年

未未），他們因為歧視、醜化自己的民族，而在西方得到了聲譽；可是，如果他們前往任何一個西方國家，和那些並不知其「大名」的白人（上自教授總統，下至販夫走卒）面對面時，白人一樣會以一貫態度看待黃人，艾未未一樣會因為他黃種人的身分受到歧視，這就是西方觀點的力量及盲點。

因此，要邁向人類新的文明、要建立多元的人類新史觀，就必須先破除西方白人史觀的一些謬論。

西方的定義

西方（The West）這個詞，在不同領域、不同年代自有不同定義，但無論是從經濟、文化方面做廣義或狹義解釋，西方世界的成員國中，近五百年來皆有大規模帝國主義殖民世界的歷史，而且若從黃種人的史觀加以定義，西方國家的概念主要是二次大戰後的第三代強盜國家——美、英、法（德、義、日，目前雖仍在西方陣營中，但二次大戰後以來近六十年無侵略他國的紀錄；蘇俄也是第三代強盜國家核心，但並不在西方陣營裡）。（補充說明：第一代強盜國家核心為西、葡、荷，第二代強盜國家核心為二戰前的英、美、法、德、義、日、俄。）

西方白人史觀的一些謬論

西方學者總是說，今日的西方之所以能主導世界，是拜「工業革命」及「文藝復興」之賜。過去五百年裡，歐洲及西方，是世界發展與現代化的最大動力，因為它們占了溫帶最好的地理環境，而得以孕育出西方先進文明。西歐白人因食奶肉，動物蛋白質多，壽命較長，工作力強，這也是西方文化（即基督文化）興盛之因。民主、自由、平等誕生於西方，是西方文化優於其他文化的象徵。歐洲出現工業文明，是因歐洲人的文化優越，沒有英國的工業革命，就沒有現代科技文明。西方科技進步，善於航海，才會讓西方白人先占了美洲、澳洲……但這些都只是解釋「西方白人何以比較優越」的一小部分謬論，他們以果為因，本末倒置，而且這些還只是西方白人史觀的一小部分盲點。

錯誤的西方白人史觀，是如何形成的？

現代西方白人強盜國集團的歷史書，總反覆強調他們的優越根源來自工業革命，相對於過去的農業社會，他們似乎一夕之間就從黑暗落後的中世紀脫胎換骨、無中生有，令全人類得到革命性的進步。其實，區分所謂的工業社會與農業社會根本是個錯誤。西方一再誇

大清國於一八五八年及一八六〇年兩次對英法聯軍投降，一八六〇年首都北京有史以來首次被異種的白人攻陷，標誌著黃種人中華中心體制瓦解。圖片來源/ Laurence Oliphant (1860)/《Narrative of the Earl of Elgin's Mission to China and Japan in the Years 1857, '58, '59.》p. 279.（Signing the Treaty of Tientsin, 1858）

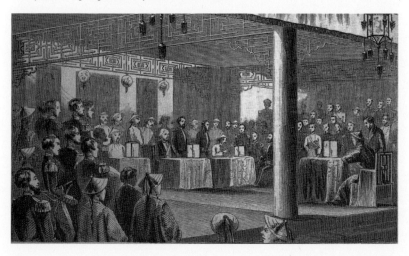

一九四五年日本向美國投降，二戰結束，黃種人全面臣服於白種人的一刻。九月二日在停
泊於東京灣上的美軍戰艦密蘇里號上，日本外務大臣重光葵簽署了日本投降書，遞交美方
中將 Richard K. Sutherland。圖片來源/Naval Historical Center Photo # SC 213700/作者
Army Signal Corps

大工業革命的成果，以及他們對世界文明的貢獻，只因工業革命
後，西方表面上打著基督教、資本主義、民主、自由、民權的大
旗，實際上卻完全憑著工業革命得來的軍事力量殖民全世界，仗著
侵占全世界財富的優勢衍生出文化語言優勢，因而心生自大優越
感，膨脹到看不見自己的前世今生，開始認為西方是世界人類文明
史的中心，以為自己是從古至今人類演化的最高型態，在這種背景
心理的造就下，錯誤的西方白人史觀於焉形成。

英語系核心國家，尤其是美、英，在西方白人史觀的偏執上，更是
變本加厲，狠上加狠。經歷了侵占、屠殺、不公不義樣樣都來的帝
國主義年代，它們黑吃黑，狗咬狗，侵占了大量資本、土地、資
源，產生了英語系語言文化的全面優勢，以智慧財產權為手段來排
擠異文化，全面主導全球影音娛樂、宣傳媒體、新聞通路，掌控近
一百五十年的世界媒體至今，西方觀點不但更加自欺欺人，以假亂
真，以偽蓋實；最後，甚至連很多「非西方人」都因為一再被洗
腦，以至於完全盲從地信服西方白人史觀。

重新認識工業革命

既然西方白人史觀盲點形成自工業革命之後所發展出的軍事力量，並開始以工業革命之「果」，衍生出西方文明何以如此優越之「因」，再以此導引出所謂西方式資本主義、民主、自由的優越性及其普世價值，並以此形成充滿偏見的西方白人史觀，那麼，我們自然有必要重新認識所謂的工業革命。首先，我們就從人類科技的歷史，來重新加以認識。西方所謂的工業革命，無論就特徵或形式皆無異於人類萬年文明史中已然發生的無數次生產方式改進。其實，人類這一萬年來的進步，原本就是藉著許多大大小小的階段或加速、或跳躍地成長，一代比一代進步。在百萬年的人類歷史中，人類開始用「火」比起工業革命的意義更大，西方的科技，在人類萬年的科技史中只領先了幾百年，而且領先的原因是直接習自其他人種、其他人類。有輪子才有腳踏車，有腳踏車才有汽車、火車；有希臘、阿拉伯、印度、中國才有英國，有英國才有美國，但不代表美國可涵蓋或是優於這些母體文明。

所謂的工業革命，只能算是人類歷史中，在某些國家裡所發生的生產方式改進，再過幾千年回頭看，也不過像現在看當初中國做火藥一般，覺得原始。工業革命是被誇大的成就，就像資本主義，中國早就有了，端看我們如何加以命名；例如中國的錢莊，就是銀行的前身，未來的銀行也會變成某某經濟系統的前身。

其實，不管是農業社會、工業革命，或數位革命，都是人類漫長歷史文明中的一小段，無論是過去野人鑽木取火的年代，到如今利用石油、原子分裂融合產生能源的時代，相比於人類未來出現的新文明，全都會像螢火、月亮比之於太陽，只因人類到目前為止還未真正地開化。中國人早就懂得利用機械力，重複、精準地大量生產，自然也可稱做工業革命。利用自然及非自然發生力，尤其是水力、礦物燃燒引擎，反覆地以機械力代替人獸力，於此動力基礎上提供重複性的製造，提高生產力，這些所謂工業革命的特徵，千年前的宋朝便有了，為何不說工業革命是從宋朝開始的呢？這全是因為西方占了話語權，往自己臉上貼金，美化誇大了自己的成就。其實真要說起來，西方最大的「成就」是——運用了破壞生態的工業革命生產方式糟蹋地球；利用缺德無人道的資本主義，使用軍事及金融

手段，壓迫、剝削其他人類的生存權和自尊。

中國的宋朝早在十二世紀，就有水力紡麻機，比英國的工業革命早
上五百年，而且無污染；甚至，當時也已經知道使用雙活塞（此為
工業革命的象徵），在這一點上，中國也比英國先進五百年，具備了
歐洲工業文明的所有因素。然而，中國哲學追求天人合一，不破壞
自然，不像原本骨子裡野蠻的西方，一旦學到了外來的科技，便急
著想增加產量，即使破壞自然（尤其是破壞他國的自然環境），在所
不惜。

對一千年前的中國宋朝而言，西方還沒出現，西方還都是野蠻人，
要不是這些白種人學習外來的文明科技而出現了文藝復興，今天的
西方可能還處在黑暗的中世紀，仍舊處處野蠻落後呢！令歐洲出現
工業文明的，正是印度的阿拉伯數字、水車，以及中國的指南針、
造紙、印刷術、火藥等外來科技。七五〇至一一〇〇年，伊斯蘭世
界的科技文明便遠遠超過歐洲，西方於是直接抄襲、模仿、延續它
們從阿拉伯引進的文化，其中包含了多國文化如中國、希臘、印度
等等，試想，西方可曾為取得人家的智慧財產使用權，付過任何一
分錢？

工業革命的結果
以下是地球實際情況的部分採樣（一九八三至二〇〇三年）──

●貧富懸殊
世界上有四分之三的窮人都生活在亞洲，十三億人生活在貧困線
下，八億人早晨不知晚上能否有東西吃。全世界生活在絕對貧困的
人口有十億，其中百分之九十是農業人口。

世界銀行估計，全球極貧人口約十一億，約占全球人口六分之一。
每年有八百萬人因極貧而死亡；每星期有十六萬人因買不起糧食、
飲水、藥物而喪生。一億多人缺乏最基本的醫療服務，五歲以下
營養不良的兒童有六百萬。以祕魯為例，兩千一百萬居民之中有
一千三百萬人極度貧困，七千多萬名成年文盲，一千八百萬學齡兒
童沒上學，九千五百萬人無法直接獲得飲用水。

二十世紀最末五十年裡，全世界生產總值成長五倍，國民平均所得成長三倍，受益最多的是富國。一九六〇年，最富與最窮的百分之二十的人口，收入比三十比一；到了一九九一年則為六十比一，富人占的產值從百分之七十上升到百分之八十五。

一九八三年，就國民平均所得比較，富國、小康國、窮國，數字分別約為一萬零三百七十、一千八百八十、三百一十；十年後，來到一九九三年，則貧富差距越大，數字分別為兩萬三千零九十、兩千四百八十、三百八十（以上幣值皆為美元）。

●環境破壞
全世界的土地有百分之三十五受到荒漠化威脅，西非沙漠不斷擴大，每年因為水土流失和鹽化所破壞的土地高達六百多萬公頃。一八八二至一九五二年，世上的可耕地面積，從一千八百萬平方公里減少至只剩兩百二十萬平方公里。

亞馬遜熱帶雨林的毀滅式濫伐，工業及汽車廢氣形成的二氧化碳層，暖化的溫室效應，皆致使海平面上升，各式物種大量減少。

大海成了農藥化肥、除草劑、放射物、海底核試驗、重金屬等毒物的垃圾場，光是油輪排放出來的石油，每年就有一百五十萬噸。

如果以現有科技來滿足交通需求，到了二〇三〇年，主要有害物質的排放量將比現今增加五至十一倍。而環境污染，絕大部分是由高度工業富國及消費所造成，工業富國是破壞環境而取得原料的主要買主。本應為可再生的空氣、森林、土地、水等人類生命的基礎，皆遭到了嚴重破壞。

以上這些就是西方式工業革命，以及西方式資本主義、民主、自由的「成就」。這些成就，值得任何一名具有道德意識的人感到優越嗎？能讓任何一個自詡有良心的人道主義者感到自豪嗎？

西方工業富國持續維持並推廣它們這種大量消耗資源、自私自利、不顧窮人窮國的生活模式，世界百分之四十六較富人口所消耗的能

源，占了世界總消耗能源的百分之八十七。然而，經濟合作發展組織、G8等西方富國竟依然無恥地高唱自由、民主、人權之名，用盡各種軍事、政治、經濟等惡劣手段掠奪窮國。富國不仁依舊富，窮國可憐依舊窮，難道，絕大部分受害的人類就該繼續接受這種迫害嗎？

西方的劣根性

十五至二十世紀，歐洲各帝國的殖民主義之所以能成功，主要原因是它們對於物質的控制慾和極度的貪婪，因而不惜以暴力掠奪方式（屬於未馴化野蠻人的天性），利用學自別人的航海（中國的羅盤）及武器（中國的火藥），殖民、屠殺、剝削全球人類。西方帝國殖民主義之所以能夠走遍全球到處殺人越貨，靠的就是它們那惡劣的獸性，從西班牙人、葡萄牙人、荷蘭人、法國人、德國人、英國人到美國人，一個比一個更惡劣。只要拿中國明朝的鄭和（一四〇五至一四三一年航行西洋）與歐洲的狗籠巴斯（哥倫布，一四九二年出航美洲）相比較，就能清楚了解西方白人的劣根性。

鄭和七次下西洋，所搭之船船身約一百五十公尺長，寬達六十公尺

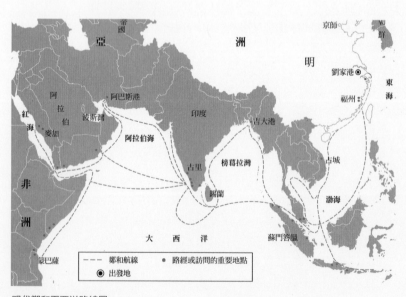

明代鄭和下西洋路線圖

以上，八支以上的船桅，船隊一共有三百一十七艘船，人數約達兩萬八千人，在科技上遠遠超過近百年後的狗籠巴斯。但是鄭和並未像狗籠巴斯那樣屠殺搶劫，而是善意友好地探訪各地，而歐洲的西、葡、荷、法、德、俄、英、美則是為了賺大錢，搶金銀珠寶，搶土地資源，屠殺奴役原住民。這些野蠻的海盜之所以能夠主導世界，是因他們貪得無厭、侵略性格極強，而不是因為他們比較文明。何況，殖民中期又靠著從美洲大陸供往歐洲的財富，以及由於科技進步而製造出的武器，而得以更變本加厲，更無人性。

告別所有不文明的舊「文明」

從以上一些例子可知，西方的工業革命找出了一條似好實壞、似對實歪的人類進化史岔路，就像癌症吞噬了正常細胞，逼使別的正常細胞不得不為了生存也變為侵略性極強的癌症細胞，延遲了人類往善良新文明進化的速度；最後，甚至很可能將全球逼入玉石俱焚的境地，整個人類善良正常的細胞組織全都被毀滅殆盡。

只要看看全地球人類的現況，就可了解人類文明還在爬行階段，還在黑暗的山洞中。人類直到現在對人體都還不完全了解，更別說是了解宇宙，以及萬物運行的所有道理。人類目前所累積得到的知識仍然只是滄海一粟，在人性上也未進化，動輒便像其他動物狗咬狗般殘殺異類，這樣的人類發展離進化高端實在非常遙遠。未來，比較進化的人類再回頭看所謂的工業革命，恐怕根本連提都懶得提，因為到時將有幾千幾萬個、比這個西方工業革命更具革命性的革命發生。

更何況，現代的西方文化，其實也是根植於黃、棕、黑種等異族文化而來，尤其是吸收阿拉伯文化而得的多國先進文化科技，如希臘的科技人文思想，印度的「阿拉伯」數字，中國的印刷、造紙、火藥、羅盤等發明。這些科技傳進了當時仍處在黑暗時期的中世紀歐洲，中世紀歐洲才得以從義大利開展文藝復興，許多當時還未開化的野蠻人（包含絕大部分現今歐美白人強盜國集團的先祖）這才有機會開化，英國也才有機會迸出所謂的工業革命……這全是偶然，一連串的偶然造就出五百年來，歐美白人強盜國集團於科技、文化、種族各方面出現了誤入歧途式的興盛，衍生出無知的優越感，

甚至還因此感到自豪。

西方，以所謂的西方基督工業文明，帶著有害全人類的無知正義
感、使命感，以盲點為觀點，以上帝之名，做著反基督的行為，展
開了全球殖民殺戮。它們的觀點狹隘，只看到白人的整體利益，沒
看到人類的整體利益，即使後來殖民主義瓦解，對此西方式的核心
觀點，有些西方人基於同情心或人道主義容或有反省的趨勢，但始
終無法認清人類全體對這個世界的貢獻，始終帶有西方式的白人盲
點，總帶著不明說但隱藏於心、自認優於其他民族種族的潛在意志。

過去這幾千年來的文明史，無論誰占了優勢，其實都是相當不文
明、原始野蠻的。相信有一天，地球人定可通過此過渡的初級階
段，進入真正開化的文明，也就是「新文明」的第一階段。

如果你長期待在西方眼中的重要敵對國家，而且長期以西方式的人權理念來攻擊、羞辱你自己的國家，那麼，恭喜你，你將成為西方的寵兒，以及諾貝爾和平獎、各式各樣西方人權獎項的候選人。

我們打開挪威諾貝爾和平獎得主名單，看看它們除了把獎頒給自己西方人，還頒給哪些「身處反西方陣營，以爭取人權」為由而得獎的人——

一九三五年，納粹時期的德國記者作家卡爾馮，反法西斯。

一九七四年，日本前首相佐藤榮作讓日本加入了不擴散核武條約。

一九七五年，蘇聯核子物理科學家安德列薩哈羅夫。

一九八三年，波蘭總統華勒沙，致力於波蘭的人權運動。

一九八九年，達賴喇嘛，以非暴力爭取西藏的自由和平。

一九九〇年，蘇聯總統戈巴契夫，促進和平。

一九九一年，翁山蘇姬，促進緬甸的非暴力民主。

一九九六年，東帝汶總統霍塔，以及天主教主教貝洛。

二〇〇〇年，南韓總統金大中，促進東亞和平。

二〇〇三年，人權律師艾巴迪，促進伊朗的民主人權。

二〇一〇年，劉曉波，以非暴力促進中國人權。

黃牛票

西方民主人權的虛與偽

可以說，諾貝爾和平獎從未頒獎給「反西方利益」的人（包括頒給美國的黑人民權運動領導者金恩也一樣），諾貝爾和平獎早期評選得主時，還有一些和平原則可言，如頒獎給停止戰爭的人；到後來，這個和平獎越來越不自覺地成為西方政治工具，只要是把獎頒給西方眼中的重要敵對國家，肯定是頒給親西方、提倡西方價值的非暴力人權分子。這並非偶然，諾貝爾獎本來就是西方國家頒予的獎，決定由誰得獎取決於西方國家挪威的國會議員，他們當然會有西方白人的盲點。這些國會議員，他們不自覺地把諾貝爾和平獎頒給這些認同自己西方價值的人，絕對天經地義，畢竟這些人對西方非常有利用價值，頒獎給他們就等於為西方價值觀助威，等於在非西方國家中預先為那「失敗、投降、認同西方」的路線鋪好道路。在西方人眼中（也包括全世界受西方媒體一再洗腦的人眼中），美國是全世界最民主、最重視人權的國家，而中國是全世界最大的極權、無民主、無人權的國家。本文接下來將探討為西方人及洋買辦津津樂道的「普世價值」兩大支柱——民主與人權，因此將不時地舉中國和美國當例子以為比較，針對西式民主與人權的本質研究一番。

挪威諾貝爾和平獎與西方民主人權的關係

和平，原本就跟民主或人權沒有關係，獨裁政府與戰爭也不能被劃上等號，西方主要「民主」國家的前身，其實都是獨裁殖民主義政府（包括挪威，它在宋朝時還在當維京海盜），可是這一百年來為了自身利益（還有自我優越感或使命感，從「新十字軍東征」即可知），便經常以民主人權當做戰爭侵略的藉口（美國最常以他國沒有人權而為軍事侵略藉口），終導致西方民主人權在這幾十年來跟戰爭一起掛勾的局面。我們就來看看，挪威諾貝爾主席如何自圓其說，把獎頒給中國劉曉波的理由：「民主政權會向獨裁政權宣戰，而且確實發動殖民戰爭。歷史上，找不出一個民主政權向另一個民主政權發起戰爭的實例……。和平的先決條件，在沒有人權和民主的前提下，是無法建立的……。世界上，幾乎所有最富庶的國家都是民主國家實非偶然……。今天的歐洲基本上可稱做和平之洲（因為有人權民主），世界上，以前被殖民過的其他國家也正都往歐洲方式發展。」

偽善的美國總統、黑白混血的白人買辦歐巴馬，極其諷刺地於二

美國總統歐巴馬，可笑的諾貝爾和平獎得主，外黑內白的他，讓全球被美國壓迫的非西方國家一度燃起對正義美國的期待。圖片來源/Official White House/photo by Pete Souza/二〇〇九年一月二十日攝於美國總統行政辦公室。

〇〇九年被頒予了和平獎，得獎後照樣以美國利益為優先（西式民主的本質）發動戰爭，並假道學地發表聲明支持劉曉波，以「劉曉波遠比我更值得得此殊榮」為題：「人類的權利是普世皆準的，它們不屬於一個國家一個地區一種信仰……，我們尊重中國令數百萬人（作者按：事實上是數億人）脫貧的非凡成就，並認為人權包括衣食無虞的尊嚴……，人的尊嚴也取決於民主……，我們應加倍努力推進全人類的普世價值觀。」

以上這兩篇賀詞破綻百出，強詞奪理，將西方白人的盲點展露無遺。我們隨便舉個例子來看，二次大戰前，希特勒是德國人一人一票民選的合法領導，德國攻擊「民主」國家英國（這個仍有國王女王的半吊子民主國家，顯然還不如德國「民主」），算不算是一個民主政權向另一個民主政權發起戰爭？英國打阿根廷的福島戰爭及世界上無數的例子也都證明了——戰爭與和平，從來只跟利益及人類的尊嚴有關。諾貝爾主席硬要將和平與劉曉波爭取人權拉上關係，這自圓其說之道非常拙劣。如果沒發生冰島、愛爾蘭、希臘、西班牙、葡萄牙、義大利等西方及屬國的經濟崩盤（二次金融海嘯），還真讓人以為歐洲是人間最完美高尚的地方，同時還有個最高尚、最道德的諾貝爾和平獎，給足了非西方人錯覺——只要有民主人權，

不用拚命工作，就能優雅地生活，國家也自然而然能富裕。

只可惜，現實世界沒法像諾貝爾主席說得那麼冠冕堂皇，西歐（這是西方的一部分，也是其核心、發源地）已不可能再像過去那樣，明目張膽地殺人占地殖民掠奪財富，西班牙就是個很好的例子。這五百年來的好日子，西班牙靠的是打自狗籠巴斯（哥倫布）開始進行全球（尤其是美洲）殖民掠奪，獨裁專制的國王時代所累積而得的無數財富。可是一旦轉為民主重視人權，便不能再像祖先那樣當強盜小偷，然而之前的財富已然坐吃山空，在這種想繼續跟前人一樣過好日子，卻又想不勞而獲的心態下，如今得開始與拚命工作的非西方人競爭，這，能不破產嗎？西方國家近百年來之所以能過好日子，無一不是靠殺人占地殖民掠奪財富而發達，西方的跟班如港台新韓日，這些國家的財富全都是在不民主的獨裁政府時期奠定的，實跟民主人權一點關係也沒有。

西方正是靠著屠殺他人、踐踏人權得來的土地資源財富，這近百年才得以優雅地實行民主人權，並以此為藉口發動戰爭（美國是這幾十年來發動侵略最多的國家）。西方之所以發動戰爭，計算的全是利益，哪管什麼人權民主，根本一個個都是滿口仁義道德偽善的偽君子。

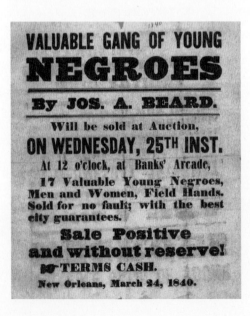

美國白人直到一八六〇年（二次英法聯軍時）還在公開買賣黑奴，完全殘害異種人的自由人權。在這張一八四〇年來自紐奧良的買賣黑奴海報圖片上，清楚寫著有十七位年輕黑奴包括男人和女人將被售出。圖片來源 / 1840 advertising poster Via Duke University website / 作者 Jos. A. Beard

世界人權宣言，是聯合國大會於一九四八年十二月十日通過的一份旨在「維護人類基本權利」的文獻，是非西方國家人權分子奉為人權最高原則的宣言，最常引用來做為爭取基本人權的武器。整份文獻，洋洋灑灑提到人類應有的三十條權利，看起來面面俱到，連小到非婚生子女的權利都顧及了，實際上，仍是空話連篇。

這份世界人權宣言，乃由一九四六年成立的聯合國人權委員會負責起草。我們來看看起草人名單——加拿大籍法學專家約翰漢弗萊是主要起草人（可能根本是他寫的，其他人只是連署）；參與者包括，美國總統富蘭克林・羅斯福的遺孀埃莉諾・羅斯福、中華民國籍的張彭春與吳德耀、夏爾馬利克，和勒內卡森等人。這幾個人花一些時間寫篇文章，就能代表全世界幾十億人的需求嗎？這幾個人就能定義什麼是基本人權嗎？這種嘗試將幾個人的議論套在幾十億人頭上、將宣言定為普世價值，根本是一種空想。首先，宣言說的不可能全部實現，因為違反人性；就算全部實現，如果全世界幾十億人都擁有宣言上的所有權利，這世界只會衝突混亂。這份宣言依然有著加拿大籍法學專家約翰漢弗萊的西方式心機與盲點，例如——

●第十三條之一：人人在一國境內有自由遷徙及擇居之權。
是國境內，而非國境外。試想，中國的親西方、愛美式民主的人權異議分子都想遷徙及擇居到美國，但世界唯一通過排華法案的美國（美國史上唯一一個針對單一國家的反移民法），它會願意接受除了陳光誠，成百萬、上千萬類似的維權分子嗎？特別強調國境內，當然，言下之意就是——不要移到我已經侵占的土地。但別忘了，美國人的土地，是美國人以屠殺人權的方式，從黃種原住民印第安人身上搶來的；印第安人當初想以弱小的力量維護自己的人權生存權，結果卻通通被美國白人屠殺消滅。這些入侵者當初徹底違反了世界人權宣言，在歐洲國境內外，如入無人之境，靠著殺人無數，自由地遷徙及擇居。

●第十七條之二：任何人之財產不容無理剝奪。
有理或無理，是由西方（尤其是軍事力量最強的美國）決定。美國之前剝奪朝鮮人、越南人、伊拉克人、阿富汗人的財產時，可是連

問也沒問一聲。

●第二十三條
一：人人有權工作、自由選擇職業、享受公平優裕之工作條件及失
業之保障。
二：人人不容任何區別,有同工同酬之權利。
三：人人工作時,有權享受公平優裕之報酬,務使其本人及其家屬
之生活足以維持人類尊嚴,必要時且應有他種社會保護辦法,以資
補益。

●第二十五條之一：人人有權享受其本人及其家屬康樂所需之生活
程度,舉凡衣、食、住、醫藥及必要之社會服務均包括在內;且於
失業、患病、殘廢、寡居、衰老或因不可抗力之事故致有他種喪失
生活能力之情形時,有權享受保障。

●第二十八條：人人有權享受本宣言所載權利與自由,可得全部實
現之社會及國際秩序。

以上這幾條顯然對於那些被西方國家壓迫侵略的十幾億挨餓的人不
適用,西方訂定的國際秩序,不可能讓人人有權享受西方人現在所
擁有的權利與自由。

●第三十條：本宣言所載,不得解釋為任何國家、團體或個人,有
權以任何活動或任何行為破壞本宣言內之任何權利與自由。
美國顯然是全球最大的破壞者,只要是威脅了其霸權及食物鏈寄生
地位,它一定與之為敵,而且不到滅其國、改政府為其走狗不會終
止。

普世價值只是一個空話
無論是諾貝爾主席、歐巴馬、世界人權宣言或劉曉波,講的都是同
一件事、同一個夢想、同一個空話,那就是——西方的民主人權為
普世價值,要為國際社會所接納,就必須認同西方的民主人權。

劉曉波要爭取人權民主,完全沒問題,但是跟不懷好意的西方勢力

結合就失去了這份好意；尤其是，聽其言觀其書，除了爭取人權的部分，稱其為洋買辦絕不為過。他與西方掛羊頭賣狗肉的普世價值以及當做侵略他國藉口的兩大法寶——民主與人權一唱一和，在西方仍耀武揚威推行其帝國霸權主義時，對西方數百年來踐踏全球其他人類的生存權、人權不聞不問，可是如今竟對仍受西方霸權主義壓迫的中國卻一味指責。這種西方式的帝國主義，正是造成中國近百年來一直無法解決生存權的重要原因；而沒有生存權，卻要去談人權，就是一種奢想。中國確實在人權上有百般不是，但只一味痛罵中國的民族主義，就是正義嗎？難道要中國人都成為符合普世價值的洋奴嗎？這樣就等於有了尊嚴嗎？永遠看西方的臉色，西方動輒就可用軍事力量剝奪全體中國人的基本人權、基本尊嚴，這就是普世價值嗎？

現今的中國區，一個從大清國被八國聯軍予取予求、隨意被西方剝奪基本人權基本尊嚴基本生存權的國家，經過百年來的改變，已強大到令西方感覺自己的霸權深受挑戰，這個脫貧脫半殖民的奮鬥過程，劉曉波和與他同類的「人權」分子可曾築過一塊磚加過一塊瓦？

中華文明到了現代有多糟，沒人權又沒民主，許多西方人及他們的洋買辦已經說得非常清楚，確實需要大力改革。但西方文明（尤其是美國文明）的虛偽極不可取，它們全力推行這些偽民主偽人權的虛幻空想，實在需要進一步加以闡明。

什麼都一人一票是民主嗎

整個地球若真如西方（尤其是美國）所願，通通實行民主、重視人權，以現在的科技大可將所有影響全球的每一個決定，全都施以公投，此作法最民主，由全球人民一人一票直接投票決定，但，美國能接受嗎？自私自利偽善的美國當然不會接受，可見它並非真心推行民主人權，只是以此做為壓制他國的工具及武器，是一種大盎格魯撒克遜主義的變形帝國主義。

當今全球有大中華主義、大盎格魯撒克遜主義、大突厥主義、大阿拉伯主義，大歐洲人主義、大白種主義、大黃種主義、大黑種主

義……在民主的地球，人多就聲音大嗎？那麼中國人是否在一人一票的情況下，於所有攸關全球的議題都該占多數？在這些主義還沒有被丟入垃圾筒之前，每個種族民族所想的都是畫一條可能擁有的極大化領土線，並將其中的人民不管喜歡或痛恨的通通包括在內，而不考慮其他民族種族的抵抗。但，這種想法顯然是絕路，最後不是我壓迫你就是你壓迫我。除了個人與個人之間，任何具有一定數量成員的團體，以及這種團體之間（種族民族國家，就是目前分類的最大團體）的階級鬥爭只會循環上演。這種自私自利想法的結果再加上民主，團體之間的關係將永遠是一群自私自利的壓迫者，以及試圖爭取自己生存權的受迫者，永遠是剝削階級與被剝削階級的循環鬥爭。剝削階級早晚會被受迫者於忍無可忍之後用革命打倒，這個定律自有人類以來便不停上演，許多人以為只要實行普世價值的西方民主，全球人人都擁有聯合國宣示的基本人權基本自由，這樣就是人人平等，從此人類便可長治久安，世界和平……這些人，天真地低估了人性的力量（無論是善或惡），也誤解了所謂的人道主義。

完全的人權民主

如果一個人就是一個國家，自己管自己，按地球上的人頭平均分到可加以使用的空間資源，他在這個範圍內想做啥就做啥，甚至想毀了自己，別人也無從過問，這，難道不是最大的自由、最大的人權、最大的民主嗎？但，做得到嗎？即使做得到，人性會安於如此嗎？很顯然，百分之百的絕對人權、自由、民主是行不通的。人性性屬群居的，如果是有限制的人權、自由、民主，便會隨定義而不同；一個就是會隨著定義而不同的東西，只能是概念，只能是一種空想，沒有任何普世價值可言。

民主只是一種形式，一種工具，藉以表達一個團體內多數人的意見（無論是否為共識）。即使是「五十點一」對上「四十九點九」的局面，仍然得執行五十點一的意見，但，這樣就是對的嗎？這個團體越大，被犧牲掉人權的人就越多。全球如果完全以民主來公決一切大事，難道多數的中國人就可以否決掉美國人的需要嗎？這是一種似是而非極為失敗的制度，民主就是人民做主，純粹是一個空的、好聽的概念，真正的民主只能在具有共同利益、共同生存權的小團

體之中執行，在大團體（尤其是擁有十三億人口的中國），就算是一人一票選總統，選出來的就會是無私造福中國、造福世界人類的領導嗎？如今，所有的民主制度都說是人民做主，事實上，無論是美式民主或是台灣式的民主，都已變成是一小部分精英（或人渣吸血蟲）在玩弄的政治。人民只有在投票時才有做主的感覺，但最終仍是讓這一小批被選出來的人，再加上封建體制留下的官僚制度，牢牢地騎在自己頭上；更糟糕的是，又只有兩個大黨，政府的所有權力完全被這兩批人掌握。

人是有權力慾的，權力的享受沒有人會輕易放棄，尤其是一批結黨為私為利的人，不用暴力，能推翻他們嗎？難道要等到他們真心想為人民服務？等不到的。因為美式或西式的民主不過只是封建制度的變形，今天，就算一個團體內每道決定都由全民公決（最民主不過如此吧），但這種透過最民主途徑得來的決定，最終都能造福這個團體嗎？顯然答案是不一定。可見，這種一人一票式的民主，不但眼下就已經很不完美，即使發展到最民主的極致，也不可能是人類普世價值或人類制度的最好模式。

獨裁式領導，並不見得不符團體內大部分人（超過百分之五十點零零零零零零一）的民意，而「民主」的決定也不見得符合民意（什麼是民意，多少百分比的人同意叫做民意、叫做共識）。就算所有的決定得到團體內百分之百的同意，以人類自私自利的天性，絕對會在面臨生存權的爭奪時加以壓迫別的團體，所以說，民主是個空話，是從古至今，從孟子到歐巴馬的嘴上都無法真正執行的空話——只可能造就出，人民做不了主的民主，要不就是反人性的真民主。因此，不管何等形式的民主，執行上都是有其條件限制、有其先決條件的。

傳統的民主觀念，就是在某特定的團體或區域裡，所有人不分老少，只要有能力選擇的，就可按任何需要做決定的公事進行投票。其實，連何謂公事，有哪些需要全民投票決定都很難決定；例如，讓十九歲的青年來決定老人福利政策，讓八十歲的老人決定舞廳的最低入場年齡。其實，無論是一言堂的民主或是美式民主，都不會是完善的民主，因為沒有任何民主是可能完善的，沒有任何一種民

主，是人民無時無刻在做主的。任何民主形式的選擇，最終都有一個問題要回答——這種所謂大部分的共識或表決結果，究竟有利於誰？地球上哪些事應該由哪些人表決？會受到表決結果影響的人，要不要一起參加表決？民主，做為一種概念理想當然很好，但絕不可能徹底執行，而這種民主也等於剝奪了少數擁有真理的執行權。

非民意的民主與順民意的獨裁

非民意的民主與順民意的獨裁，或是低效率的民主與高效率的獨裁，是許多公民的痛苦選項，也是封建式民主制度於西方誕生以來，所有非西方國家都會面臨的痛苦選項。只因他們連生存權都還在西方的壓迫之下，經常需要執行變形的西式民主或西方定義的獨裁。這世界並非只能有二分法，誰說不符合西方定義的民主就是獨裁，沒那麼簡單。這世界可以有各種人民做主（民主）團體的形式，不像盧梭（天賦人權）或馬克思（人民做主就是無產階級做主）想的那麼簡化。人性的好惡，一群人的好惡，不可能這麼簡單就被他們認為的真理及大話空話所預測。「獨裁」不見得壞，「民主」也不見得好。所謂人民做主，這個原則從來沒有人反對，但要用那一種形式才能真正讓人民做主，端視當時實行的區域國家經濟能力而有所不同，也要視當地人民各種文化背景及生存經濟貧富等情況而定；主要還是得看實行的結果，以及當時人民的需要。沒有一種制度會是普世價值，任何主義與想法是好是壞總在不停變動，所以人民得具有隨時公投自決的權利，包括眼下的國家政府是否需要存在。

一個國家使用什麼制度最好，能否產生對絕大部分人民最大的利益，是由當時國情來決定。民主自由人權的形式選擇，是有時效性的。民主自由人權的存在形式，以及人民是否真正享受其帶來的利益，並非放諸每個地區每個國家（不管是中國美國）皆準。民主自由人權的形式，會隨各國國情及各國利益道德觀念等因素，而隨著時代改變，只要與選票範圍內社會大多數的選舉人利益結合，自會產生適合該國國情的民主自由人權（也就是多數暴力）。如果民主自由人權的形式逆反了社會大多數人的願望及需要，就會被革命推翻（即使有時推翻的是「真理」）；因而，必須在不同時代、不同國家群體中，與時並進地找尋適合自己群體的形式。若有一天，中國的國情變得如美國一樣，富強而自私地只顧中國人自己的利益，極有可

能，現今的美國式民主自由人權將最符合中國國情利益。

少數人或少數民族的發言及生存權，被壓迫剝奪

因殖民帝國主義留下的遺毒，使許多原本不屬於同一國家的不同文化語言的民族，都被放在同一個國家內，像是，非洲、印度、阿拉伯區等前英國殖民區，這些大英國協的窮國非常多見。此遺毒導致國家內多數民族對少數民族施以壓迫迫害，這種地區實行多數決定的西式民主，只會令少數可憐的人或可憐的少數民族，難以得到生存所需的物質與自尊，而將導致長期更多的混亂與流血。因此，一個違反多數民族自私自利的意願，一個善意的獨裁領導，顯然會比民主選出一個希特勒好。西方式民主選舉必然是自私的，這種選舉只能選出「保障自己私人利益，以及自己國家民族種族利益」的領導人。

自由民主平等共同達到，只能是空想

所有的人都自由，就不可能所有的人都民主都平等；

所有的人都民主，就不可能所有的人都自由都平等；

所有的人都平等，就不可能所有的人都民主都自由。

因為，沒有任何一種民主自由平等形式，可以達到真正的民主自由平等，

除非所有人都是——完全相同的機器人。

因此，軍事力及經濟力的發展，才是那些被西方政權壓迫的其他國家人民，爭取最大化人權的硬道理。西方之所以畏懼中國，不外乎害怕中國在毛澤東時期發展出的軍事力，以及經濟和工業紮實的基礎，是因為中國很可能會打破它們這些西方寄生蟲的好日子。它們可不在乎大饑荒死了多少人，文革時期有多少人喪失人權，那時死的人絕非之後的六四可比。如果以爭取人權為理由，頒諾貝爾和平獎給文革時期的人權分子，隨隨便便都可頒個上千上萬個。可是，當時西方根本不聞不問中國的人權民主，不管中國人權分子的死活，那些人可是拿著性命，流血爭取人權；不像現在的人權分子，只是躺著耍嘴皮子，寫些不痛不癢的文章就能拿個諾貝爾和平獎。那些西方政權直到一九八七年的天安門六四事件後，基於中國日漸強大（美國，在「韓戰」跟中國打成平手，在「越戰」則敗給越

南，而越南的背後有中國做支撐主力），可能危及西方利益，擔心它們西方自己為害別人生存權、人權的能力被削弱，於是，CNN和BBC等西方媒體從此走上了分化中國，走上與中國人生存權和極大化人權為敵的不歸路。

真正的民主政府只能是執行單位，所有的重大決定全部採取公投，哪裡需要中間人代言代議，立法委員參議員眾議員什麼的全都應該廢除，這才是落實人民做主的民主，才能落實所有政策都代表至少百分之五十點零零零零零零一以上的民意。如果技術上真能執行這種民主，我們就要問，你願意讓一大堆不相干、也不了解真相（真相，往往來自掌控媒體那人的觀點）的人，來決定你家要不要拆嗎？　如果你不願意，就不要再提真民主。

人權的來源，來自抗爭（或是強烈的階級鬥爭，例如革命）。如果人類還有人性，就免不了互相壓迫爭人權，西式民主及人權的本質就是自私自利，絕對的民主及人權皆為空想，只有當全世界變成幾千萬個國家的小團體，才有可能執行一些。當全世界還有西方自私自利的帝國主義寄生蟲，以及十幾億人還在挨餓時，高談全球的人權根本是個空想的目標。因此，非西方國家的人民若要爭取最大化人權，除了向政府爭取（無論是否為民選的政府），同時還要協助政府發展國力，尤其是軍事力及經濟力的發展，才能擺脫帝國主義、封建主義、官僚資本主義（至今仍在）這三座大山對非西方人民（以及百分之九十九的西方人民）人權的壓迫，然後不斷地爭取最大化的人權，這才是硬道理。

自古以來，人性一直告訴我們，階級是不會被消滅的，不平等、不自由也不會被消滅；只要人性在，要想得到自己的人權，就要自己去爭取。「從來就沒有什麼救世主，也不靠神仙皇帝！要創造人類的幸福，全靠我們自己！我們要奪回勞動果實，是誰創造了人類世界？是我們勞動群眾！一切歸勞動者所有，哪能容得寄生蟲！」（國際歌）

若有人在你辛苦工作時，不知不覺中讓你變得沒有選擇，以便合法偷扒你付出智力、體力所得到的工資，他們不事生產創造，還過得比你好得多，他們不但如同寄生蟲只會吸取農人、工人的勞動成果，而且這些合法偷扒你辛苦勞動所得的人，以及他們的幫凶，不但不覺得有什麼不對，還把你當成不懂得賺錢投資的傻子，將其骯髒行徑美其名為正正當當的合法賺錢投資，還胡說——若有本領，你也有機會跟他們一樣。要是你知道這些寄生蟲是誰，會不會想揍他？只可惜你做不到，因為他們全都躲在法律後面，有的甚至有槍。你不服氣的結果，不是進監牢，就是被這些寄生蟲給斃了。

軍事戰爭中，往往會死很多無辜的人，始作俑者會被判以人類滅絕罪。那麼，像金融大鱷餿玀死（又譯索羅斯）這種「投資家」，他的「投資」讓無數善良人的辛苦勞動成果，瞬間化為烏有，甚至因此沒錢而殺人入獄或絕望自殺，這樣一個危害全人類的經濟型人類滅絕罪犯，不但沒有法律制裁他，其所到之處還被尊為上賓，到處都有人想跟他學習吸人血的方法。此等不事生產、玩弄數字的寄生蟲，還經常戴上了慈善家的帽子，令一般被他們吸血的人遭受矇騙，對其行徑懵懵懂懂，無法切身感受其人的可惡。

黃花岡七十二烈士

捉出玩弄錢和數字遊戲的寄生蟲

餿玀死（索羅斯）（George Soros）
（1930-），匈牙利出生的猶太裔的美
國人，是典型寄生於世界全體人類的
大寄生蟲，一九九七年亞洲金融風暴
的主角。圖片來源／World Economic
Forum Annual Meeting Davos 2010／
Photo by Sebastian Derungs

「餿玀死的量子基金帶領的國際炒家，在一九九七年大量沽空港元現
匯換美元，同時賣空港元期貨，然後在股市拋空港股現貨，同時在
期貨市場大量沽售期指合約，藉此牟取暴利。」如果你看不懂以上的
句子，你多半是被寄生蟲吸血而不自知，靠勞動為人類生產食衣住
行各類需要的善良人，如果你看得懂也別高興，你多半是那些金融
大鱷大寄生蟲的爪牙幫凶，畢竟此居於寄生蟲食物鏈末端的最大玩
家，事實上只占人類的很小部分。錢能滾出錢，代表不勞而獲，錢
及銀行本來只是讓交易方便，現在卻成為各類金融寄生蟲牟利的工
具。這些寄生蟲（尤其是小寄生蟲）也很努力工作，很努力地吸乾
勞動人民的血。但人類實際上已不需要他們，因為這些不事生產的
寄生蟲，根本從沒生產過人類所需要的東西，美其名為資本家、銀
行家、投資家或財務公司如摩根史坦利、大通、花旗，利用銀行或
類似的資金管理公司（資本掌控者用來剝削的主要工具），合法地獲
得「利潤」。但這也不是這些小寄生蟲的錯，他們並看不到受其公司
剝削的對象，他們實際上是被整個資本主義的食物鏈所蒙蔽。他們
之所以替這些寄生蟲公司或寄生蟲國家賣命工作，也是為了自己的
家庭、子女能過上好的生活，這種結果是人類分配系統及不當法律
造成的。

全世界人類都過得比現今一般美國人的物質生活更好，有無可能？當然可以，地球物質、資源生產出來的生活所需，絕對足夠全人類一起過上好日子。因此，問題不在生產不出足夠的生活所需，而是分配不均，還有人為的生產力低下，造成多數人窮苦的地球現況。一部分當初擁有原始資本的既得利益國家及個人，除了長期享受、少勞多獲，還剝奪了窮人的生產資源、工具，控制所謂的智慧財產權，控制生產技術流通，令全世界仍處於低生產力階段。真正實實在在生產的人只占了全人類少數，如農人和工人，他們受到剝削的制度壓迫，並且往往被擺放在社會系統中最低的位置。無論再怎麼努力或聰明，都不應有任何人、任何國家得到比基層農人或農業國多出上百倍的所得，更遑論那些大寄生蟲實際上獲取了比基層農人或農業國多出千倍萬倍的收入。

所有的金融系統、法律系統、政治系統、婚姻制度系統，以及其他各式各樣的人類制度系統，原本存在及被發明的本意，只是為了提高生產力及提高人類的福祉。但這些寄生蟲卻利用錯誤的系統，令大部分的人類受苦（也包括低階的寄生蟲，如銀行的小行員）。

倘若一個系統執行了三百年，而且在其執行期間不停地完善、加以改良，依然只能令地球上極少數人在人生的一段時間內，擁有滿足及幸福感，制度系統的原型即有基本錯誤，無論在上面發展幾十個得到諾貝爾獎的經濟理論都無濟於事，努力在此爛系統內做個小預測、小改善，並救不了這地球上大部分的人類。我們必須拋棄這種只會苦了大部分人類的金融經濟系統，拋棄這種便宜了少數不事生產寄生蟲的畸形系統。馬克思及許多人都想滅掉這個邪惡系統，目前尚未成功，後人仍須繼續努力。我們若要尋找新的系統，或是根本廢掉銀行股市期貨，以及整個現存的金融系統，讓金融二字從人類的新文明中徹底消失，不管往那個方向進行，都要從這個剝削式食物鏈的基礎，也就是──「錢」談起。

錢是什麼？哪裡來？哪裡去？

人類為了完善的生活需要互通有無，在以貨易貨的階段，由於黃金是人類交易貨品中最穩定的（全世界的純金都一樣，沒有好壞之分），自然而然便成了計價單位。商業的本意，最早是互通有無。

然而，人類的物質慾望無限，令早期遠方的物品無法單純地以物易物；再加上，商品數量多、路途遠，更令一般人無法單純地藉由「以物易物」方式拿到想要的東西，這才衍生了所謂的中間商人。但最早期的商人不太玩數字遊戲，後來為了更方便交易，而產生國家權力中心認證的「錢」，等於是一張交換保證書或借據。錢，過了原始貨幣的階段後，開始以金、銀、銅等金屬鑄造，最後又從金本位到放棄金本位，如美國政府認證的美鈔，最早是以金本位為印鈔票值及量的標準，手上至少有一定數量的黃金才敢印一定數量的錢（這些黃金大多於殖民時期殺人越貨而來，這就是原始資本的累積），但放棄金本位之後，便純粹利用各國對美國的全然信心而建立起紙幣。錢，變成可無中生有的控制工具；而在印鈔不受控管的同時，又衍生出電子貨幣，最後終於在世界大小金融中心和銀行之間，變成純粹的數字遊戲。

錢原本存在的意義在於，靠著錢（資本）數字的流動，讓貨品較容易交易。讓人為錢勞動生產，增加生產力，創造更方便更幸福的生活。錢是個商品，也是個刺激生產慾和生產力的工具，但現已淪為寄生蟲的數字遊戲，淪為政府強制人勞動的工具，也造成全球大多數人類低償，或無償勞動工作的貧困狀態。

交子，是北宋仁宗天聖元年（一○二三年）發行的貨幣，最早起於民間，後來歸官方辦理，它不但是中國最早發行的官方紙幣，也被認為是世界上最早「正式」發行的紙幣，其前身為唐憲宗時代的飛錢，飛錢乃是目前所知的世界上最早的紙幣。宋朝已具備所有「資本主義」的特徵。

什麼是「資本主義」？並無法加以簡化、定義，甚至該不該如此翻譯都有問題，但可從施行此系統思維百年以來的結果得知，這是利用原始資本錢（例如黃金）累積更多資本（錢）的系統思維。靠著錢資本的流動，讓無資本的人必須勞動生產為有資本的人工作，讓窮人辛苦工作為富人累積更多資本，這可說是一個——可控制、並迫使窮人工作的系統。以國家的立場而言，就是讓窮國辛苦工作，為富國累積更多資本，這是個可控制、並迫使「窮國」工作的系統；也就是讓，以農業為主的國家辛苦工作，然後替以工業為主的國家累積更多資本，這是個可控制、並迫使「以農業為主」國家工作的一種系統。除非這些有資本的富人、富國，或是以工業為主的國家做了錯誤投資，或是生活太浪費奢侈，基本上，財富資本不可能會轉移到窮人或窮國手中；意即，只要富人、富國一直做著正確的投資，辛苦工作、原本即無資本的窮人或窮國，即使再努力，也只是富者更富，窮者更窮。

資本主義的原始家族成員就是軍事帝國主義，以所有目前已知對資本主義的描述（從亞當史密斯到馬克思），人類早就重複做過一樣的事，只是沒有幫這件事取名為「資本主義」，這又是歐洲人以自我中心盲點來命名的另一例——他們自以為開創了什麼新的東西，其實非西方人早就做過。現代所稱的資本主義，和人類之前早就有的資本主義，差別不在其經濟本質，差別在於西方式資本主義帶著前所未有的野蠻性，除了利用所謂全球經濟秩序掠奪別人努力生產的成果及資源，更使用軍事政治力鞏固其既得資本，加以累積掠奪更多資本。這些寄生蟲不事生產而能生存，是仗著大部分人類仍實實在在地進行勞動生產，提供全體人類生活所需的一切。倘若全人類都不事生產，全都一起玩投資的資本數字遊戲，全都變成寄生蟲，那麼這生產母體消失了，也沒血可以吸了。實行資本主義的國家，裡頭少數的寄生蟲不但剝削其他國家，也剝削自己的人民；只是，富國裡被剝削的人民，還是能分到寄生蟲吃剩的一些殘餚，但窮國之中被剝削的人民，位在這食物鏈的最底端，只能過著絕望無法翻身的日子。

近代資本主義的寄生鏈，因西方軍事帝國主義而建立，憑藉的是軍

事及野蠻，並非依靠「文明的」資本主義。在原始資本國及其後裔
已然占住全球大部分資本的光景下，除非完全推翻它們建立的這一
套全球資本系統，其他非西方人要想變富，捷徑就是掛上資本主義
招牌，為那些擁有原始資本既得利益的國家服務，也就是占住或依
附在此系統的受益方位置。他吃肉你喝湯，資本就會流入，依附得
越緊便越富，但原始資本國仍是此系統新產出資本（新創造出來的
錢，或是銀行帳面數字）的最大受益者，後來者如台灣、韓國只能
成為大寄生蟲旁邊的跟班。

資本主義寄生蟲的基本玩法

地球上生產出來的物品及原料總和，再加上全球印出來的鈔票（實
錢）和銀行承諾的未來錢（憑空創造的數字虛錢，例如使用槓桿原
理的銀行借貸），就是全世界財富的總和。以現今人類對於各種物品
的定價（例如一盎司的黃金為一千六百美元），將物品及原料總和折
算成金錢數字，這個數字將遠低於實錢和虛錢的總和，而多出來的
龐大數字，便成了在全世界流動的投機熱錢主力，也就是錢的黑暗
罪惡的部分。

以美國為例，在此介紹金融系統和貨幣系統上玩法的奧妙——

●玩法1亂印錢

以中日美為例，二〇〇四年，美國對中國、日本的逆差均為一千億
美元，中、日兩國帳面上持有大量美元外匯，這些美鈔就如同美國
簽下的借據，讓美國人得以換取吃喝玩樂的商品。若是古典的金本
位時代，中、日會拿賺的美元硬要向美國換回金條，而美國卻沒有
這麼多金條，美國政府的美金信用破產，美國鈔票就不值錢了（貶
值）。另一種情況，在如今非金本位的時代裡，中、日拿賺的美元到
市場拋售，美國鈔票也同樣會變得不值錢（因為鈔票也是商品的一
種，價值由市場供需而定），但中、日都不敢這麼做，畢竟美國仍
是軍事強權，以及是它最重要的市場。因此，它們只能繼續捧著賺
到的一大堆美元，期待借給美國人後，將來能賺更多美元；從此，
這筆外匯存底成了風中的死錢，中、日只能苦哈哈地看著美國一直
印鈔票，繼續過好逸惡勞、寄生於其他國家而活的日子。倘若發出
過多的鈔票，最終還是會導致通貨（市場上流通之貨品）膨脹；意

現在世界最流行的貨幣美元，整個鈔票的設計暗藏玄機，是資本主義寄生食物鏈的最重要工具媒介。

即，以該鈔票計價的貨品會因該種鈔票貶值而價格膨脹（也就是，錢變得不像之前那樣值錢），這就是其中一種不斷導致世界貨幣金融危機的玩法——亂印美金。

●玩法 2 玩國際貨幣匯率

美國印出了過多的鈔票，而國際匯率市場卻未貶值，美國國內也沒發生通貨膨脹，這代表美元在國際上的購買力提高了，但這種紙老虎式的購買力提高，以及提高全國所得是很不實在的（美金變多了）。如果有一天，其他國家不相信你還得起借據上的金額，或是不相信特定金額可以換到和之前一樣多的東西，那便會崩盤。為何美國整年的國民生產毛額（GDP）為十五兆美元（二○一○年），每年貿易逆差達五千億美元，國債超過十三兆美元（二○一○年），美國政府總負債為五十九兆美元（二○○八年），還可以過上這麼好的日子，還能花大錢搞軍事侵略？還能經濟不崩盤？這是因為，全世界所有的人都相信，美國有還錢能力，所有人都相信美國不會崩盤。這就好比，寫了一堆借條的債務人，竟然比辛苦工作、生產東西給債權人使用的債權人，生活過得更好？這就是擁有原始資本的資本帝國主義國家，在所謂金融系統貨幣系統上大玩數字遊戲的奧妙之處。

西方富國玩金融貨幣手段寄生，害人又害己的結果

窮國的資源（廉價勞動力）與富國的資金、技術密集合作之下的成品，儼然成了一種不公平的交換。一九七○年，「已發展」及「未

發展」國家的平均國民所得是十五比一；到了一九九〇年，已達
二十二比一，而且對上最不發達國，比例則是五十七比一。貿易，
本是增進全球經濟的好方法，但卻成了被特定之人，利用特定權力
優勢，以特定技巧操控的貿易，於是貧富只能更加懸殊，勞者越
勞，閒者越閒，不勞而獲。然而，此間不但沒有出現改善此種國家
及人類之間懸殊貧富的國際大型組織，富國還變本加厲成立了保護
自己利益的組織。

一九四四年的布雷頓森林會議，衍生出了國際貨幣基金組織、世
界銀行，以及關稅貿易總協定；其中，國際貨幣基金組織定出——
各國貨幣匯兌，不許偏離超過百分之一的協定。到了一九五六及
一九五八年，又成立國際金融組織，表面上旨在促進開發中國家的
私人經濟活動，以及讓國際開發組織提供財政最弱的發展中國家無
息貸款，但最後都證明是玩假的。這是因為，國際貨幣基金組織的
資金全部皆由富國提供，只要情況不符富國利益，意即窮國若無法
為富國創造更多更大的可外銷市場，根本拿不到資金。一九七三
年，因石油及美元危機而改浮動匯率，國際貨幣基金組織便創造出
特別提款權（SDR）的「貨幣籃」做為記帳單位，原本納入了多國
貨幣，卻又在一九八一年縮減為美元、英鎊、日圓、馬克、法郎這
五種所謂在國際交易中的主要交易貨幣（馬克和法郎，後已轉換為
歐元），並按國際出口比例加以分配。無論如何定義玩法，這些國際
組織訂定的各種玩法都是以考慮它們G7工業富國核心利益為主。

原本，關稅貿易總協定中的相互性、無差別、自由化貿易原則是有
益的，如禁止採取關稅外的保護本國措施，取消限制進口數量等
等，但關稅同盟及自由貿易區（如歐盟）卻破壞了必須無差別最惠
國待遇的原則，排擠該區之外的成員國。此外，關稅貿易總協定第
十九條，允許當工業部門出現嚴重損失或可能的危險時，設立非關
稅的貿易障礙，這一點則提供了相關工業富國鑽漏洞的機會，像是
對歐盟內，因高工資高成本而無競爭力的農業及紡織品，給予不合
理的補貼等手段，不讓歐盟外的廉價農產品輸入，卻又要求歐盟
外，許多只有原料農產品的農業國家完全開放工業品輸入，強行以
如此惡劣的手段保護自己獲得巨大利潤。又如，歐盟違反貿易生產
原則，每年光是花在農產品補助的資金就達三百八十億美元，還用

二十六億美元來倉儲剩餘物資；一九九一年，歐共體在非洲市場拋售五千萬噸冷凍牛肉，徹底打擊了非洲養牛業。這是什麼道理！不去幫助窮人，還打擊他們賴以為生的東西，這些富國早就該以人類滅絕罪處置；遺憾的是，它們手中握有吸血之後拿這些血造出來的核子彈大炮，目前，誰也制裁不了這些國家。

經濟合作及發展組織、歐盟、國際貨幣基金組織、世界銀行關稅貿易總協定等如此多原意良善而為之的各種協定或組織，居然都打不破富國如 G7（後改為 G8，然而後來加入的俄國在經濟上的意義不大）為維護自己既得利益，仍於實質上採取了自私自利的貿易保護主義。目前，除卻特殊政治或戰爭原因，很難有新的富國出現（舊的富國，自會全力防止此種新經濟秩序），以至於富國只會更富，窮國只會更窮。一九七三年，布雷頓森林會議衍生出的金本位國際貨幣制度，終於玩到崩潰，讓金融大鱷餵獵死這些人有更多玩弄數字的機會。

如此多的不公平現象，終於導致七十七國集團（G77）、聯合國貿易發展會議等組織的出現，尤其是石油輸出國組織的誕生（美英俄不屬於此組織，因為美英經常拋售原油以打壓原油價格，美國更以全世界最大買家的優勢，盡量以進口代替鑽自己國內的石油，並拉攏俄國加入 G7，這是因為 G7 的會員國全都需要石油）。

在所謂國家主權的大保護傘下，聯合國，以及各種富國用來幫助窮國的協定條款大都形同具文，且無約束力。各富國由西方式民主發展出的自私制度，只是保護其既得利益的一種制度。各國境內由自私自利之人選舉出來的政府，其所制定的政策當然也受到了保護，而且絕不容一絲財富及生產知識技術有所轉移，寧可到處繼續有人餓死，自己也要大吃大喝，住在消耗大量能源的大房子，開著消耗大量能源的車子。經過了多年太過奢侈浪費的生活，再加上其他國家也掌握了資本主義的玩法及工業技術，第一代的資本主義強盜國——西班牙、葡萄牙終於玩完它們從美洲掠奪來的原始資本，現在開始自嘗苦果，害人害已。同樣的情況，也將慢慢降臨在後起的第二代資本主義強盜國身上。

打破寄生蟲數字遊戲

人類都上太空了，我們還在用英國資本主義那一套老方法，每天例行公事般報導金融消息，老是重複那些一樣的金融消息，如各國政府干預市場貨幣、金融風暴，或是股市崩盤、美國聯準會經濟金融專家救市這類老掉牙的消息，好像全球銀行的金融專家、經濟學者都在努力拯救全球經濟。但從結果來看，事實證明他們只是為了自己既得利益而替富人、富國服務罷了，以至於全球的窮人、窮國、吃不飽的人越來越多。只要趕走這些寄生蟲，這個世界便不勞他們拯救。

二〇〇九年，全球的飢餓人口為十億兩千萬人，比起二〇〇八年足足多了一億人。能吃得飽，才是第一重要的人權，可是這些自私的西方富國，卻仍每天打著偽善的人權口號，幹著下流的勾當。

西方富國（尤其是美國），太過於奢侈度日，造飛機飛彈之餘，還要開大車住大屋，玩到傾家傾國蕩產。早期，一次和二次大戰前後，英美試圖用法律系統、政治系統合法地控制世界金融系統，並從中謀取巨額利潤，大玩數字遊戲，靠著它們強盜祖先留下的原始資本，少勞多獲地強撐起奢侈生活所需。工業革命讓西方富國有了軍事力量，野蠻的帝國主義再加上野蠻的殖民掠奪，令它們有了原始資本，玩起金融經濟數字遊戲，終於成了地球上大部分人類的寄生蟲。

在面對面肉搏的原始人時代裡，改革這套爛系統最簡單的方法，就是集結全世界人民群眾（包括西方富國境內百分之九十九被壓迫的人民，「占領華爾街運動」口號）的暴力，推翻揪出這些以數字遊戲玩弄大部分人、卻連自己都似懂非懂的假專家、爛富國。這些假專家、爛富國只是動動嘴皮，以數字遊戲騙吃、騙喝，便混出了豪宅、名車、私人游泳池。代表特定利益團體國家的一堆權威公司如摩根史坦利，這些跨國公司完全是為手上有資本的富人富國服務，不事生產，專事掠奪各國人民努力生產所生出的新資本。

了解了這些掠奪者爪牙的玩弄手法，再去推翻這些寄生蟲和它們的爪牙是必要的，但要有自己的主見獨創或改良的方法，更要保證全

人類不再進入富國更富、窮國更窮、勞而不獲的惡性循環。傳統經濟的各種主義理論，乃植基於西方建立的寄生蟲系統，我們不能完全迷信這些所謂西方專家提出的數據，例如GDP總值並不代表人民手上可用的餘錢多，國家財政收入才是實在的，但比起人民生活的幸福，這些都不實在，人民過得好才是最實在的。做為一個個人一個國家，應該要實實在在地生產，但也要保護、表揚那些真心為國為民為人類努力求公義的真數字經濟專家。只對兩百年的經濟規律進行研究，絕對看不出五百年，甚至一千年的規律，無論馬克思、亞當史密斯都同樣有其錯誤盲點。若要走向新文明，揮別人類經濟生產的黑暗時代，我們必須找出新路。

美國是西方最強最大的代表，人類史上最富強，國民平均生活過得最好，人民最有人權自由的民主國家。如果全世界國家都能變成美國，都能享受一般美國人所擁有的生活，不就太完美了嗎？

美國的生活好不好？比起別的國家好得不得了，好得太過好了，好得超過世界平均值太多，但普遍享受著過度豪奢生活的美國人有沒有錯？百分之九十九的美國人並無惡意要直接傷害苦難國家的人民，他們跟全世界大部分人一樣，有著簡單的希望——過著不缺錢的生活，有美好的家庭和小孩。他們大部分人在開大車住大屋之餘，也會對車子房屋的貸款帳單發愁；他們大都認真工作、守法守道德，善良有愛心，連小貓小狗也又愛又疼不忍傷害，這樣善良有禮的美國人，又怎能怪他們呢？

美國人失業有救濟金，六十五歲以後有養老金，生病有健康保險，全天候空調，食物常吃一半就丟掉，國家好像有用不完的金子美鈔，美軍在世界各地耀武揚威……做美國人真是神氣，要面子有面子，要裡子有裡子。

好萊塢、微軟、蘋果 iPhone、iPad、可口可樂、麥當勞、美式流行文化、流行音樂橫掃全球七十年，英語已成私人與公開各種國際場合不成文的唯一官方語言。

黃金國　美國的新良心

美國不但人民平均所得世界第一（小國不計），經濟總量也是世界第一，不管是軍事力、經濟力、政治力、文化力、科技力都是世界第一，而且是遙遙領先，這世界上還有更完美的國家嗎？一定是天佑美國，天佑世界，簡直就是世界幾百個國家中的超級榜樣，美國最好能大發慈悲，將全世界都統一！既然美國那麼好，大家一定很願意當美國人。如果美國人統一了世界，世界大同，人類也用不著分彼此，反正大家都是美國人，都是一家人，一起享受美國的富足，美國的平等、自由、民主、人權，這樣不就天下太平了嗎？這簡直就是人類的最高境界，聯合國也不需要了，因為全世界只有一個國家，愛國就是愛地球，豈不美事一樁？但，真的是如此嗎？可行嗎？美國不是希望全世界都民主都有人權嗎？

可惜，以上所講的只是一個大夢，而且會是一個噩夢。一般美國人能享受這一切，是因為他們實行自由民主、尊重人權？還是因為他們比較認真工作，比較聰明懂得創新發明？還是因為信基督天主，上帝比較照顧他們？還是因為國家社會系統組織比較有效率？這一切，總該有原因可解釋吧？

為何二次大戰後美國人擁有這一切，擁有全世界最富足、最有自尊的生活還不滿足？他們不但不獨善其身，還要東征西討，還要更多，還想獨占。其癥結在於安全感及自命優越的使命感。美國政府一直有種想要獨霸的強烈慾望，總想永久保住、且獨占這種最富足最有自尊的生活，所以需要一種一直無法滿足、精神衰弱式的百分之百安全感，因此只要安全感稍稍受到威脅，一定馬上出擊。這種非擁有百分之百安全感不可、否則即感不安的國家特質，形成的源頭可追溯至五月花船上第一批清教徒英國移民。

一七七六年，美國建國之初，乃由學自法國的自由民主人權概念奠基。一八六五年，南北內戰黑奴被解放後，美國良心發現，瞬間從人類滅絕罪犯及奴隸販子，搖身一變成為自由民主人權的捍衛者，放下屠刀，立地成佛。從此，美國人就跟十字軍東征式的優越使命感及正義感完全結合；一般美國人強烈迷信認為此概念適合全世界人類，美國政府此後的所有軍事行動，也都以拯救世界人權民主自由為由而發動。

今天我們討論美國，是因為美國代表了人類史上絕無僅有的霸權巔峰，但事實上不該有這樣的霸權國家，檢討美國，就是檢討人類文明的劣根性。但從美國的種種行為來看，我們是否可就此評斷美國人？未必，其政府雖源自人民，無論是總統或參眾議員都是民選，可一旦被選上後，就會被一些長期固定的職業精英官僚所影響控制，這些人因各自的利益而各懷私心。因此，其政府雖源自人民，但並不等同於人民，美國政府並不等同於美國人，所以美國政府該為美國對外政策負起全責的局面。由此，本篇所指的「美國」是為美國當權政府政權；當提及「美國人」時，則指一般與政府決策權力中心無關的美國人民。

美國的黑暗面及美國是如何建立的

美國，做為傳統白人最大勢力、資本主義、帝國殖民主義、強盜集團國的最後一個代表，雖僅立國兩百多年，但立國之初，新英格蘭十三州的人民幾乎全為英國人，他們帶著英國強盜立國累積資本的知識，發展出當時世界上最為先進的科技知識及生產方式，實力本就不小；再加上，當時與英國並列世界兩強的法國，以及西方強盜鼻祖西班牙，在此三大強盜集團國的瓜分之下，毫不留情地將北美洲來個三分天下。

英、法兩國，自從一三三七年開始的長達一百一十六年戰爭，早就已經結仇，於此間及其後戰爭不斷，直到英國於一八一五年戰勝法國的拿破崙；戰爭期間，英國與法國一直往西鬥到北美洲，往東從印度、緬甸一路纏鬥到整個中南半島及太平洋各小島。法國本已侵占了五分之一的北美洲土地，並建立了新法國；英國本是後進，但黑吃黑，比之前的所有強盜集團國更愛侵占土地，侵略性更強，英法戰爭於一七六三年英國取得勝利後，由英國占領加拿大（時為法屬魁北克，新法國的一部分），而法國仍占有從加拿大魁北克往南、直到路易斯安那的一大片土地，以俄亥俄河與印第安保留區為界。英國又把荷蘭人建立的新阿姆斯特丹，搶來改成新約克（紐約），還把荷蘭人逐出北美，建立起新英國（新英格蘭），並且占了五大湖更偏北到北極的土地；於新英國南邊，則合併了從西班牙搶來的佛羅里達；與此同時，北美洲西側四分之一的土地，則有從南美及中美延伸過來的新西班牙，因而形成英、法、西三大強盜集團。

一七七六年，新英國十三個殖民地的英國移民宣布獨立，國號「美國」。有個新英國要獨立，英國人自己窩裡反，便可削弱英國在北美的勢力，法、西兩國當然高興都來不及，美國成功地獨立之後，法國更送上了個自由女神像給美國示好。但沒想到老鼠的兒子也會打洞，這新成立的國家也懂得繼承英國的各式制度與習性，包括靠拳頭屠殺侵占他人土地；再加上清教徒的個性很看不慣異類，十分缺乏安全感，於是便開始無限制地擴充勢力領土，打壓別的勢力、種族，絕不手軟，打從骨子裡徹底歧視其他種族，這點倒是與系出同源的英國人一脈相承。這些清教徒美國人於種族及民族潔癖優越感方面，與德國人並列當時世界之冠；而在排斥非英語系白人及非白人方面，也可與南非的種族隔離政策及澳洲的白澳政策「相媲美」。

英語系民族及美國的擴張

美國打從獨立便開始擴張，只花了一百年就越過太平洋，一八九八年從西班牙手中搶得了殖民地菲律賓，簡直與同文同族的英國一搭一唱。英語系民族截至一八八八年為止，拜工業革命新科技武力占絕對優勢之賜，或殺或騙或買，侵占了全球包括整個北美、大西洋島群、非洲南部、環印度洋、埃及、南阿拉伯、印度大陸、二分之一的中南半島、澳洲、紐西蘭（新西蘭），以及太平洋島群，橫跨全球。當時沒有影片、相片可記錄下這些英語系人是如何地進行屠殺，以至於現代人（包括英語系人），感覺不到當初英國人及子孫國的殘暴。其實，它們淨化民族種族比納粹德國更厲害，而且不像當時納粹德國有部分的原因是因為受壓反彈，並且有其經濟軍事政治的生存需要。英國人及其子孫的對其他民族、種族的侵略與歧視，原因並非求生存，而是從內心散發出優越及使命感所致。

英語系民族於一九二〇年代達到侵占的巔峰，光是大英帝國就控制了當時世界四分之一的人口及土地，共占陸地面積三千三百六十七萬平方公里；同時期，美國便占了近一千萬平方公里。英語民族壓迫全球各民族種族，從人口、資源、土地的侵占殖民，到軍事、政治、經濟方面的殖民。英語民族先英後美地控制世界格局直到今日，仍持續擴張、壓迫著黃、黑、棕種人，以及同為白人的其他歐洲已工業化國家的生存權，至此，終免不了一戰。歐美白人強盜國集團狗咬狗，在一次大戰後，眾歐洲強盜國集團西、葡、荷、法也

元氣已傷，後來德國及日本不甘受壓，起而鬥爭，引起二次大戰，差點打破英語民族壟斷全球的局面。二次大戰後，反英語民族勢力完全瓦解，但大英帝國及歐洲強盜國再也無力抵擋各殖民地人民爭取獨立的浪潮，各殖民帝國開始瓦解，唯有當初原住民已被趕盡殺絕的美、澳、紐、加這幾個國家，並無足夠多的土著起而反抗，早已被英語系民族反客為主鳩占鵲巢，並選擇性地大量引進白人移民至今。全球列強之中，便只有美國，以及其他英語系國家（英、澳、紐）的本土毫髮無傷，美國自此開始坐大，坐享之前英國為日不落國時期的語言文化優勢順風車，聯合了英國，以及大英國協的各殖民地（尤其是澳、紐、加），將英語系民族勢力對全球的影響力，推到人類歷史頂峰。

美國人的劣根性及優越感

除了一八一二年對英國之戰被攻入首都華盛頓（但以和收場），美國自立國開始，從未真的打過敗仗（韓戰和，越戰是自己棄守、未盡全力），順風順水，立國至今總扮演勝者為王的角色，美國人要不驕傲也難。但，驕傲有優越感也不是問題，問題源自西方資本帝國主義自私自利的劣根性，蒙蔽了同情心及立國精神，終導致優越感大到無視他人尊嚴的地步。

宏觀美國歷史初期、南北內戰前，本有爭自由、爭民主追尋美好生活的傳統，卻始終無法擺脫英國帝國主義帶來的影響——爭的只是自己國家的自由、要的只是自己國家的民主，對外則利用「自由民主」口號當成打擊的手段與藉口，打壓理念不同及不符美國私利的國家，只想到要讓自己活得好，保護自己利益，全然不顧他人死活，內心深處排斥、歧視異文化異教徒，所追尋的美好價值觀及利益只適用於「自己人」。所謂的自己人，初期是指英國人移民轉化成的美國人，之後再擴及其他歐洲白人移民轉化成的美國人。但現代美國延續了英國帝國主義的傳統，將人、物、地按照所謂科學方法分類，有意無意間，錯將英語民族於這短短三百年內勢力獨大的暫時現象，當成因進化而造就的種族民族高低素質差異，以為自己才是「進化論」物競天擇的最終優勝者，人類演化的最高階段。按達爾文將動植物分類的原則，把人當成烏龜、兔子、貓、狗、豬，分為高中低等，美國也將人類也分成白人、非白人（黃黑棕）上下兩

等。甚至，歧視別的種族不說，連系出同源的非英語系其他白人也一併歧視，就連當初其英國先祖盎格魯撒克遜人仍為野蠻民族時，早已文明開化、且素來就是歐洲文明基礎的希臘，以及羅馬帝國的後裔義大利人，他們也不放在眼裡。美國人是這麼做的，他們將歐洲白人移民大致按北、中、南，以及西、中、東，各分上中下三等——來自北西的英國裔，自是九品官之中的上上最高一尊，東南就是下下最低等的羅馬尼亞。然而，這些來自歐洲的移民，無論從科技發展可能更為先進的德國移民而來，或是來自其他歐洲國家的移民（這些國家，比當時一般東亞國家的經濟文化都要落後許多），只要是「白」的移民就是個九品官，人家至少是個官，其他種族就只能是平民、賤民、黑奴。

美國政府在對非白人人權的第一次良心發現，立法解放黑奴，就在林肯主政期。
圖片來源／ from Moore, Frank, ed. Portrait Gallery of the War. New York／作者 D. Van Nostrand

在林肯解放黑奴後，美國的移民政策稍有放寬，但只要又稍微缺乏安全感，便又開始針對特定非白人種族收緊排斥，如一八八二年的「排華法案」（直到二○一二年才道歉），又於二次大戰時對德、日宣戰，但只將日本後裔關進集中營，未關德國後裔（於一九八八年道歉）。即使後來的移民政策稍微放寬，也還是用盡各種方法讓其他種族進不了各地及中央權力中心，像是直到一九四八年二次大戰後，美軍才停止種族隔離制度；又如，科技如此先進的美國仍然使用選舉人票，而非全民一人一票直接選舉。

複製模仿美國，必敗

近百年來，孫中山及許多各國國父級的洋買辦，都深受美國的影響，都想複製美國的民主平等人權自由。但是，不管嘴上陳述的理想有多高，實際上都是在沒有美國立國資源的基礎之上想要模仿美國，因此注定失敗。一來是因為沒有美國的幸運（也是惡劣的）開始，初建國就有用不完的土地資源；二來是因為美國的民主平等人權自由，本來就不具普世價值，複製美國只能是東施效顰，邯鄲學步。

中國，做為世界上最有潛力的超大型發展中國家，用不著像蘇聯那般在實際行動上挑戰美式民主自由、反對資本主義鼓吹反美國或反美國人，也不須致力於推翻西方建立的國際商業政治秩序，爭奪能源；最好的作法是，放棄複製美國這種不合乎進化規律的霸權擴張主義。倒是應該降低自己的能源需求，要先以高科技讓自己國境之內的食物能源達致自給自足的小康社會，再藉新科技的開發，在不增加對世界能源的消耗之下，逐步提高生活品質，與美國保持善意、良性競爭。中國有中國的路，美國也有美國的命運。

即使中國成功複製了美國所有制度，很可能會發生以下情況——若依美國人口三億五千萬、中國人口十三億五千萬（二〇一一年的統計資料）比例計算，美國現今無家可歸的人有五百萬，中國如果成功複製了美國，光是中國境內無家可歸的人就會有兩千萬，以此類推……中國會有一千三百五十萬人被關在牢裡；軍費開支，會是全世界所有其他一百九十三個國家軍費總和的三倍；會有兩千四百萬名學生涉及校園暴力；每年會有一千五百二十萬起暴力事件；每年會有八十萬起強姦犯罪；會消耗掉全世界的每一滴石油，以及所有能源、所有食物，包括六百萬的兵力，四千個軍事基地。當然，這種類推計算是很荒謬的，但也不難看出全世界國家若真複製美國，何以必敗。

全球反美浪潮

美國，是世上最大的剝削者寄生蟲嗎？是因為這樣才會遭遇世界各地一波又一波的反美浪潮嗎？好心以拯救世界人權為己任的美國政府及美國人，到底做錯了什麼？全球反美，可不是做了那麼多拯救人權「善事」的美國，所期待的結果。今天，它之所以遭到全球反

美的報應，是因為貪婪、自私自利、優越感，還是有其他因素？
且先讓我們從美國人的消費看起。一個美國孩子的消費，相當於
一百二十五名印度孩子的消費；十二點二公頃的地球面積只能用以
滿足一個美國人的生活需要；美國人僅占世界人口百分之六，卻消
耗了百分之三十五的世界資源；全世界有十七億兩千八百萬人生活
在消費水平較高的社會中，占了全球總人口百分之二十八，而其中
的美國人僅兩億四千兩百萬人；可見，以奢侈浪費程度而言，美國
並不能算是首惡。

喜歡看美國好萊塢電影、吃麥當勞的人，也同樣可能反美。如果美
國是真心向全世界推行民主人權自由平等，修理、鏟除獨裁政權，
照理說，應該只有獨裁政權才會反美仇美，但事實上，全世界是有
許多人（甚至包括被獨裁的人民）反美仇美的。反美仇美的人，主
要來自那些受美國敵視、侵略的國家民族異教徒，若非有切身之
痛，斷然不可能如此深惡痛絕地反美仇美，畢竟，美國人生活中的
許多事物，是世上許多人都很喜愛的。更何況，試想，如果自己的
國家被美國「解放」就能過上更好的生活，不僅富足，又有人權有
自由，此間的人民愛美親美都來不及了，怎麼可能會反美仇美？但
血淋淋的事實是，美國的各種對外活動無一不是出於自私自利心
態，視他國人民的性命如草芥，踐踏別人的尊嚴、信仰，殺死了無
數無辜的父母、小孩，毀了無數的家庭。

以伊拉克為例，人民被獨裁者統治已是場噩夢，但在第一次波斯灣
戰爭之後，由美國主導的行動，導致大約兩百萬名伊拉克人死亡
（半數是兒童）。後來，當美國從獨裁者海珊手中解放了伊拉克，更
是令伊拉克人噩夢連連——核電站及泵水站、鐵路橋梁均被炸毀。
戰後，伊拉克的發電量只有戰前的百分之四，生活何等艱難可想而
知；而被解放後，內戰不斷，伊拉克有十五萬人被殺，主要為平
民。可見，反美仇美的根源仍在於各民族國家切身的尊嚴、信仰及
其親人的性命，招致美國無情地踐踏，這才是主因。

英語系國家的崛起
論及英國的崛起，直接原因可說是法國拿破崙政權的失敗。當年，
拿破崙領導的法國幾乎統一了歐洲，在七次主要由英俄組成的反法

聯盟圍攻之下，終在一八一五年比利時滑鐵盧一役被英國徹底擊敗，從此開啟了英語系國家順風順水的兩百年光陰。

工業革命（以一七八一年瓦特「發明」蒸汽機為代表）發生，英國興起後，對英語系國家形成挑戰的主要力量，可分為四次——

1.第一波
進入衰退期的法國、西班牙，以傳統海戰為主對抗英國卻敗下陣後，法、西兩國國勢便江河日下。英國藉著工業革命增長了國力，於一八〇五年特拉法加海戰中擊敗了法西聯合艦隊，從此掌握世界海上霸權，在全球黑吃黑，大肆侵占法西在世界各地的殖民地（尤其是北美洲）。英美分頭並進，於全球大肆圈地殖民，一路侵占，直至美國於一八九八年侵占西班牙殖民地菲律賓才停止。

2.第二波
二次大戰期間（一九三九至一九四五年），誓言將鬼畜英美趕出亞洲的日本，以及歐洲的德國、義大利等國家，受到英美壓迫禁運反彈，在不得已情況下只好對英美宣戰。然而，日、德、義又因採取黑吃黑的手法，趕走了舊強盜殖民國，自己變成新強盜殖民國，從來沒有得到占領區人民的衷心支援，長期下來，人力和資源都不夠，再加上，德國又去招惹已實行共產社會工業化，其國土廣大且深具實力的蘇聯。本來，以德日當時的科技實力，若集中全力對付已然到處不受其殖民地人民歡迎、實力開始衰退的英國，應可獲勝，且還可解放加拿大以外、大部分的英國殖民地。不料，它們卻用了英美早期那一套殖民屠殺壓迫手段，而且錯用在人口眾多且密集的歐洲及東亞，導致引起占領區人民的強烈反抗，尤其不得俄、法、中各國占領區人民的民心，因而削弱了自己的實力。

英國當時已然快撐不下去，做為身強力壯、且同語同文同族同種的美國，又怎能見死不救；此外，還可完成它一直想取代英國、成為全球都有據點的霸權目標。後來，美國又與俄聯手攻德，德日終於敗下陣來，德國被瓜分為美、英、法、俄占領區之後，又再分為東西德，形同半殖民地。而日本，原本也可能被美蘇一起託管，如北朝南韓一般被分為南北日，但美國棋先一著地打著盟軍的幌子名號

韓戰（朝鮮戰爭）乃是美軍自立國以來首度沒有勝利的重大戰爭，也標誌著中國的崛起。
圖片來源/Maj. R.V. Spencer, UAF (Navy). U.S. Army Korea - Installation Management Command/一九五一年六月

占了日本全境，不讓俄國染指，將原屬日本帝國的韓、台當做半殖民地，扶植經濟政治軍事實力，對韓、台、日實行半殖民，圍堵中國至今。自此，德日兩國的國家命運皆為美國所主宰。二次大戰前，德日原皆擁有普遍受良好教育的高素質國民，並具備了當時最先進、完整的科技及工業化知識基礎，戰後，卻因美國欲圍堵共產俄國、中國，大量扶助德日，德日雖迅即再成經濟大國，卻在軍事國際政治事務上皆要看美國臉色，並擔任美國的看門狗至今；不過，德日最近已有反彈傾向。

3.第三波

冷戰時期裡（一九四五至一九九〇年），美、蘇之間於軍事政治意識型態進行著全面對抗，兩國雖從未正式對峙直接交戰，但各有衛星國、藩屬國、打手走狗國，且自二次大戰結束後於各地進行交戰，美國屢屢都占上風，除了韓戰（朝鮮戰爭）時、因蘇聯支援中國參加主戰鬥，以及越戰時，在俄中聯合支援北越軍的主戰鬥下，美國

沒有戰勝，是為美國自立國以來少數幾場未能取勝的戰爭。雖然美蘇冷戰的局面最終因蘇聯中計，導致經濟崩潰，蘇聯自己解體宣告收場，但俄國自列寧、史達林時期迅速工業化之後，軍事實力、科技、經濟潛力依舊不容小覷，後勢仍有得瞧。

縱觀以上三波對正統「英國」，以及英語系國家後繼者（即美國）的挑戰力量，皆告慘敗收場。但其中，第三波的挑戰也標誌著，英語系民族在面對俄中兩國時再也不能予取予求；此外，也標誌著英語系民族的全盛時期進入了高原期，甚至是衰退期。各挑戰勢力失敗的主要原因為——英美受到挑戰之時，均比對手國直接加上間接地控制了更多的人口資源土地，總體國力較強；此外，於工業軍事科技方面，各個挑戰國在當時均無法全面超越、或單方面大幅領先英美。最重要的是，當時，無論是受到挑戰的英美，或是勇於挑戰的西法德日蘇聯，都是狗咬狗沒一個好東西，這些挑戰勢力沒一個是真心實意為了全人類各色民族種族利益而戰，如日本的大東亞共榮圈、蘇聯的第三國際共產理想，最後都成為如英美那般自私的帝國擴張侵略主義。

越戰乃是美國軍事史上最大的失敗。圖片來源/U.S.National archive
and records Administration/美國國家檔案館/一九六八年五月

4.第四波

第四波挑戰,將不會只來自一個國家,雖然許多論點都認為會是中國,但中國的崛起只是人類多極平衡的契機。由美國領導的霸權,以及英語系民族國家最大的挑戰來自,以中、印、俄、回教,或回教加大突厥主義任一為核心的挑戰,可能已非戰爭的挑戰,而是以經濟力進行較量。因為其中的核心挑戰勢力(尤其是俄、中),在軍事力方面已足與美英抗衡,任何一方都沒有輕啟戰端、取得勝利的把握,這些核心勢力的聯合儘管相對貧窮、卻有總體而言具備強大軍事實力或國力組成的聯盟勢力,再加入德、日、義、法對美英的離心……隔山觀虎鬥,這個核心聯盟就算打不贏美國,也可能將美國拖垮,英美難敵齊心欲將美國拉下馬的這些新列強。

然而,這些來自外部的挑戰,遠遠比不上來自美國內部更大的挑戰。美、英、加、澳、紐至今仍無法從根解決其境內的種族問題;尤其是美國,黑人及拉丁裔的種族問題(以葡、西後裔,以及少數美洲原黃種人原住民混血為主)從沒解決過,絕大部分的白人既得利益者仍抱著優越感,暗中操縱一切財富權力。萬一美國不再超富,眾新列強又要求人類資源商業利益必須重新分配,導致美國人原本過度浪費的生活水準必須降低、生活型態必須改變時……在這些變窮的壓力引爆之下,各族各州欲脫離的獨立運動便有可能風起雲湧,美國很可能重蹈蘇聯及羅馬帝國的覆轍。美國,能撐得過第四波嗎?

發現美國的新良心

人類史上至今沒有永遠的強國,都是十年河東十年河西,逃不過由盛而衰的命運,舉凡中國的漢唐,西方的羅馬帝國、大食帝國、鄂圖曼帝國、蘇聯都是實例,但今日的美國若能改革制度,國家的作法以追尋包括黑白黃棕在內全人類的根本利益為根本,仍有機會打破此原則,可保永遠富強。目前,富強的美國面對第四波的挑戰,絕對最有機會於其西方式資本主義自由民主的富強基礎下,提升為新文明模範國,成為延續至下個幾百年,甚至更久的領導國,且成為人類史上最好的國家、典範樣板,以及最受尊敬的領袖國;但前提是,它得真心地實踐立國精神,莫要再堅持自私自利的短視資本主義——應該真心幫助其他國家共榮共富,保障全人類免於物質和

美國九一一事件的攻擊目標是人類經濟及軍事食物鏈的最上層的象徵,包括華爾街許多金融公司的總部美國紐約市世貿雙塔大樓及美軍總部五角大廈。圖片來源/ 影像組成UpstateNYer,照片來自Michael Foran、TheMachineStops、US Government、United States Department of Defense

身心的恐懼,擁有不被美國明暗威迫的真自由,而非只追尋他們美國人在地球上為所欲為的自由,所有的政策應以包括白黑黃棕在內各種族各國大部分人類的根本利益而制定。

美國一年花費兩億美元用於援助貧國、增加糧產,可是二〇一一年的軍事費用竟高達七千億美元,占全球軍費開支百分之四十三;然而事實是,全世界沒有任何一個國家有軍事能力能侵占美國一寸土地,之所以花費如此鉅額的軍費,是因為美國想保持自己隨時入侵全球其他國家的能力,以維其獨霸地位。倘若能不製造如此多的導彈用以威脅中國人和阿拉伯人,拿出一些軍費幫助中、阿開設希望小學,美國,還需要防範那麼多敵人嗎?放棄以霸權戰爭掠奪世界更多資源(如伊拉克戰爭),保持現有的生活水準及生活方式,美國,其實根本不需要藉著掠奪別人的資源而活存。它完全可採取新的能源利用,以及因高科技而得的高生產力,帶頭做榜樣,走出一個好樣板,讓全世界其他不若其幸運的國家也能加以參考,逐步減少石油石化軍火等依靠大量舊利益而推動的經濟,放棄以各種外交軍事不公平手段打擊其他人類的利益。害人害己,只會在損人之餘也浪費了自己的根本利益及人力資源。這世上,不幸的窮人窮國期待的是有愛心的人來扶助他們,而不想要一個滿口仁義道德衣冠楚

楚的大流氓。

美國若不欲其他國家或民族對它進行恐怖威脅，期盼扭轉全球一波波反美浪潮，以免製造越來越多敵人，勢得真誠地將愛心與美好生活帶給世界上最窮、最可憐的國家人民，讓全球人類打從內心尊敬美國愛美國，願意服從美國的領導。倘若美國願以手中過剩的炸彈，夷平炸光這世上所有貧民窟，再加以植樹綠化，給予這些窮人基本的住房教育及生產工具，教導他們生產技能，最終消除貧窮，幫助窮人及窮國消滅貧窮飢餓，這將會是美國對人類最大的貢獻。

對內，美國則應找出美式民主、選舉、美式自由制度上的結構性缺陷，並立法予以改正，致力於白黑黃棕及各民族的平等平衡，全力扶持並提高黑白黃棕等各民族在人數及素質上的平衡，全面鼓勵異族混血通婚，鼓勵並開放黃種人印度人等黃、棕人種的大量移民，使美國真正成為代表黑白黃棕各人種各文化，最先進且最精華的國家。

在食衣住行各方面，美國應找出適用於全人類的能源開發及生活方式，並加以推行。於環保的合理上限進行自我設限，超過上限、過度浪費資源的豪華生活只能共用而不能獨享。眼見地球上有越來越多窮人，應自覺地意識到，過去理所當然享受的美國奢華夢，以及過度浪費的生活形式，必須主動改變；意即，舉國追尋美國大富的奢華夢，必須從教育上及國家政策上改變，以免日後被迫改變。

只要是人類組成的國家，必定符合某種人類整體歷史的大規律。馬克思對歷史大規律的觀察，在人類新文明出現之前，仍值得美國加以警惕。個別國家無論再富再強，還是不能長期違逆全體人類追尋美好生活的目標，每個種族民族國家個人都想擁有富足自尊的生活，只有順此大勢操作，才可能打破強國的興衰規律。試圖成為單一霸權，打壓其他民族國家追尋更好的生活與自尊，從數千年的人類歷史來看，已經一再證明行不通。今日的美國，極盛之後，若想繼續過擁有自尊、物質富裕的好日子，便只有幫忙其他國家也能過上有自尊、且物質方面至少達小康程度的好日子一途；遺憾的是，以現今美國式自私自利民主制度上的結構性缺陷，是很難做到的。

美國，這個實質上鼓勵以各種合於惡法、並不公義的手段保護既得利益的國家，很難在制度方面行大刀闊斧地修改，也難產生與全球其他人類共用地球的自覺；更糟的是，一向過著富貴生活、掌控權力的那百分之一美國人，無不認為擁有這一切，理所當然。

前三波對上自己的挑戰力量均告失敗，儘管如此，美國仍不知深思別人為何會起而反抗挑戰它，反倒只從勝利之中更加肯定自己的天生大缺陷，意即，對於那有害大部分人類的美式民主自由繼續給予肯定，並繼續在國內外推廣這種僅不到一半人類可享受的生活。歷史上最強的國家，從來不是一次就可被挑戰擊倒，而是受其壓迫的一方或數個力量一波接一波而至，得經歷很多次的外患，令其產生內憂，才瓦解的。

沒有個人或國家可以長期活在受壓迫、沒自尊、又窮困的痛苦之中，久了，必見反彈。雖反彈力量不見得能夠對抗侵占壓迫者，至少足使最強國為其他新強國所取代，甚至分崩瓦解。美國能夠不衰退嗎？目前的美式民主自由很難做到，無人可完全預測美國的未來，歷史在其大規律之中，小細節往往是出人意料的。美國以善良公義的精神立國，又以努力工作的特質，吸收、發揚了歐洲所有先進科技文明，達致富國強國的局面。倘若美國能以現今的國力，以及它對全球的軍事、政治、經濟、文化影響力為基礎，痛改前非，找回當初建國時受到反抗壓迫的那份痛苦初衷，也就是「己所不欲，勿施於人」的良心，必可得到全球人類由衷的學習與跟隨擁護。倘若它忘了美國立國時的良善精神，須受到外力持續不斷地對它進行壓迫及爆發各式各樣的衝突，才能有所覺悟，也許，到時為時已晚。

只有靠著美國人的良心再發現，令美國儘快開始走向正途，才能讓美國成為人類大家庭有福共享的好兄弟，而不是那令人討厭、只會壓迫小孩的吝嗇富爸爸。美國的許多作為，出發點其實是善良的，但由於各種歷史因素使然，令它過度保護自己而傷害他人，而這最終也會害了自己。美國身上最主要的不定時炸彈，是其國內的種族問題及國外的反美問題，天佑美國，希望美國能永遠做一個偉大善良的國家，成為全人類最有愛心的領導者。

拿出日本的一萬圓的鈔票，印在鈔票上的肖像中人，在世界上不算有名，但在日本無人不知，他，就是福澤諭吉（1835-1901）。福澤諭吉是明治維新時期最重要的精神導師之一，明治維新雖非其所發動，他卻享其實毀其果；與其說是他造就了明治維新，不如說是明治維新和儒學教育啟發造就了他，但諷刺的是，他卻被許多日本人視作令日本變得現代化、國富民強最重要、最偉大的人。他和中國的孫中山有許多相似之處，共同點是均扮演洋買辦的角色，比一般國民早喝洋墨水（如今已然稀鬆平常）。早期的洋買辦並未創造出什麼，而是靠著翻譯和整理西方著作引進很多西方的思想制度（尤其是長期有害全體人類的奇技淫巧，例如寄生蟲般的金融吸血重要手段——貸款會計）。從整體人類角度來看，福澤諭吉這種翻譯、引進他人文化的作為，對人類整體文明的創新不具什麼重要性，但對日本來說確實是模仿西化的一號重要人物，他也是當時最重要的洋買辦（通荷蘭文和英文）。

福澤和許多國家的洋買辦一樣，有優點，也有缺點。如果他只是崇洋，認真地學習引進則還屬好事，但倘若媚外到連自己的「根」都拚命污衊、都要作踐，那就跟黃奸、漢奸沒什麼兩樣；漢字文化的黃種人歷史中，充斥了這樣的人，學得胡兒語，卻向城頭罵漢人。只是，洋

黃香蕉

日本人脫亞入歐一百年報告

日本萬圓鈔上的福澤諭吉肖像，呈現的是西化後的樣貌。通英文和荷蘭文的他，乃是日本模仿西化的重要人物與洋買辦。

買辦能做到令全國推崇，甚至印在一個重要大國的萬圓大鈔上，如此幸運的，大概只有福澤諭吉了。

福澤諭吉一生強調要獨立自尊，但直到現在，日本已然脫亞入歐一百多年，不但沒有獨立自尊，還被英國首相邱吉爾稱作黃種侏儒，最後還淪為「鬼畜英美」的看門大黃狗。雖不愁吃不愁穿，但一隻被閹割去勢的狗，碰到路人便只能無力地吠叫兩聲；碰到洋主人要牠跪下牠就跪下，一聲也不敢吭。明治維新，固然使日本整體國力增強，但脫亞入歐的思想最終卻將日本打回了原形。

脫亞論與興亞論

一八八五年三月十六日（明治十八年），福澤諭吉於《時事新報》社論文章以「脫亞論」為標題，發表了一篇僅兩千多字的短文，大意如下——「以西洋最新文明為基礎的列強勢力，打向世界，具有不可阻擋的必然性。日本要達成獨立，只有導入西洋文明，脫離亞洲的舊套，得到西方列強的承認。另外，中國和朝鮮仍沉迷於東洋的傳統，所以難免被列強分割，日本不僅要努力，不讓列強把日本看作是中國和朝鮮的同類，還應該在列強進行分割的場合不考慮它們是鄰國，要毫不客氣地參與分割。」

相對於脫亞論，更早之前的一八八〇年代，亦有類似「大東亞共榮圈」概念的「興亞論」，其主要概念是——要將日本成功地推廣到

亞洲其他國家,把自己仍當做亞洲人,帶動亞洲的發展,聯合亞洲（尤其是中、朝），抵抗西方列強。最後,日本執行了以大東亞共榮圈（興亞論）做為「包裝」的——脫亞論。

「脫亞論」的基本錯誤

仔細研究脫亞論,可發現其中有許多謬誤。

一、關於亞細亞的定義,是錯誤的。

二、脫「亞」之亞,實指中華思想、儒教思想,應叫做「脫華論」或「脫儒論」,甚至該稱為「脫清論」或「脫支論」,比較名副其實。

三、中、日、韓三國,在人種的遺傳上並無不同,都是黃種人。

四、儒教之所以失敗,並非因為政府曾經實行儒教,而是從來沒有政府真正完全地實行儒教政論,因此無從判斷儒教政論究竟可行或不可行。然而,儒教道德存於中華漢字文化圈人民的靈魂教化中,已有兩千年歷史,福澤諭吉的行為也幾乎完全符合儒教準則;脫亞論,其欲推翻的「儒教」,本是中華漢字文化糟糠的部分,真正的儒

未變西髮前的福澤諭吉（1835-1901），他是日本明治維新時期最重要的精神導師之一。

人根本沒有他所說的問題，因此福澤諭吉口中的脫亞論，根本找錯
了推翻對象。

五、深入日本的中華漢字文化（涵蓋中華思想及儒教思想），不僅沒
有拖累日本，甚至是明治維新之所以能成功的基礎，和主要原因之
一。

六、脫亞論，要脫的是無法律、無科學、卑屈、無廉恥，但在中華
漢字文化的幾千年歷史中，這些並非中華漢字文化的特徵，這是清
國人末期的特徵（華人已變為夷之態）。

七、福澤諭吉的所有著作（包括這篇〈脫亞論〉），雖是傳播西方文
化，但全都使用漢字為載體，橘過江為枳，已然失了西方羅馬拼音
文化真髓。

綜合以上所述可知，整篇〈脫亞論〉只有一個重點，那就是，要與
軍事積弱的清國、朝鮮為敵，加入且模仿西方人的態度，劃清界

從福澤諭吉手稿中，可看出其漢字有相當好的底子。

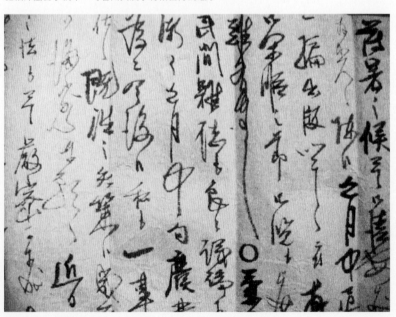

線，與清國、朝鮮進行分割。

日人明治維新、脫亞入歐的一百年成果報告
●成果1：成為世界第二大經濟體（現為第三）
●評：
如果當初真心實意地運作大東亞共榮圈，和其他黃種國家合作，善待各國人民，不脫黃入白，不脫亞入歐，而是將鬼畜英美趕走，日本早就成為世界第一大經濟體，且勢必遙遙領先美國；在今天，至少會是帶領黃種人的唯一領袖，以及世界第一大土地人口的國家——領海及國土將會北到東西伯利亞，南到南太平洋諸島、新（紐）幾內亞、澳大利亞，東到中途島，西到緬甸、麻六甲，海陸面積達三千萬平方公里（現今中國、美國的三倍大），超過成吉思汗帝國全盛時期，並早已成為世界第一軍事、政治、經濟超級大國，還會得到亞洲各個前歐美殖民地的衷心支持與感謝。不像現在，日本成了東亞各國的公敵，其本土也被夾在懷有敵意的中、朝、韓、俄之間。

●成果2：西方白人國以外的唯一工業已開發國，日本是亞洲人、黃種人之光
●評：
若當初能徹底、真心地執行大東亞共榮圈理想，日本該會是世界之光、人類之光。

●成果3：成為美國最重要的亞洲盟友
●評：
事實上，日本的國防、外交全都得看美國臉色，儘管具有世界第二的綜合經濟科技力，卻連聯合國安全理事會都進不了。憲法，仍由駐日美軍制定，至今依然被美國駐軍，成為世界的政治侏儒，國格無存，日本天皇淪為兒皇帝。

●成果4：為對抗中俄，建核電廠為掩護，儲存了可做七千顆以上核彈的鈾
●評：
日本要做核彈，美、俄、中絕不可能坐視，就算跟中俄互炸也可能亡國滅種。從福島核電廠危機，就可知道，日本若想擁有原子彈，

下場該當如何。當初，日本若與中國友好，得到全體中國人的支持，根本不用怕廣島、長崎被炸，就算被炸，花不了多久，靠著幅員廣大，日本也有原子彈可以還擊，不至於敗給美俄。

●成果5：國力早已超英，正在趕美
●評：
如果當初日本好好地善待其他亞洲人，扶持中國；時至今日，則是美英都要訂定目標，超中趕日，脫歐入亞了。

●成果6：前往歐美旅遊，自卑行為處處可見
●評：
如此文明先進、恭敬有禮的日本人，依然被視為異類經濟動物，並非如其他西方歐美白人出國旅遊總是自信滿滿。日本人，無論是碰到先進或落後的白人，總是畏畏懼懼縮頭縮腦，深怕讓別人瞧不起似的。

●成果7：住房居住面積，比起美國及其他富國小得可憐，連幾個小島都要爭
●評：
日本現今的陸地面積（含一八七九年併吞的琉球王國，後改名沖繩）僅三十八萬平方公里，若再加上海洋十二海里領海，以及兩百海里經濟專屬等規定，含經濟海域的「海」加「陸」面積便有四百零七萬平方公里，足足擴大了十倍有餘。這便是為什麼，日本會花三百億日圓維修一個漲潮只露出水面三十幾公分，退潮時只有九點九平方公尺，且距離日本本土足足一千七百公里遠的小礁石——「沖之鳥島」，即便小礁石有可能會因暖化造成海平面上升而消失，或因被炸而消失都有可能，畢竟對日本而言，此地的面積大小並不穩定，至少現在或中短期內並無法住人。儘管貴為強國，但日本人至今仍必須忍受人均居住面積狹小、無資源、有颱風、有地震的現實；無土地資源，直接導致了日本人雖認真工作，但經濟卻碰到停滯的景況。

●成果8：日本人染髮世界第一
●評：

很多日本人一心想讓自己徹頭徹尾、從裡到外都脫亞入歐，但染髮染不了體型，整容美白、拚命想學白人天生的模樣，卻從音樂到電影無一不受限於黃種人的外形。唯有卡通電玩人物脫亞入歐得徹底成功，個個長著一張白人的臉，連三國演義裡的關雲長、劉備都成了白人，真是崇洋媚外到無知的程度。

●成果9：脫了半個亞，入了半個歐
●評：
脫亞入歐了一百年，日本仍然擺脫不了漢字儒家文化的根；不想做中華漢字文明的老二，卻成為美國的小跟班。事實上，漢字儒家文化是跟隨著彌生文化移民至其境內而開始的，而彌生文化移民構成了今日日本人的主體，因此，中華漢字文明真的是日本文化的根本！

以上所舉例子，只是日本脫亞入歐一百年來，許許多多結果的一小部分。

中華漢字文明對日本文化的影響

中華漢字文明的強韌之處在於，幾千年來儘管曲曲折折，但從不離開核心善良的母體，一直都在吸收融合新的制度科技，無論是資本主義、共產主義、工業化、西方化，最後都會被中華漢字文明融合吸收；只是，中華漢字文明是人類最大的載體，在這過程之中需要花費較久時間，但或早或晚總能完成，而且總能回到核心那追求和善的原始目標。漢字延續了幾千年，歷經各種異文化武力文力的入侵，最終仍是異文化融入中華漢字文明之中，漢字，實為人類史上至今絕無僅有、長存了幾千年、萬世一系最優秀的已知文化載體。日本的明治維新，之所以能達致富國強兵的目標，正是因其人民擁有儒教的道德意識，以及大化革新唐化（漢化）運動在日本已建立起一千多年的堅實基礎。

常有人認為，日本近代能蛻變成強國，證明了西化是必然的方向。事實上，正好相反。日本能以西方的制度科技於一百年內富強國家，只是再次證明了兩千年中華漢字文明的包容力有多大，再次證明了西方的制度科技是奇技淫巧。只要看看這一百年來，除了西

方,所有新興工業國均為中華漢字文明圈的國家便可知道。非漢字文明圈的國家境內當然也有很多洋買辦,也有仁人志士,但為何他們做不到,「中學」為其母體正是主要原因。因此,無論是否應該「中學為體、西學為用」,這個傳承了幾千年的「體」,正是中華漢字文明黃種人的「根」。

早期的中華漢字文明圈,心懷救國救民的洋買辦有好幾類,有的像孫中山在西方住得比較久,從小在西方受教育,對西方的了解與對黃種人所受的歧視感受較深,自然而然便於要求民族平等的訴求之外,也要求種族平等。他們通常會走向追求全體人類平等福祉的方向。而另一類洋買辦,像是福澤諭吉,英文、荷文程度都只是中下水準(相較於以英、荷文為母語的買辦),在西方遊歷的時間並不長,也沒有洋老婆、洋老公、洋朋友引介,無法真正地深入西方式生活;再加上,他碰到的西方人個個客套有禮,因而對於西方的觀察,比起現今許多見多識廣的日本觀光客甚且不如;況且,他看到的大都是西方的金玉其外,少有機會了解其敗絮其中,便很容易在本國大部分未喝過洋墨水的人面前,吹噓他在西方見聞的一切,拿本國人尚未熟悉的一些西方事物,當做是自己的創見來唬人。脫亞入歐論調,便是認賊作父;縱然成了賊,也非賊所親生,畢竟根本不是同種的養子。若是同膚色,時間一久還有機會混入白人大家庭;因此,這些洋買辦們始終搞不懂,他們即使西化得再徹底,其國家民族種族個人仍然無法得到完全的自尊。

日人明治維新(自一八六七年至今)、脫亞入歐,對全體黃種人有著重大啟發,以及對未來前進方向的反省。漢字及中華文化從未妨礙日本現代化,明治維新不全然是西化運動,尊王及大政奉還等作法仍不脫中華思想。以這百年來看,脫亞入歐對日本固然好,但若以幾百年或千年的歷史長河看,對日本而言可說是後患無窮,只因其至今依然被「白」的歧視,甚且被「黃」的敵視。明治維新、脫亞入歐是兩件事,不能混為一談,明治維新該,脫亞入歐不該。唐朝至今以來一千多年的中華思想儒家文化的根,絕非一百年就可抹去;遼金元清人征服中原,但最後並未被敵視,因為那是黃種人之間的內部矛盾。

而今黃種人之間互相敵視的主要原因，是因為西方白人在攪局。日本人不認自己的文化母體是謂無恥，助白人攻北京是為黃奸，甚至當中國被G7欺壓之際，不但沒有仗義執言，還一起參加惡行，毫不客氣地參與分割，令它將永遠被十四億華人所敵視，它這是罪有應得。福澤諭吉一生都主張要脫亞，打倒中華及儒教思想，引進西洋文明，但最終還是必須面對脫不了亞，脫不了自己黃膚色的問題；後遺症則是，否定母體之後，政治上便成了精神分裂性格。福澤諭吉的言論不全錯也不全對，因為他的言論有很多自我矛盾之處，他所推崇的西方文明之所以能到處侵略消滅別人，不只是因為科技和軍事領先（中國幾千年來都領先），主要還是因為它們仍未脫那原始日爾曼蠻族及維京海盜血液中野蠻的侵略性。科技易學（實現「工業化」使產量增加一倍，英國花了五十年才辦到，美國為四十七年，日本三十四年，韓國十一年，中國十年），但文化的累積，文明的底蘊沉澱，則需要花上很長的時間。

工業化、資本主義的岔路，全球無不盲從複製實行三百年，發展出的結果，只證明了，這是一種大部分的人類必定永遠受害的制度。明治維新時期，不乏許多仁人志士懷抱扶持其他弱國、主持正義的理想（趕走鬼畜英美，建立大東亞共榮圈），但最終竟掛羊頭賣狗肉，又走上西方白人帝國主義、殖民強盜那一套，壓迫弱小及少數民族；這條岔路，已越來越遠離善良文明積累需時良久的光明大道。本可結成正果的善良大道，已遭野蠻侵略、急功近利的壞捷徑打斷，造成現今地球需重新收拾殘局的現況，導致將來需多耗費數倍時間將已然被扭曲變質的人性，導引回純善；而全球受到污染破壞的環境，則得花上數倍的時間才能將這三百年來的惡果，予以矯正。

昨天，你打開了好幾年沒整理的儲藏室，發現一些衣服買來到現在連穿都沒穿過。而且，好多舊衣服也已經退了流行，不知該不該穿，但要把這些不合時的衣服都丟了，又覺可惜；想把它們收好以後再穿，但心裡也明白應該不會再穿了。只可惜，接受一種新文明，不像試新衣服那麼簡單，穿穿脫脫試一下就知合不合適，一個文明，試個幾百年都還不知道合不合適！

世界從古至今，如果從已知的四大古文明算起，將近萬年來，有各式各樣的文明如羅馬文明、印度文明、中華文明、西方文明、阿拉伯文明，有各式各樣的主義思想，到底哪一個優秀，哪一個適合全人類，答案是——通通都不優秀，都不夠好。

就好像你看著衣櫃，看來看去還是沒有一件適合待會兒要參加的宴會，是將就的拿一件來穿？還是趕快衝出去買一件現成的？或是找個好裁縫店慢慢地量身訂做？拋棄舊衣服並不是很難，為過上好日子而拋棄愛情也常見，但是要拋棄黏在自己身體裡的癌細胞顯然做不到。如同癌細胞，舊文明也都是來自於我們自己，要切割實在是難上加難。但癌細胞一直在蔓延轉移，能不痛下決心拋棄嗎？

黃皮書　拋棄所有舊文明

亞當史密斯（Adam Smith，1723-1790），英國蘇格蘭的哲學家和經濟學家，為舊文明思想的代表，現代帝國殖民剝削式資本主義啟發者。其著作《國富論》（The Wealth of Nations），被認為是現代經濟學的開山之作，後來的經濟學家基本上是沿著其法則來分析經濟發展的規律。
圖片來源/Original work in 1787 by James Tassie. Etching produced in 1811, 1828 or 1872

然而，文明畢竟不是衣服，丟掉舊衣服買一件新的來穿就是了。要拋棄舊文明不代表能夠完全不要，而是先讓思想每隔一段時間歸零（時間的長短，要看團體內是否一半以上的人都不快樂），歸零之後再看當時的需要，決定有哪些舊的可用。如果舊的不行，則代表要創新革命，那麼是誰來決定要或不要，有權力做決定的人是所有願意待在團體裡的人（能否自由脫離所屬、並進入別的團體，是重要的人權，該被尊重保障），由所有人公決。

為何要拋棄所有的舊文明？

為何要拋棄包括封建奴隸制度、資本主義、社會主義等所有舊文明？如果拿這個問題去問華爾街的摩根史坦利（Morgan Stanley）的主席，他會跟你說：「是啊，資本主義不太好，但現在也找不出更好的制度了。」如果拿這個問題去問澳洲的原住民，他可能會跟你說：「這個問題我不太確定，但是那些白人最好滾回他們的老家。」他們都各有各的願望，可是地球不會隨著他們的希望而轉。

幾千年實行舊文明的結果，令全球一半以上的人受害，因此，我們還是要繼續尋找較少人受害的制度。人類這一百年來一直以為自己

開化，總以為前人都是活在黑暗之中；這種以為自己所處的時代最
光明，形成了一種井底之蛙、以管窺天的偏見，用這種無知的偏見
隨意認定過去和現在誰文明或誰不文明，其實都是烏鴉笑豬黑。澳
洲的原住民也不比摩根史坦利的主席高明，他們都有自私天性所導
致的慣性想法，我們要徹底更正並否定人類過去在不同時期，由不
同部族、國家、民族、種族建立起來的舊文明，還有過去一切有害
全人類根本利益的錯誤史觀、信仰、主義（無論是黑、白、黃、棕
哪一個人種所建立），要讓全人類共享物質充足、精神上擁有自尊的
生活。要達此目標，就該推翻澳洲原住民和摩根史坦利主席，以及
一切不符此目標的想法，並拋棄錯誤史觀、信仰、主義，全人類共
同努力，揮別野蠻未開化階段，進入人類的新文明。

這世界自古以來已執行過太多的制度，但沒有一個可令絕大部分的
人感到快樂（如今，就連動植物也遭殃）。這個世界不能、也不會終
結在資本主義或西方式自由民主人權上，儘管這一百年來看似好像
是這些制度勝利了，但暫時勝利的制度並不見得會長存，長存的制
度也不見得就是勝利。西方制度造成的結果已不只是工業國與農業
國的分別，而是掠奪者與被欺壓者的分別；更不幸的是，已占住既
得利益的人如華爾街摩根史坦利的主席，卻仍沾沾自喜於自己每次

舊文明思想的代表，馬克
思（德語名Karl Heinrich
Marx，1818-1883），猶太
裔德國人，於一八四七年
至一八四八年間與恩格斯
所發表的《共產黨宣言》，
是國際共產主義運動的經
典政治文獻，這個共產主
義者同盟的黨綱，啟發了
眾多隨之而起的革命，雖
然以其理念建立的第一個
國家蘇聯已瓦解，但是直
到今日還無法對其價值與
將來的影響力蓋棺論定。
圖片來源/ International
Institute of Social
History in Amsterdam,
Netherlands/ 作者John
Mayall /1875年

的完美投資、合法創利，又替公司賺了多少錢，自己的年終分紅又可分多少，他對自己造成人類整體根本利益受到危害，是毫無罪惡感的。為什麼會發生穆斯林反美分子兩次攻擊紐約世貿雙塔大樓的「九一一事件」，這目標並不是隨便選的，因為，摩根史坦利的總部及其他許多吸血蟲公司都在那兩棟樓裡，那是美國帝國資本主義剝削制度的象徵，光是摩根史坦利總部就占了一百二十萬平方英尺的樓面辦公面積。

現有的西方式民主、資本主義市場經濟的局限性

美國在九一一事件之後，不是沒有學到教訓，而是它本身自私自利的民主制度令其難以改變。世界上有這麼多人痛恨美國，恨到不惜犧牲自己性命往大樓撞上去，誰還敢說美國的民主有多好。從摩根史坦利主席的例子可知，西方的一切制度再如何發展、發達，最終的結果只會是惡果；而實行此種制度的國家、人民及其子孫，也只能繼續成為一群訓練有素的吸血蟲或小寄生蟲，繼續過度地消耗資源。這個世界永遠只有極少部分的人如摩根史坦利主席這般，得以擁有自尊地富起來，而大部分則是像澳洲原住民這樣的人，不是一直窮下去、苦下去，不然就是有衣有食、但活得沒有自尊。就算這些窮人有一天覺醒了，全球出現新的大階級鬥爭，現今的窮人國仍然鬥不過富人國。因此，不僅窮人國沒可能得到它們想要的，自私的富人國內部最後也必然分裂，繼續著富人與窮人的惡性循環，像是號稱代表百分之九十九美國人的占領華爾街運動。

「西方式工業化」再加上「美式民主」，經過三百年的實踐，證明只能圖利極少部分的人和國家，地球一半以上的人注定受罪倒楣。西方式的工業化已一步步摧毀地球本來適合人居的自然生態。雖然表面看來，人類的人均壽命提高、科技發達，但實際上，並非只有這種西方式的工業化可提升人類的人均壽命及科技。任何國家若想加入富國陣營，要付出代價的永遠都是地球，因為在西方思維的主導下，任何個人及國家為了要富強，只能別無選擇，必須對全球資源市場進行爭奪，因此，不可避免的，將對全球環境生活品質造成以鄰為壑式的無止境破壞。

在地球這種基本現況下，除非有特大的變數或奇蹟，否則並無法期

待西式自由民主的工業富國能帶領全球人類達到新文明，其採行的制度、系統、本質本是為了保障那些於精神自尊及物質皆富足的一小群既得利益者而生，這些受益者當然不會想推翻能讓自己生財的工具。要一個自覺優越、手上有槍的摩根史坦利主席，某天突然大發善心，將家中美食大屋大車與他人分享，這種事可能嗎？即使是他最好的朋友都分不到，何況是他打從內心深處鄙視的窮人。

舊文明的遺毒及自私自利的慣性無法突破

有些舊衣服發霉發臭了，與其怎麼洗也洗不乾淨、浪費時間浪費洗衣粉，還不如重新做件新的。人類自古至今的文明史便充斥著這種發霉發臭的舊衣服，無任何一種文明配稱得上是文明。加個柔軟精，噴上香水，熨燙一下領子，就想冒充新衣服，這種泡過餿水翻新的羽毛衣，羽毛早已發霉，再怎麼翻新，也還是敗絮其中……多少文明就像這種泡過水的發霉羽毛衣，滿口仁義道德，卻壞事做盡，自有歷史記載以來，所有的文明永遠都是強凌弱，自私自利，無一例外。

我們必須了解，過去曾是權力中心的「漢」民族，也犯過跟現在西方白人強盜國集團之中大部分人一樣的錯誤——在富強之時，自認創造了這世界上最高的文明，把別人都當成蠻戎夷狄，只要是被髮左衽便非我族類，便加以打擊歧視，這同樣是五十步笑百步。西方中心思想與華夷思想唯一的差別是，歐美西方白人強盜國集團在科技強盛、占盡武力優勢之後，由於變成所謂「文明人」的馴化歷史及時間太短，始終擺脫不了其本質上有如野獸的侵略性，對其他種族明目張膽公開地行使霸道壓迫，以及全球式的瘋狂掠奪；而同一時期，漢字文明核心思想經過了幾千年的累積，相反地，轉趨獨善其身，產生了自滿自得的假和平、真退化的假王道主義。

所謂的工業文明，再加上西方式假自由民主的推廣，只是嘴上說說罷了。西方的重點仍是在維持其可持續剝削、只能造福富人富國的所謂全球經濟秩序規則系統。所謂的人類文明，整體方向打從工業文明之後便惡上加惡，歐美白人強盜富國集團徹底走錯方向，更逼使其他民族、種族、國家為了求生存也跟著迷失了方向；大部分的人類領導者皆無知盲從，妄想複製富國致富的生活方式與手段，全

球都胡亂跟著歐美白人強盜富國集團惡搞這三百年來的結果，於是造成地球如今的現況。

舊文明的窮

墨西哥人法朗哥非法進進出出美國邊境的次數，他自己都數不清了，若不是為了多賺一些錢，他也沒必要千辛萬苦地冒著生命危險，一次又一次地偷渡。窮，是很多問題的根源，這世界本來是可以沒有窮國的；若將全世界能夠生產出來的東西與食物，平均分配給所有人類，這世界就不會仍有十億人還在挨餓。再怎麼算，墨西哥也不算是窮國，其人均收入為一萬五千美元（比中國高了近三倍），居然還有人要偷渡，以追尋更好的生活！那麼，其他更窮的國家，那些窮到一整天賺不到一美元的人，又怎能苛責他們做強盜做小偷，說他們行為下流呢？若真要比較，那滿身名牌、受過高等教育的摩根史坦利主席，行為更下流，他的偷搶行徑全都來陰的，而且偷搶全天下人勞動的成果，害了多少人變窮甚至負債自殺，究竟是誰比較下流呢？

窮國不想一直窮下去，窮人也不想一直窮下去，可是窮國只要不聽西方白人（尤其是美國）的安排，只要作為動靜稍一不符其經濟、軍事、政治利益，美國便會仗著有錢有槍，以黑道老大管小弟的方式，使用凍結援助、禁運、貿易制裁等各種惡劣手段打擊異己，執行所謂妨害國際秩序的懲罰（其執行的標準無關美國大事推廣宣揚的個人自由、人權、國家民主、新聞自由、少數民族權利，它施行「懲罰」完全以它自己美國國家利益決定）。

很多窮國之所以窮，與西方白人帝國主義脫不了關係；以愛情來比喻，這就叫始亂終棄。例如，西方對非洲、阿拉伯、印度等地的殖民統治，始亂終棄，留下一堆爛攤子。當初用了有利它們自己的方式，強加工業生產分工下端及貨幣制度，搞爛了絕大部分的殖民地；臨走之前，還胡亂依自己的利益劃分國界，造成二次大戰後民族領土紛爭不斷，西方控制出口原料及進口成品等不公平貿易手段，在原資本即已相差懸殊的情況下，更是令十億以上人口的窮國窮人翻身無望。對自己有利的就高唱全球化、自由貿易，對自己不利的就搞陰的保護主義，如歐洲對農產品的變相補助，要低工資的

非洲窮國以低成本、甚至是以同樣或更高生產技術水平生產出物美價廉的產品(尤其是窮國的農產品),但即便如此仍無法輸入歐洲富國。

西方對於打壓新工業國,以及窮國的農產品所帶來的競爭,不遺餘力。台灣、韓國的美牛進口,就是活生生的例子。再加上,利用控制資金流動及原料貿易價格,進一步打壓其他國家幾十億人的生存空間,還動用國際貨幣基金組織、世界銀行、關稅與貿易總協定、世界貿易組織(WTO),以及衍生而出的相關國際金融組織及國際開發組織等法寶,牢牢維持其主控這種國際秩序(如美國在國際貨幣基金組織占百分之二十,而重要決定得百分之八十五贊成才能通過)的地位。

大聲提倡環保的西方白人工業富國,一直是靠著破壞環境取得原料及成品的主要買主。這些西方人於屠殺殖民漂白之後,裝成正義無辜的模樣;於行使帝國主義惡端將偷搶而來的錢洗錢後,裝出合法商人的皮相……各種偽善面孔無不令人作嘔。西方控有大量原料的同時,又傾銷打擊窮國的原料出口,並利用於帝國主義時期累積的大量資金加以收購,以防提高價格,例如完全破壞操控原油自由市場的供需價格高低原則……這些作法,令富國不勞而獲暴利,窮國突破不了困境。

美國是二次大戰後掀起最多戰爭的國家,為的就是這條生財食物鏈能子子孫孫永保用,世世代代傳香火,因此九一一事件中受到攻擊的第二目標,是為代表美國軍事力量的五角大廈,也就不足為奇了。

不該以暴制暴

人家打你一拳,你就只能踢回一腳嗎?冤冤相報何時了?縱然過去幾千年來的歷史如此不公不義,但是被剝削壓迫的種族、民族、國家也不需要以暴制暴,也不必因為歐美西方白人強盜國集團過去這五百年來犯下的罪行,就選在有機會時要報復,而應該以宏大的眼光去看這段人類牙牙學語的文明初級爬行階段,展望下個千年、萬年;應該用有智慧的方法建立實際的系統,令全體人類(包括西方白人強盜國集團)走向人類的新文明。

目前全體地球人距離幸福還很遠，即使是西方白人強盜國，也離大幸福還很遠。個人自由、人權在實行西方式民主自由的掠奪者國家中（美國），人民也只不過是得到聯邦調查局（FBI）牢牢暗中控管下的小自由，而其他被掠奪的國家喪失了家國、民族、種族的大自由後，有些開始當起西方的走狗國家，以吃喝西方的殘湯剩飯為滿足，但即使這樣，其文化、個人、國家、民族、種族的完全自尊，依然無法從西方白人主子那邊得到。其他大部分沒占到帝國主義好處的窮國，或是不欲同流合污國，則連這一小部分的物質自由也沒有，更遑論精神自尊了。認為只要工業化、民主化就可以過上好日子的夢想，不僅從未拯救過全人類，最後只是讓全球開發的能源、物資、物質集中給少部分人享用，而完全的自尊更是集中在英語系白人富國之手。時至今日，全體地球人仍置身黑暗的山洞中，人類如同初級動物，從未能全體達到幸福。

誰能帶全人類一起走出黑暗的山洞

誰有能力感化、平衡地球上那些「不知什麼是全人類根本利益，且少勞多獲」的一小群人或國家集團？誰能提供全人類一個可以造福自己國家民族，也同時可以造福美國、歐洲、全人類的新生活文明樣板？誰能打斷並重整地球自十八世紀以降由西方建立的一連串剝削式食物鏈，以及不正義不公平的遊戲規則，然後完成人類文明史上的大進步？答案是——不知道。

儘管過去無論是孔子、蘇格拉底、釋迦牟尼、耶穌、馬克思，以及無數的先知，每一位「先聖先賢」都替全人類設計了一套他們心中放諸四海皆準的作法，但至少到目前為止，沒有一套作法是普世價值，沒有一套可以藥到病除，反倒令十幾億人的窮病藥石罔效。雖然截至目前，以上沒有任何一個人提出的方法是全人類的良方解藥，但並不表示以後找不到；況且，也許根本不需要找尋全人類的良方解藥，只要讓全人類以個人或小團體為單位各自為政，便行得通。

但無論我們現在怎麼想，怎麼去預測，事情都不會如我們所想，因為人類將如何演進，我們自己是不可能知道的。但一定會有一群人類找到那處有著微微光線的山洞口，他們自己會先努力脫離爬行階

段，認真學會如何好好走路，再協助仍留在野蠻黑暗山洞中爬行的其他所有初級人類，帶領大家一起走出山洞，教大家站起來走路，將大家帶到充滿溫暖與陽光的地方，遠遠地脫離那發出陣陣惡臭的黑暗出口，找到鳥語花香大放光明的新文明。畢竟，誰也不希望自己變成一個孤苦無依的老人，每天只能靠著不到一美元來過活，可不是嗎？

一對戀愛中的情人看著彼此，怎麼樣都覺得快樂，看著對方的臉，又親又抱的，百看不厭。可是結婚後，慢慢地，不但看對方做什麼都不順眼，甚至看著那張臉還恨不得一巴掌打過去，臉還是同樣的那張臉，可是心已不是當初的心，看什麼，自然都跟從前不一樣了。只因為觀點改變了，兩人就可以從熱戀變成打架，那如果二十億黃種人對上二十億白種人，要一起結合成地球一家人呢？四十億人的不同觀點定然也會讓人從熱戀變成打架，這不僅僅只是家庭美滿或破碎，這種劇變大到足以影響全人類的幸福，因此我們得更慎重地思索，對於歷史，我們要抱持什麼樣的觀點。

目前，我們看到黃種人國家所出版的歷史書，在本國史部分不外乎頌揚一些建國英雄，在外國史部分則幾乎都直接翻譯取用西方白人（指那些有西方白人盲點式思維的人）學者所寫的世界通史，乍看這些世界通史會覺得西方的教授學識十分淵博，對全世界人類的歷史如此了解，並如此客觀地介紹其來龍去脈。可是一旦深入觀察，便會發現他們除了對自己西方歷史比較了解，對幾千年漢字文化的了解全是支離破碎的，並帶著西方白人式的偏見與盲點，由此可以想見，他們介紹其他非西方文化時也是戴著同一副有色眼鏡。我們想認識阿拉伯文化，還要先經過西方人的視角，再從英文翻譯過來，這

正黃旗

建立黃種人新史觀

不可笑嗎？但最可笑的往往是，他們在字裡行間總能歸納出一個結論——西方人創造了人類文明有史以來最先進的文明，其他民族越是西方化就代表越文明，西方創造了其他文明所沒有的普世價值如民主自由平等人權，而且現代科學全是西方人在這幾百年中創造而來等等。說得好像西方人是這個世界的救世主，如果沒有西方的工業革命，全世界人類就會活在落後、沒有希望的農業時代似的；而如果沒有西方的資本主義，人類的經濟便不可能如此繁榮；此外，西方的殖民更是為各地人民帶來了西方的普世價值——民主自由平等人權。總而言之，其他民族就是因為文明落後才會挨打，才會被征服，才會被殖民，活該倒楣，而且還得感謝西方。

在過去，許多女性經常被丈夫無端侮辱，動不動就被指責說：「要不是我，你哪能過今天的好日子！」或是有時候，女性為了自己的尊嚴稍加反抗，丈夫便威脅要斷了妻子的經濟來源，甚至對妻子拳打腳踢，還說：「這就是你不聽話的下場！」試問，這樣的人誰受得了？在今天，做妻子的恐怕早已拿家庭暴力為由訴請離婚了。逆來順受，不但無法討好丈夫，還讓他變本加厲；做妻子的遲早會想，與其這樣卑躬屈膝還不如對他比個中指，說一句「幹×」。可是現實世界裡偏有一堆這種國家，為了幾個臭錢，任人以家暴對待，還諂媚地稱讚：「老公打得對，是奴家無知。」有這麼賤的人嗎？不但有，其中尤以黃種人特別多。他們不但完全接受西方白人的觀點，還以為被西方人打罵和虐待，都是因為自己不如施暴的西方人那麼文明。

為了西方（尤其是美國）的利益，全球化及世界村的概念被西方媒體鼓吹得震天價響，而全球化聽起來好像大家都是一家人，都是世界公民，可是你稍微想分享一點他們之前殺人強占的土地海域，門都沒有，他沒來偷搶你的就不錯了。世界大同、四海一家聽起來多美好啊，但是，不是因為愛而在一起的婚姻總是難以維繫，尤其是嫁給一個有妄想症的丈夫，被虐的妻子若要建立對自己的信心，首先得經濟獨立，其次要隨身帶把槍（或其他武器），讓這種家暴狂夫婿不敢動手。但是，做為一個被虐的妻子，能夠從被家暴的處境，到生出膽量變得如此堅強，完全得憑藉發自內心信仰的力量。因此，不能事事都從丈夫的觀點來看，把自己被打被虐待當成活該倒

楣，而是要建立自己獨立生活的信心，一旦自我觀點建立了，再去
看這種家暴狂夫婿，便再也不會心存幻想，而且面對他的時候，也
才能理直氣壯，才能活得有尊嚴。

人類過去所有的史觀，皆無益於人類整體幸福

西方白人史觀，這幾百年來帶給了西方人無比的快樂與驕傲，卻帶
給其他非西方白人於尊嚴上的侮辱；其中，充滿了謬論與自我中心
盲點。其實無獨有偶，這種盲點在之前的幾千年就已不勝枚數，無
論是漢朝的太史公司馬遷寫《史記》，或是希臘羅馬史官所寫的史
書，永遠都是以華夷二分法來認知這個世界——我強，我就是文明
中心，然後污衊別人是落後民族、劣等種族。這種寫法與觀點，是
看到自己的成就便一味誇大，可是當提到異族時不是忘記就是故意
忽視，要不就是輕描淡寫，甚至略過別人的成就。如果大家各住在
地球一隅，井水不犯河水，老死不相往來，這樣倒也能相安無事。
偏偏西方人不安於室，非要找上門來，郎有情妹無意，讓黃種人想
獨善其身都無法，硬是要霸王硬上弓，強迫入洞房，西方非要搞到
君臨天下，讓所有人類俯首稱臣才滿意。看看現在西方許多強盜國
家的經濟窘境，顯然，上天從沒打算讓任何人永遠稱心如意，無論
是成吉思汗或亞歷山大，只要是人類建立的國家必有由盛轉衰的一
天，因為，這就是人性所顯露的規律。

在過去民智未開、以管窺天，甚至連地球是圓的都不清楚的時代，
使用如此無知的、錯誤偏執的各種史觀，自是可以理解、諒解。但
現在人類都已經開始探索宇宙了，還套用著如此陳舊的錯誤史觀，
這便是無知、盲從。要打破此種對全人類無益的西方白人史觀，在
過渡階段必須提出事實，一一更正現今普遍被施以教育的西方白人
錯誤史觀，但也要同時推翻過去其他種族、民族、國家的類似錯誤
觀點，如過去漢人、唐人以中華為中心的錯誤史觀也要加以破除。
應以全球全人類的根本觀點及利益為出發點，徹底推翻現存的各種
錯誤史觀，尤其是西方白人史觀；應以全球人類歷史為視野，建立
有益全人類的史觀，並以此新史觀從小開始教育新一代。

為何要於過渡階段突出黃種人的史觀？

現代的許多黃種人像是患上了斯德哥爾摩症候群，一個白人強暴者

對黃種人被害者說：「我會很溫柔的，我會對你很好的。」結果，黃種人被害者遭到強暴之後，不但被迫嫁給施暴者，還半推半就地幫他生了小孩，去工廠做工給他酒錢喝酒，這恐怕才是被虐待的最高境界吧。這些受虐者不但同情，甚至同意施暴者的觀點，導致受虐而渾然不自知。要將這種病人從不知其受虐，矯正到回復擁有正常人的尊嚴，這個治療過程，就像心理醫生治療斯德哥爾摩症候群病人那般艱辛；更何況，我們今天面對的是幾十億患有斯德哥爾摩症候群的病人，不矯枉過正，恐怕難以做到。

已彎曲的鐵棍，要將它扳直，除了高熱，還要運用矯枉過正的力量，才能平衡過來，才能將鐵棍拉正、拉直。鐵棍尚且如此，何況是扭曲了幾百、幾千年，各色人種（白、黑、黃、棕）身上被深深植下的錯誤史觀。今日，我們不只要打破長此以往的西方白人錯誤史觀，也要打破並重建——在西方之前，黃種人幾千年來的錯誤史觀，尤其是以所謂華夏、炎黃、漢族，或中華、中國為唯一中心的錯誤史觀。

在一張白紙上要畫出人類的新史觀，畫出新文明篇章，已經很難；試想，要在一張已經讓各種顏料塗得亂七八糟的紙上，畫上別的顏料，有多困難。因此，初期只能先強調黃種人史觀，以矯枉過正的方式平衡西方白人的錯誤史觀，讓西方人了解，從今以後不僅不能對別人予取予求，而且還要了解尊重別人的價值觀，如此一來，最終才能令這張冥頑不靈的髒紙，變成公正、公義的紙。過渡階段裡，須先努力將畫筆握於白、黃等各色人種的手中，大家各畫各的圖，各自追尋自己的理想幸福，達到平衡之後，再努力創造屬於全人類共同擁有的多元的新文明。

如何重建黃種人及新人類史觀

重建黃種人史觀是一個過渡階段，最終希望仍是人類基因工程改造及資源土地生產力大開發之後（必須是自願而非強迫），將人類提升到每個人都能選擇一個快樂幸福的生理及生存基礎。人類互相歧視是符合人性的，可是我們要讓每個人都有能力可以不理會別人的歧視，更不用為了生活而討好歧視他們的人，這就是全人類都該擁有的人權。

台北市東區敦化北路旁有一所很好的小學「敦化國小」，我的姪女就是從那裡畢業的。從她出生到受教育，我看著她長大，她在成長過程中（尤其是小學之前）不時會說出很多童言童語，有時也會說說學校老師教了什麼。我記得有一天她回家後，說：「昨天我好生氣。姑姑接我回家，我們過馬路，雖然沒有車經過，但正好是紅燈，我就跟姑姑說，學校老師說要綠燈才能走，她就說沒關係，反正沒車嘛，我們趕時間。當她拉著我過馬路時，正好我的老師從學校出來，看到我們穿過馬路，一直歎氣搖頭，害我覺得好丟臉。」

我的姪女過馬路這件事反映了兩個現象，一是學校老師教的她都聽進去了，而且對一些事情有了是非觀念及羞恥心；二是姑姑因為趕時間，而改變了姑姑小時候本來也學會「綠燈才能走」的觀念，姑姑為了利益（可以節省時間），明知有錯，卻還是帶著被迫而感到無奈的姪女闖紅燈穿越馬路。西方白人在屠殺美洲、澳洲及西伯利亞各地原住民時，難道不知道殺人是壞事嗎？他們也曾經擁有我小姪女的明確是非觀念，可是為了爭奪土地資源的利益，就變成了不守規則的姑姑。

由我姪女的例子可知，小學教育已然奠定了許多人下意識的各式各樣觀點，不管是對人物的想法或對美學的觀點，由此可見小學教育的重要性。因此，我們要建立新的黃種人史觀，便得從小學的教科書內容改正做起。歷史書要以新黃種人史觀為中心全面改寫，並且重新教育小學老師，訓練小學老師使用新的課本及觀點教導班上學生，利用小學思想教育開始推廣新黃種人史觀，建立最重要的思想基礎。史觀本無對錯之分，但有好壞之別，好的史觀，能讓人在面對自己文化時掌握務實的態度，選擇、吸收異文化的智慧，以及將來利己利人的規畫。

新黃種人史觀是一個過渡階段，在建立的同時，還要防止各種利益冒出頭來，以免讓小姪女變成姑姑。姑姑雖只是穿越馬路，但還是讓小姪女置身於危險之中；況且，現在世上最大的軍事力量，正是掌握在像姑姑這種「為了利益可以昧著良心」的西方手中。因此，要讓新黃種人史觀能成為多元世界的一股清流，就要讓這世界的加害、施暴者無利可圖，讓西方昧著良心、犯下不道德的害人之事

時，得不到任何好處，如此才可能令它們不去做傷害他人的行為。而要達成這個目的，在過渡階段，非西方人必須擁有足夠制衡西方的軍事力及經濟力。

欲重新建立新黃種人及有益世界人類的史觀，我們同時得善加利用書籍、雜誌、各種媒體及教育，使黃種人對自我的根源、文化、歷史，以及對人類的貢獻重新有所了解，藉以增強黃種人的全體自信，平衡長期以來西方白人的錯誤史觀，徹底掌握人類文明史的真相，如此才能邁向全體人類都可幸福快樂的新文明。

過渡階段之後，應以地球人的宏觀角度來看人類已知的歷史，並找尋未來的方向。過去這幾千年的文明史，無論誰占優勢，其實都很不文明、相當原始野蠻，相信有一天，地球人應可通過此過渡初級階段，進入人類真正開化文明史的開始——新文明的第一階段。

去豪賭、玩女人之前，順手將零錢賞給路邊斷手的小孩；看了美國九一一事件電視新聞報導後，因痛恨恐怖分子殺了「無辜的」美國人而痛哭流涕，第二天早上醒來想的卻是如何安排自己石油公司在伊拉克的利益；每個月捐錢給自己認養的小孩，每天卻浪費更多汽油錢在排氣量六點五升十二缸的藍寶堅尼跑車上；明星發揮善行如好萊塢的安姬麗那嬌林（Angelina Jolie）領養一些窮國的小孩，或是超級歌手U2的波諾（Bono）舉辦慈善演唱會，可說是司空見慣，但明星私底下不道德的淫穢行為卻比比皆是；富國表現出傳教士般的慈悲，一年送幾千噸玉米給窮國的窮人為生，與此同時，又亂轟濫炸令幾十萬伊拉克平民死亡……這些各式各樣的人類行為，矛盾嗎？不，一點都不矛盾，它們都是人性，人性的各種呈現。

何以過去的舊文明最後總是行不通？就是因為違反人性，常常為了符合一部分人的人性，卻壓迫了另一些人的人性。何以舊文明無法做到符合所有人的人性？何以舊文明如此不佳，卻不能馬上拋棄？這也是人性！一切發生在過去的人類歷史，以及各種看起來矛盾的東西，都是人性於不同時空的表現。老子曾說「大象無形」，即傳神道出了，人的外在行為表現，與未知的內在人性面，有著何等微妙不可言的關係。

沒有人知道人類會如何發展，沒有人知道地球上的生物會有什麼結局，甚至連地球的命運也未卜。被外力演化的人，是無法知道自己命運的，因此只能抱著希望、夢想繼續向未知前進，一步步創造出新文明，以及又一再創出更新的文明。

什麼是人性

人，是一個有機體的結合，在精子卵子結合的一剎那，所有人性本質的可能性便已經全部包括在內，有其局限性，而且符合宇宙間的某種規律性。然而，這個有限可能的局限性及規律實在太大了，大到我們人類的小腦袋永遠無法窺見人性的全貌。因此，有限的人性，對於小小的人類而言就是無限的，永遠會有新人性呈現出來的可能；只要外界環境或刺激的因素改變了，就可能呈現新的人性，就可能會有新文明的出現。

人的本質不會變，但這個有著千千萬萬種組合的本質，卻不會同時呈現，這是因為外在刺激不同，人體自會選擇對其生存最有利的方式來對應，從形於外的殺人放火、為善救人，到人體內在微觀的白血球噬菌體集結移動至細菌的入侵位置，以及人類從最早的胎兒期到最後的生命終結，皆於不斷的刺激反應循環中，自然而然形成每個人的生存模式；而這生存模式在其一生中，可能是卑劣的、高貴的、犯罪的、善良的，可說是一直都在變動，這便是許多哲學家、思想家何以想建立起一些主義、一些論點，試圖分析並解釋人類的行為模式、哲學根源；但最後往往只能找到隻鱗片甲，只能窺豹一斑，無人能窺其全貌。

這些學說或論點因而總是跟不上時代，永遠都有時效性，永遠只適用於人類中的某一小群人。哲學或心理學，為何不能像數學、物理能有明確的答案呢？就是因為研究分析了一個錯誤的對象──人性，這「大象無形」的人性，絕非人類可以找出其公式，並掌握其規律的，因為它大到我們永遠無法見其全貌，可能性多到身為人類的我們也無法預測。

無論是封建社會、資本主義或社會主義，全都是人性對現有地球這萬年來的反應。雖然在這萬年的歷史中，全人類呈現出許多共通的

人性，但因這萬年人類接收到的外在刺激有限，顯然萬年來仍僅呈現了人性本質中的一小部分。未來若有新的刺激，例如飛出太陽系生活，人性或許會呈現全新、前所未見的樣貌也說不定。因此，過去這萬年來所有對人性的幾萬種描述，無論是性惡性善論皆對，這些被觀察出來的人性的確都是人類本質的一部分。儘管人的本質不會變，但呈現出來的行為模式卻一直在改變（不是進化）；儘管可能的變化千千萬萬種，但就像孫悟空逃不出如來佛的手掌心那樣，也逃不出人類原有的本質。做為一個人類，我們永遠無法看見人性的全貌，只因這幾千幾萬種行為呈現，無一不是來自人性本質中億兆分子的反應，人腦無法、也沒必要去加以分析透徹。

人性的力量最大，但人性的呈現是會變的

只要是人就有人性，任何違反人性的主義、想法、政府、公司、法律、家規無論如何得勢，最終都敵不過人性。沒有任何一種主義思想甚至愛情親情的力量，能大過人性的力量，只因——人性，是地球上最大的力量。

一個國家國民原有的人性力量，再加上軍事力、經濟力，就成了一個國家的國力表現；可是，倘若以軍事力、經濟力去壓迫別的國家，作法有違對方國民的人性，那樣的壓迫局面是不會長久的，除非採取如同英美之前擴張領土時的作法，將對方原住民幾乎殺光，以絕對多數壓迫絕對少數。

正是因為人性的力量如此之大，新文明更應該要順應人性，讓人能夠自由自在、自給自足，不能像舊文明那樣處處壓抑逆反人性。在舊文明中，要不就是所有人的人性都被壓抑逆反，要不就是滿足了某一部分人的人性，壓抑逆反了其他人的人性。以「人性為本」的新文明，並非是去逢迎舊文明中所有出現過的人性，而是接納吟詠那到處閃爍著新人性光輝的新文明。

人的極限

人的五官、手腳自有體能上的極限，內在的肌肉伸縮也有極限，例如人的肉眼可看到的最小面積就是〇點〇一公釐。人腦的極限，目前還不知道，同樣的一個人腦，從古人類鑽木取火，到現代人能彈

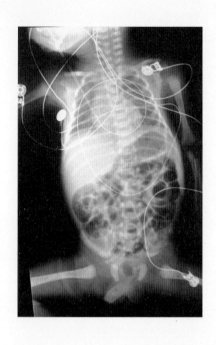

人類的可能性，存在於人類的本質結構中。嬰兒X光圖，圖片來源/Bobjgalindo

鋼琴寫電腦程式，人腦的潛力似乎無窮；然而想像力並非無窮，畢竟依然是人性本質的一部分，就會有極限，人碰觸到腦的極限或產生病變，就會發瘋。不過，從舌頭能看到東西的例子就能證明，人與人性都還有各種開發的可能性，只因人腦可隨著刺激及學習，造就出各種神經纖維的連結形態，因此舊人類仍有許多潛能尚未開發。

以上所有人類體能腦能的極限，自人類誕生之日無時無刻不在制約人類的所有行為，包括創造出所有可目視及不可目視的東西，舉凡愛戀怨慾、殺人救人、製造汽車、印刷、發展主義哲學都是。

新文明，必然會超過人類體能腦能的極限。這個超人文明很可能是經過某種類似基因工程合成人的改造，或是被置入某些可讓人掌握空間時間移動，以及質能變換控制的能力。

舊人類定義中的民主自由平等，不可能實現
人，生而不平等不自由。每個人從被胚胎增生開始，就有各式各樣的不平等不自由；基因不同養分不同，生長的內外環境都不同，刺激出來的人性本質表現自然都不同。出生以後，無論是家境窮富、

教育高低、所屬國家種族民族不同，沒有一樣能讓人類更趨平等自由。因此，人生而平等自由，是空話！人，就是因為生來不平等不自由，才會終其一生就是一個爭取自由平等的過程，而自由平等必須靠爭取而來，這是舊文明中會發生的情況。一個模子做出的商品都不可能完全一樣，更何況是人類？而同樣是人類，身高一百九十公分的北歐白種男人，與一百五十公分高的菲律賓黃種婦人，如何可謂生來平等？就算是零件一模一樣的汽車，也會因為品管而各有不同，更何況是比汽車不知複雜幾億倍的有機體——人。因此，所有人類生而平等的想法，只是一句美麗的政治宣傳用語。

人，受限於人性及人體的極限，不可能完全民主，也不可能完全自由平等。儘管如此，但人是有包容力的，只要能完成一些基本需求（尤其是吃飯問題），便可以接受處境的不完美。在未來，人類雖然可以用基因工程改造，但技術一樣有高低，因此重點不在於追尋人類平等，而是如何面對所有不平等不民主不自由。若能滿足每個人可容忍的不平等不民主不自由，並滿足全人類對基本物質的生存要求，這便已經是舊文明的極限，舊文明的天堂了。

天堂是什麼
生活在新文明中，就等於生活在人間天堂嗎？人人都想上天堂而不想下地獄，我們來看看一些經典典籍所描述的天堂——

● 《古蘭經》（或譯可蘭經）第五十五至五十六章（Suras）
佩金質的手鐲，穿綾羅錦緞的緣袍。樂園中有水河、酒河、蜜河，珠寶鑲成的床。白皙美目常為處女的妻子，聽不到惡言。天堂建築是一塊金磚一塊銀磚，進入天堂者不會死亡，衣服不會變舊，青春不會流失，每個人有兩個妻子，妻子美麗得能透過肉看見小腿的骨髓。天堂居民中最低微的一個人，擁有類似今世皇帝所擁有的十倍；天堂居民中品位最高之人，能得到眼未見過、耳未聽過，心中任何未曾想過的恩惠……

● 《聖經》
對天堂天國描寫得不多，有——滿足的喜樂、永遠的福、不飢不渴，日頭和炎熱不傷害人（即生命不受氣候天災之苦）。無眼淚、

哭聲、痛苦、悲哀，有耶穌基督同在，好得無比。天堂是人類理想
之地，那裡有永遠的安息。天堂是活人之地，人清醒，能自由活
動。耶穌說，復活人不娶也不嫁，像天使，讚美神的榮耀，事奉主
基督，平安滿足喜樂。新天新地出現後，神要與人同住，做他們的
神；他們要做祂的子民，神要擦去他們一切的眼淚，不再有死亡，
也不再有悲哀，哭號，疼痛……

● 《佛說阿彌陀經》

佛教中的天界並非天堂，並不是永遠享有幸福的處所，只是能享有
大福報的地方。但這都不是永恆的，生命完結後都需參與輪迴，唯
一的解脫，是涅槃。

《佛說阿彌陀經》對西方極樂世界有這些描述——

> 極樂國土中有七重欄楯、七重羅網、七重行樹，皆是四寶
> 周匝圍繞；又有七寶池，八功德水，充滿其中，池底純以
> 金沙布地。四邊階道，金、銀、琉璃、頗梨合成。

> 上有樓閣，亦以金、銀、琉璃、頗梨、硨磲、赤珠、瑪瑙
> 而嚴飾之。池中蓮花，大如車輪，青色青光，黃色黃光，
> 赤色赤光，白色白光，微妙香潔。

> 彼國又有阿彌陀佛所幻化之種種奇妙雜色之鳥——白鵠、
> 孔雀、鸚鵡、舍利、迦陵頻伽、共命之鳥，晝夜六時，
> 出和雅音，演暢五根、五力、七菩提分、八聖道分如是等
> 法，其土眾生聞是音已，皆悉念佛、念法、念僧。

> 距此婆娑世界有十萬億佛土之遙（佛教的宇宙觀認為，一
> 佛土涵蓋一三千大千世界，即相當於一個銀河系），雖相
> 隔如是不可思議，然而平素念佛而往生之人，因有佛菩薩
> 威德神力方便接引，一彈指頃即可到達。

這些天堂描述的是新文明嗎？信仰常是多數人幸福快樂的來源，但
是也有少數人享受被虐的一種苦澀幸福感。沒羞恥、沒道德，就沒

有痛苦的壓力；生存沒壓力，有成就感又不傷害別人，沒有工作要完成的壓力，也都會有幸福感。物質的幸福感，要靠新的慾望被不斷地滿足，有時，改變自我觀點同樣可以創造幸福感。

以上各大信仰中對理想世界有一些類似的描述，這代表了無數人類曾經嚮往或期待進入的世界——物質富足、快樂、永生，或是無痛苦、四大皆空涅盤……這些似乎就是各經典之中描繪人類可達的最高境界；其中，無痛苦、四大皆空涅盤可以靠個人之力達成，但「涅盤」對於個人一定是天堂，對於人類整體也許不是天堂，但對於國家民族則一定不會是天堂。

新文明讓人活得合其心願

人性似乎不要求事事合其心願，而對許多生命處境有一定的容忍度。容忍度爆發的閾值因人而異，但群居的天性令人很容易附和主流，因此非既得利益者在革命或革新到終成為人們內在主流時，於不危及生存本能的情況下，便會加以附和（行動或想法）。

雖然人的本質是無法完全掌握的，但從過去幾千年的觀察，我們還是可以發現某些本質經常出現，出現頻率之高已然現出其規律性。因此，我們可藉著外在的刺激，預期一些可能的反應，例如過去幾千年的刺激，造成大部分人呈現出追求自尊富足生活的本質；又如處罰嚴明，則犯罪之人就會減少等等。

新文明要如何設計刺激，不是我輩可以預期預想的，因此無論是馬克思所想，亞當史密斯所想，都是舊刺激造成的，都有一定效期。在未來的新文明中，未來的人性將呈現出更多新本質，或仍然由某些舊本質所主導，我們不得而知。本書雖呈現了各種舊文明的劣根性，並不代表這些劣根性會繼續存於新文明之中，因為新文明很可能會因為新的刺激，令人類有了新的生存需要（含自尊和快樂的需要），導致人類需要以新的人性本質來加以因應。而舊文明的劣根性很可能並非將來人類生存所需的東西，它們不會消失（因為它們仍是人性本質的一部分），只是隱居在暗處。

人類必須呈現新的人性本質，以現今所呈現的不足來發展新文明。

人若能自由自在、自給自足，這便是最大的人權實現；屆時，有沒有平等，有沒有民主，都不再重要。

無人可預測想像的新文明

光是以太空時代、資訊、電子、數位、後工業社會來形容，都遠遠不足以說明「新文明」。新文明，不是能夠簡單以農業、工業、已發展、發展中、開發、民主、專制、自由、極權如此愚蠢的剖析區別就可分類。

舊人類的人性（包括作者自己亦有）雖明知根本無法預測新文明將是何等樣貌，但這裡還是要寫一下作者心中舊人類可到達的一種境界——

如果不願意，誰都可以不理別人，一生想自己一個人過都沒問題。可以選擇不群居，不屬於任何國家群體。人類有史以來首度完全擺脫別人（全世界任何一個人）的壓迫與限制，只要不超出自己的領域就無限制（這是遺憾的限制）。完全自由，完全自在，人權與民主完全不需要，因為自己一個人就等於一個自己一個國家，從賤民到專制的皇帝都是自己，所以根本不需要階級鬥爭與革命，自己要革自己的命也沒問題。

全球人類，每個人都靠自己，不消耗外力、外能源，自給自足，物質無限供給，精神無限自由，自尊無限滿足的生活，就是新文明初級階段，是地球上有史以來，全人類第一次同時達到物質、精神所需可無限實質或虛擬供給，無爭也無須爭奪土地資源的時代。

是物質、能量變換無限簡易，人權、人的能力潛能達到最大，是真實虛擬質能混沌狀態，每個人可完全實質或虛擬主宰自己世界的一切，自給自足，內外自由，更勝老子，更勝莊子的《逍遙遊》境界。

不用服從，不用守時，因時間已可被掌握，每個人都具備隨意於時間空間跳躍、質能自由轉換轉移的能力。不用再受冗長無聊的等待或教育，不用再朝九晚五上班，沒有奧林匹克冠軍，因人人都可做到（基因改造合成人），將往完全合成人演化。

人人具備將質能互變的能力,人可憑自身在空間時間介質內自由移動。人人自給自足,人人可滿足自己人生的全部需要,並自由轉換各種能源物質為己用,是一個真的以人這個個體,做為完全獨立創造生產使用的單位;是一個真的以人這個個體,做為完全獨立生存生活的世界;是真正以人為本,以個人為本,將個人的自由、自足達到現今無法具體形容的境界,新文明,是我們現在無法想像的生活。

黃書

YELLOW
BOOK

Part / 3　基礎建設實例

人的觀念思想是以基因遺傳為基礎，從胎兒期開始建立，雖然胎兒期及嬰兒期的智力發展迅猛，但此時仍以家教為主。一般兒童二至三歲開始進入口語學習期，四至五歲開始進入書面語學習期，七歲時大腦結構與功能已接近成人。因此，從小學一年級起的課本內容，對人的一生觀念形成非常重要（但不是唯一因素），尤其是課本及學校對人的觀念與是非道德的形成影響甚鉅。我們除了盡量不要妨礙兒童的自發性潛能及行為自由，同時也應盡可能使兒童成長在善良的影像圖像文字環境中，讓兒童有機會形成對自己與別人，以及對團體的尊重，以養成尊重其他人種，與無種族歧視、民族歧視的觀念及人格。

教育，是國家民族種族人類的根本。當各民族國家的課本充斥著頌揚本國民族英雄是如何如何欺壓其他的民族時，也等於埋下了戰亂及人類的痛苦之源；尤其是課本的內容全為依附在西方白人史觀的教科書，則更是錯上加錯。要想建立新文明、造福全人類，就必須將「以全人類為基礎的新史觀」教育給下一代，至於在過渡階段，則可以從新黃種人的史觀做起。

更正舊文明課本中的錯誤觀點
以造福全人類新史觀的角度，重新編寫從小學到大學、

黃禍

從小開始建立新人類史觀

研究所的各式歷史教科書；以新史觀徹底重新評價介紹歷史上的黑人英雄、黃人英雄、白人英雄，以及形形色色的各國民族英雄，如此才能引導兒童建立正確的是非觀念，培養新一代的人類。要讓孩子們了解，只有為了有益全人類生存生活根本利益而拚搏的人，才是人類的真英雄。對於那種明顯為「一將功成萬骨枯」的軍事英雄一類，以及藉由屠殺獲得土地的殺人犯英雄（尤其是近代所謂「開拓者」的假偉人假英雄），都應詳述其劣蹟並予以譴責，鼓勵新一代黃種人從本能上、骨子裡將「事事都應以全體人類根本利益努力」的思想澆鑄進血液裡。

舊人類歷史課本中，記錄最多的就是戰爭英雄及政治家，各國不但不以它們因自己利益而屠殺其他民族為恥，還拚命地頌揚這些打手為英雄，到處為他們樹立銅像；不過，同樣是殺敵的戰爭行為，究竟是出於壓迫或被壓迫，為私利或為公利，一定要分別清楚，不可一概而論。在人類走往新文明的路途中，軍事家政治家均是該枯萎的一群，而且在這剩餘的過渡期間，他們也該被限制權力。這些人儘管並非個個是人類的痛苦之源，但對於讓人類之間產生衝突的痛苦，卻都有興風作浪的放大效果。因此，若想從小學教育開始養成對全人類友善有益的孩子，首先就要以全人類的觀點，來看過去以來所有歷史人物的善與惡。這便是為何，舊人類課本中，首先要更正的就是對戰爭英雄及政治家的評論觀點，因為當他們以征服者的得意洋洋姿態出現時，往往意味著被他們征服的一大群人正受著痛苦。

辨別哪些是假偉人假英雄

各民族各國的史書中，充斥著一些殺人犯等級的「偉人」，他們都代表了其歷史上的極盛時期（通常是領土最大的時候）。這些國家民族開始進行擴張時，全世界都住滿了人，可是這些殺人犯偉人為了民族、國家的野心與版圖，以及個人的私慾，竟毫不猶豫地毀人家園，殺人夫、殺人妻、殺人子女。在他們一次次征服勝利的背後，是一個個破碎的家庭及被犧牲的生命，千萬個孩子失去了父母發出淒厲的哭聲，也喚醒不起他們的一點良知，殺戮後的鮮血掩蓋不住他們為民族爭光的驕傲，各國都尊稱他們為民族歷史上最偉大的民族英雄（英雌），紛紛為他們立碑立像歌功頌德，而且無論是黃人或

白人的歷史，都充斥著這樣的人物。

黃禍代表人物

●成吉思汗

成吉思汗，他一生被中國人與蒙古國的史書同時稱頌。成吉思汗和蒙古軍從貝加爾湖南向四方擴張，向南到了黃河，向西擴張到東歐，從亞洲一路殺到黃河、殺到歐洲，屠城乃是家常便飯。一二二三年，其下屬哲別與速不台於迦勒迦河之戰（今烏克蘭日丹諾夫市北），擊敗了基輔俄羅斯諸國王公與欽察忽炭汗的聯軍，然後又攻入黑海北岸的克里木半島。從亞洲到歐洲這一片廣大的土地，成吉思汗的蒙古軍所到之處，屍橫遍野。《史集》的作者，也就是蒙古帝國伊兒汗國史學家拉施特，做了如此的記述——

「成吉思汗一日問那顏不兒古赤，人生何者最樂。答曰：『春日騎駿馬，拳鷹鶻出獵，見其搏取獵物，斯為最樂。』汗以此問歷詢不兒古勒等諸將，諸將所答與不兒古赤同。汗曰：『不然。人生最大之樂，即在勝敵、逐敵、奪其所有，見其最親之人以淚洗面，乘其馬，納其妻女也。』」

這種「軍鋒所至，屠勦生民如鹿豕，何其暴也」的成吉思汗，竟然還有民國史學家張振佩於《成吉思汗評傳》（一九四三年版）評價為：「成吉思汗之功業擴大人類之世界觀，促進中西文化之交流。」難道，擴大人類之世界觀，促進中西文化之交流，除了靠著屍橫遍野，令千萬人被屠殺，別無他法嗎？這樣一個為一己野心而屠殺異族的殺人魔王，到現在仍被各地政府推崇，可說是善惡不分是非不明。

荒謬的是，「卡內基全球生態研究部」竟稱之為：歷史上「最環保的侵略者」。原因是，他「殺人無數，讓大片耕地重新恢復成為森林，可使大氣中的碳，大量減少約七億噸」。據估計，在蒙古大軍的蹂躪之下，有四千萬人喪命，這代表原本被人們當成耕地的大片土地可以再度長出樹木，能夠吸收大氣中的二氧化碳，才會令生態學家認為上述事件乃「史上第一件成功讓全球降溫的執行案」。這種說法何其弔詭諷刺！

卡內基的這項研究，是以歷史上人類大規模死亡事件，來計算對碳排放的衝擊；其他重要事件還包括：黑死病橫掃歐洲，以及白人征服美洲大陸等。該機構認為，以上事件對於讓廣大耕地恢復成森林很有助益。其中，尤以蒙古人所建立的這個長達一個半世紀、涵蓋地球百分之二十二面積土地的帝國，於所謂合乎環保和造成「綠化」的效果上，被專家認為是史上「貢獻」最卓著的。七億噸的碳，約等於目前全球使用石油一年所產生的碳排放量，但卻是用四千萬條生命換來的。

白禍代表人物
●英國維多利亞女皇

維多利亞女王（簡稱 Queen Victoria，1819-1901），她在位的六十三年期間（1837-1901），是英國最強盛的所謂「日不落帝國」時期，從她在位期間直到她去世，一直到第一次大戰開始的一九一四年，是為英國的「維多利亞時代」。英國從一個普通的歐洲國家成為一個強大的帝國，靠的就是殺人、殖民搶地搶資源，在全世界各地毀了無數的家園，成就了大英帝國的「光榮歷史」。

滅絕異族的人類罪犯維多利亞女王（1819-1901），以殺人、殖民占地、搶奪資源，成就大英帝國「光榮歷史」。圖片來源／英國攝影師 Alexander Bassano（1829-1913）作品

歷史上，英國對中國的野心由來已久。但中國自給自足的經濟體制，使得英國的工業革命產品毫無用武之地。為了扭轉對華貿易逆差，英國商人開始在英國政府的支持下傾銷鴉片（販毒）。一八三九年，林則徐在虎門銷煙，大大地打擊了英國的傾銷政策。一八四〇年初，維多利亞女王在議會發表了著名的演說，呼籲「為了大英帝國的利益」，向中國發動戰爭。第一次鴉片戰爭因此爆發。鴉片戰爭赤裸裸地顯現出英帝國，以及維多利亞女王對世人自私、貪婪、冷血和侵略的本性。維多利亞時期，是大英帝國對外擴張領土最輝煌的時期，也是世界各民族（尤其是白人以外的種族）最倒楣的時期。為了擴張領土，女王不惜使用一切手段，而這正是她從丈夫那裡學到的包括陰謀、收買、強權、先下手為強、武力攻占等伎倆。維多利亞女王強占了北美洲、澳洲、紐西蘭等世界各原住民的土地，這些殖民地原住民幾乎被屠殺殆盡。

今天，世界上許多河流、湖泊、沙漠、瀑布、城市、港口、街道、公園、學校、建築物等都以維多利亞命名，包括：澳大利亞的維多利亞州，加拿大維多利亞市，新加坡維多利亞紀念館，香港的維多利亞港，香港的維多利亞公園，塞席爾群島首都維多利亞，非洲最大的湖泊維多利亞湖，除此之外還有很多很多，而這些都是靠殺人殖民占地成就的偉業。

●史達林

二〇〇八年，俄羅斯舉行了「最偉大的俄羅斯人」評選活動，結果史達林（或譯作斯大林）名列第三。史達林將俄羅斯人視為其他少數族裔的老大哥，他不斷提升俄羅斯民族英雄和俄語在蘇聯的地位，列寧曾對史達林非常反感，稱他是「大俄羅斯沙文主義」。

一九三九年，納粹德國入侵波蘭，掀起了二次大戰，蘇聯紅軍以保護波蘭東部的白俄羅斯人及烏克蘭人為由，入侵波蘭東部，占據了維斯瓦河以東的波蘭領土，並將其併入了蘇聯國內的白俄羅斯蘇維埃，以及烏克蘭蘇維埃兩個加盟共和國。之後史達林下令對波蘭戰俘實施清洗，其中以「卡廷森林大屠殺」最為著名。同年秋季，蘇聯向芬蘭提出領土交換的要求，遭到芬蘭的拒絕。不久後蘇聯製造了「曼尼拉事件」，並以此為藉口廢除「芬蘇互不侵占條約」，於

滅絕異族的人類罪犯史達林（1878–
1953），在他執政期間所施行的「種族大
清洗」，屠殺了數不清的非俄羅斯裔人。
圖片來源/Library of Congress/約攝於
1942年

一九三九年十一月三十日動用四十多萬紅軍進攻芬蘭，引發芬蘇戰
爭。在芬軍頑強抵抗下，蘇軍損失慘重，但最終芬蘭仍寡不敵眾，
被逼割讓卡累利阿等地換取和平。一九四〇年間，蘇聯吞併了波羅
的海的拉脫維亞、立陶宛和愛沙尼亞三國，又強逼羅馬尼亞割讓比
薩拉比亞和北布柯維那。在史達林對占據別人領土永遠不滿足的強
迫大清洗中，有十六萬五千名神父因傳教被捕，其中十萬六千人被
槍決；他對人尤其是非俄羅斯裔（不管是否為蘇聯人）的歧視屠殺
更是不在話下，光是在一九三七至一九三八年這一年，史達林本人
就簽署了六十八萬一千六百九十二人的處決。

蘇聯紅軍進入歐洲地區時，對占領區人民施以謀殺、強姦、破壞和
洗劫等罪行所在多有，並經常殘酷地對待戰俘。像是蘇軍占領德國
後，約有兩百萬德國婦女被蘇軍士兵強姦，其中二十萬名婦女因傷
害、自殺和被殺而死亡；在布達佩斯戰役後，城內有五萬名婦女遭
到強姦；在波蘭、南斯拉夫等地也出現了多起強姦和洗劫行為。史
達林對此卻不以為然，南斯拉夫游擊隊的一名領袖曾向他抗議紅軍
的這些行為，其回應是：「難道他不能理解，一名橫渡了數千公里
血、火和死亡的士兵，找個女人快樂，並拿些小玩意嗎？」

二〇〇九年十月二十九日，俄羅斯聯邦總統德米特里・梅德韋傑夫，針對克里姆林宮網站為紀念十月三十日（政治鎮壓犧牲者紀念日）而製作的一個影音部落格（又譯作視頻博客），做出了以下評論：「二十世紀三〇年代的大清洗，波及範圍之廣令人難以想像。全國民眾都深受其害，數百萬人因政治恐怖和虛假指控而喪生；但迄今仍然有人試圖為鎮壓活動辯解，聲稱為數如此之多的人是為了某種崇高的國家使命而犧牲。這無疑是錯誤的，因為任何國家的發展、成就、追求都絕不能以人的痛苦和損失去換取。沒有什麼事物能高於人的生命價值，絕不能為史達林的大清洗辯護。」

二〇〇八年適逢蘇聯大清洗七十周年，俄羅斯總統普京成為第一位就大清洗表態的相關國家元首；二〇〇七年底，他曾於莫斯科南郊「布托沃射擊場」大清洗紀念地，悼念死難受害者時，說道：「……這樣的悲劇曾在人類歷史中反覆上演，原因是因為那些看似吸引人的空洞理想，被放置於人類的基本價值觀——珍視生命、人權和自由之上。」

兩名俄羅斯總統都如此評價史達林的大清洗「德政」，然而許多俄羅斯人仍然認為史達林是「最偉大的俄羅斯人」，便可了解各國的民族主義已經強大到壓過尊重生命（尤其是尊重別人生命）的良知，充分顯示了人類舊文明的劣根性。

抓出殘害人類幸福的公敵

從以上例子可知，如果在小學教育中持續宣揚許多這類侵占他人土地、屠殺異族的「民族英雄」，孩子們一再地受到思想灌輸及洗腦，日後，恐怕除了極少數人能發展出獨立的判斷力，多數人則無法深思，不求甚解，自然而然便形成團體中善惡顛倒錯誤的共識，再加上各民族利己的褊狹民族主義，將令這世界在進入新文明之前永無寧日，為了爭地、爭自己利益，發起戰爭屠殺他人在所不惜。以美軍入侵伊拉克、阿富汗為例，試問有哪一點是真正為當地人著想，當時小布希還被美國人吹捧，得意忘形。試想如果這些美軍，當他們在孩提階段接受基本是非教育的時候，被教導的是真正的人道主義，學會與他人分享，而非頌揚大西部的拓荒英雄主義，或是哥倫布這種人的「成就」。長大後，當他們加入美軍，或是當美國總

統、參議員時，彼此之間自會形成一種真人道主義共識，進而只要一旦發動戰爭，就真的是為解救各地受苦受難人民而戰，而非像現在總是假仁假義，所有行為的背後動機都是為了美國的利益，而非為了全人類的利益。因此，應該要在小學課本上重新定義這些自私自利、不顧他人性命（尤其是異民族異種族）的英雄及英雄主義，這是走向新文明的必要步驟。所有人都要學習尊重別人的生命與尊嚴，學會不因自己或所屬團體的私慾，壓迫別人的自由，踐踏別人的人權。

各國目前教育出來的人大都是自私自利的，在人類新文明來臨之前，這種由一群自私自利之人組成的民主國家，當然只能像現在的美國一樣自私自利。無論人類是處在成吉思汗帝王時代，或是小布希民主時代，只要人是自私自利的，其造成的結果都一樣，這跟封建、獨裁或民主制度皆無關。反倒是，一個獨裁卻有顆善心的明君，會比美式民主更有利其他人類其他民族；當然，最糟的就是史達林這種在凸顯人性之惡的英雄主義教育中長大的惡劣獨裁者。

今日，一個國家要強大，最需要軍事力、政治力、經濟力，它們代表了三條食物鏈，最高端的就是擁有想殺人就殺人能力的「美軍」，對人類勞動創造的財富上下其手、日進斗金藏於避稅天堂的「寄生蟲」，以及不顧全人類利益與前兩者勾結的「政客」。這些人是人類幸福的公敵，可是人類目前的制度容忍了他們。這三者有一個共通點，那就是──踐踏人們生命與尊嚴的價值，尤其是非我族類。人類本來可以不需要這些職業，人類本來可以像幼稚園的孩子，大家每天高高興興地玩自己想玩的遊戲。小朋友之間雖然有時吵吵鬧鬧，推推拉拉，霸著一兩個玩具，但總不至於為了占地盤要致人於死，為了霸占所有玩具就使出殘忍的陰險手段；小朋友不是為了錢而搶玩具，他們純粹是為了喜歡玩具而抱著它。小朋友總是餓了就吃，也沒想過，就算自己不吃，也要把所有糖果搶來，藏起來不給別的小朋友吃。但，是誰把他們教得如此自私自利？是什麼把他們變得像野獸那樣殘忍地弱肉強食？

人類經過這些課本教育，真的會變得更好嗎？許多教育只不過是把一些人變成掠奪機器的零件──學得越多，會想害人的人就越多，

尤其是學金融、學政治、進軍校的。人類本來可以想唱歌就唱歌，
想跳舞就跳舞，想種田就種田，然而舊文明的軍事政治經濟制度卻
造就出將軍、總統、華爾街金融大鱷，讓想要選擇過自己快樂生活
的人無法如願。如果有一天，大部分的孩子說他們將來的志願是唱
歌、跳舞、做農民、工人而不是要當總統；要是有一天，當將軍、
總統、華爾街金融大鱷收入待遇與社會地位，都不比農民、工人
高，那就表示人類的文明已然進入了新的階段。如果每個人在乎
的，是自己有沒有人愛，有沒有自己所愛的人，而不是每天都在想
錢、想權，這世界，不是會比較幸福嗎？

一六四四年，多爾袞率清兵入關後，第一天頒布的第一
道法令就是薙髮令（剃髮令），當時被征服的「漢人」
視之為奇恥大辱，許多人還抵死不從。當一族征服另一
族，令被征服者易髮易服，再加上易紀元改國號換正
朔，這種方式是徹底打擊羞辱對方的一種方式。可是，
近代的黃種人（尤其是中國）還談不上被西方白人征
服，大清國時只不過是打了幾場敗仗，就已經自己改服
易髮換洋國號，最後連紀元都改用杜撰出來的紀元（造
假的基督出生那一年）為紀元。

目前，漢字文化圈各國廣為使用的所謂「公元」或者
「西元」，其來源無人加以深究，而是將錯就錯，看著
四周大家都在用，還以為這便是約定俗成公認的紀元。
當西方「基督教」國家過聖誕節（如此過節其實根本不
符基督《聖經》教義，這些基督教國家的當權者也從沒
遵守過聖經教義），不是基督徒的也忙著到處狂歡，每
年參加跨年倒數也樂在其中。快樂是一件好事，但是對
黃種人而言，有另一種更順理成章的另一種更大的快
樂，一種包含自尊與自信的大快樂。

所謂基督紀元，是依據偽基督徒沒有根據胡謅的耶穌
誕生那一年，不但不是公元，更不是西元，而且還以
胡謅人為的基督出生年當做紀元，根本對偉大的耶穌

廢止西元改為黃帝紀元

黃曆

基督及真正的基督徒是個褻瀆，完全違背《聖經》教義（即使在歐洲白人世界也有不同的紀元）。基督紀元開始流行於漢字文化圈各國之間，始於日本明治維新之後，當時日本急欲脫亞入歐，引進了偽基督紀元（西元、公元）稱之為「西洋紀元」，至於漢字文化圈的其他國家，在所謂的現代化過程中，要不原本就是歐美強盜集團國殖民地（例如東南亞各國），要不就是受到日本殖民影響（例如朝鮮、台灣）；還有像是中國於大清國末期前後，先是進行日式現代化，到了中華人民共和國初期又進行蘇聯式現代化，於是直接、間接一起帶進使用偽基督紀元的習慣，甚至將偽基督紀元定為西元寫在憲法裡，沒有根據胡謅的偽基督紀元終於登堂入室，坐上正統。漢字文化圈各國，只不過是科技落後人家三百年，就喪了志氣骨氣變成哈巴狗。許多人以為跟著偽基督教國家（其實，其當權者大多由偽基督徒組成）改了偽基督元，就以為這是跟世界接軌，就是現代化了，而一般心理上奴化嚴重的民眾更是上行下效。

跟隨這種胡謅又不科學、又不方便記載黃種漢字文化圈歷史的紀元系統，將錯就錯了一百年，如今連歷史學者（無論是中、日、韓、台、港……）著書論述時，字裡行間若不用基督前幾年、基督後幾年，似乎就不足以交代時間年分的前後；稍有良知的還寫個公元，無知的就寫個西元，人云亦云不知所以地採用偽基督紀元，這類學者的心態，跟很多青少年以為講英語就是高級先進，穿得像嘻哈就是跟得上時代、就是跟世界接軌，兩者心態沒什麼不同。青少年缺乏來自知識的判斷力，這還可以理解，可是這般的歷史學者還真是枉讀詩書，以為西化就是世界村民，就是全球化；這種沒有世界觀，無法以智慧去選擇對自己有用、且對全人類無害或有益的東西，是最奴性且最無知的表現。就好像一個黃種人去看一場觀眾都是白人的搖滾樂演唱會，看到其他人聽音樂時都在搖頭晃腦，一開始自己做起來難為情，到後來也覺得自己越跳越好，徹底地融入他們，還以此沾沾自喜，殊不知根本就是一廂情願。那些不懷好意的白人看你就當是猴子，越看越不自然，越看越覺得你滑稽，只不過當你是學人手舞足蹈的黃猴子罷了。

以下文章為了行文方便，暫且將此偽基督紀元稱為基督紀元。本書於讀者尚未習慣黃帝紀元前，暫時先使用此偽基督紀元，日後再伺

機改正之。

要談黃帝紀元，就得先從「黃曆」說起。中國區的黃種人早在夏朝（黃帝八四六年，基督前一八五二年）就開始使用黃曆，又稱「農曆」。若從夏朝算起，至今黃曆已使用了將近四千年，歷久不衰的原因就是合適方便好用。黃曆從發明的那天開始，直到民國一月一日才失去其正統地位，但取而代之的卻是不若黃曆實用的西曆——格列哥里曆（又譯作格里曆），還附送了一個胡編的基督紀元「西元」。從此，十六億漢字文化黃種人進入人格分裂狀態，過完西曆年又要再過農曆年。明明是正統幾千年來都有的大過年，現在卻畏畏縮縮地叫做「春節」，十二月二十五日要陪基督教國家過聖誕節，中秋、端午兩大節日又要看黃曆才知道是西曆那一天，這不荒謬嗎？簡直就是自虐，自己找罪受。

邁入新文明的第一階段前，建立更有生產力的新系統前，要建立起一套方便漢字文化黃種人的系統，將萬物再行審定命名，首先要從時間的紀錄、標準化開始，如此才能使十六億漢字文化黃種人如同一台有效率的大有機體，精確地運轉著。當然，並非將所有東西統一或標準化就是好的，也不是祖先傳下的千年傳統就一定不能改；不是曾完善修改過的就不能再改，也不是一味排斥異文化帶來的一切就是對的，但也不能來者不拒地挪用。

所謂「西元」的來源與缺點

基督元和基督曆，即所謂的西元、西曆，其實抄襲自埃及太陽曆。埃及太陽曆本來就不是最好的太陽曆。黃元（黃帝紀元的簡稱）三〇二二年，基元（基督紀元的簡稱）三二五年時，從埃及太陽曆略經修改而來的「儒略曆」成了羅馬帝國的國曆；之前認定是邪教的基督教，後來為羅馬帝國舉國上下改信，儒略曆也成為所有基督教國家的國曆。但以杜撰的耶穌出生年為紀元，則是在杜撰的耶穌基督死後五百多年才開始使用的；西元紀年，起源於基督教統治時代的羅馬教廷。黃元三二二二年（基元五二五年），來自巴爾幹的基督教神學家狄奧尼休斯・伊希格斯（Dionysius Exiguus）建議將耶穌出生年定為紀元元年，伊希格斯並推算、杜撰耶穌乃出生於羅馬建國後七百五十四年；但他的推斷，目前已被認為不準確。

「紀元前」是用 B.C. 來代表，「紀元後」是用 A.D. 代表；B.C. 是
Before Christ（基督前）的首字母縮寫，基督徒通常譯為「主前」；而
A.D. 則是拉丁文「Anno　Domini」（主的年份）的縮寫，基督徒通
常譯為「主後」。

雖然儒略曆連耶穌在哪一天復活的都算不清楚，卻於當時科技落
後、處於黑暗期的歐洲沿用了一千兩百年，直到黃元四二七九年
（基元一五八二年）才將許多錯誤改正，從儒略曆改為較精確的格列
哥里曆——有三百六十五點二四二五日，但紀元方式仍沿用想像中
的耶穌誕生年。然而，西曆目前使用的格列哥里曆比起其他曆法，
也並不比較高明；例如伊朗曆與回歸年的誤差，是十四萬一千年以
內為一天，格列哥里曆卻每逢五千零二十五年便誤差一天。格列哥
里曆的一年為三百六十五點二四二五日，平均回歸年為三百六十五
點二四二一九日，春分回歸年為三百六十五點二四二三七日，差異
看似微小，但用於未來的文明（例如星際旅行）會有很大的問題。

西元，是來自非信史的不科學起源，尤其是以人類文明史來看，涵
蓋年代不夠，基督前、基督後的換算使用非常不便。此外，西曆每
個月的天數長短不一，在實際應用上還不如中國農曆，農曆二十四
節氣春分夏至秋分冬至一清二楚。埃及太陽曆當初是方便居住在尼
羅河旁的埃及人，正如農曆方便了幾千年來住在東亞區的黃種人。
綜合以上所述可知，紀元曆法，無論是用基元或基督曆，都不是目
前最好最科學的。未來將會隨著人類的需要出現更新更好的曆法，
所有現存的曆法以後都會被廢棄。

為何漢字文化黃種人應停止使用西元，但可暫時使用西曆？
以「基元」（一般所謂公元、西元）而言，對於陳述記錄歐洲文明，
尤其是歐美強盜集團國等西北歐原野蠻民族短暫的文明史，以及少
於兩千年的基督教文明，是可以適用的，畢竟相對於世界其他各
古文明，基督教的文明較短。但基元對陳述漢字文化或其他古文明
國，例如印度、埃及、美索不達米亞文明區，完全是削足適履。漢
字文化的歷史紀錄遠遠超過基元紀元前，因此重新訂定新紀元，以
漢字文化黃種人歷史的起源點做記錄，是合理、合乎科學邏輯的，
且對漢字文化圈的人相當實用便利。

以「基督曆」（一般所謂西曆、公曆）而言，因地球的運轉並非是以一成不變的速度繞太陽公轉，而會受到行星及月球引力的交互作用，因此將來仍有變數。目前使用的時分秒，是以六十為「分」「秒」的單位，又以二十四為「時」的單位，但為避免混亂應改為十進位，就如同世界時區以英國為中心，經緯度雖已定好但不是不能改，像現用的十進位公尺就比英尺更適合全人類使用。

人類到目前為止已出現的曆法（原創發明曆法的只有華夏、巴比倫和埃及，其他曆法均為抄襲模仿），無論是西曆、猶太曆、中國農曆、馬雅曆、印度曆、佛曆、希臘曆、伊朗曆，都無法適應將來的新文明，因此目前不必即刻棄用西曆，它暫時堪用；但就算完全棄用西曆、用回黃曆也不是問題，反正將來會出現新的曆法。倘若棄用西元，立刻就會看見好處，不但不會造成漢字文化圈的不方便，更可以將黃種人悠久長存的漢字文明及其他文明，使用最方便最科學最精確的方式，加以學習記錄。

為何漢字文化要用黃帝紀元，而不用其他紀元？

歷史上，各國的紀元有很大的不同。古羅馬人以羅馬帝國建立時為紀元第一年；古希臘人以第一次舉辦古奧林匹克競技會那一年為紀元開始；俄國在黃元四三九七年（基元一七○○年）彼得大帝之前，都是以亞當、夏娃被逐出伊甸園做為紀元開始（即：黃元前二八一○年，基元前五五○八年）；回教國則以穆罕默德出生年為紀元；馬雅文化以地球毀滅結束做為每次新的紀元開始，上一次已是黃元前四一五年（基元前三一一三年），是他們開始在中美洲定居時，更前一次是黃元前八三○二年（基元前一萬一千年）冰河期結束時。世界上還有很多不同紀元方式，不勝枚舉。

至於中國，商朝因發現了甲骨文，已確定為信史。但若依《史記》記載，夏朝的建立為黃元九四七年（基元前一七五一年），而河南二里頭文化遺址的發現，再加上《史記・殷本紀》與甲骨文的記載大體相符，故《史記》對夏朝記載亦有相當可信度，因此目前在無新文物出現之前，也可考慮以「夏」做為信史紀元，既科學且可靠。意即，記載漢字文化的活動，至少要以夏朝做為紀元開始，但在目前的實際應用上仍以黃帝為紀年開始，會最實用最方便；之後，再

重新以最科學最精確的方式重訂黃曆,並善用文化力量,將最科學精確的新黃曆推廣至其他國家,對人類的時間記錄和對時間的使用做出貢獻。

也許有人會說,黃帝是神話,不足以做為定新元之基準,那,難道人為隨便訂定的耶穌出生年就不是神話嗎?難道《史記》比《聖經》不可信嗎?黃帝,是司馬遷所寫信史正史《史記》中,白紙黑字記載的人物,無論你信或不信,至少於信史正史中有憑有據。更何況,兩千年前的司馬遷,定是看過許多有關黃帝的史料,才能鉅細靡遺地寫出〈黃帝本紀〉及〈世系年譜〉,要杜撰到如此明確,其難度可想而知,可信度比起已知的杜撰基督紀元,不知高了多少倍。日本有神武天皇,朝韓有檀君,中國有更久遠的黃帝,蒙古人有成吉思汗,阿拉伯有默罕默德,再加上老子、周公、孔子、秦始皇。以對十六億漢字文化黃種人的影響而言,最有實質資格被當做紀元開始的,就是黃帝;且從歷史面來看,以黃帝做紀元也較簡易實用。

對十六億漢字文化黃種人而言,黃帝紀元使用起來比所謂的基督紀元更好用,無論是記錄、閱讀自己的歷史,或是討論西方史、希臘史的事件歷史,不再需要基元前幾年或是基元後幾年的算個半天,免除換算的不方便;尤其是討論中國史、日本史、朝鮮史等漢字文化,以及黃種人各民族國家史的時候,更是方便。黃元(黃帝紀元簡稱),不僅涵蓋目前已知的漢字文化全部信史,也涵蓋了美索不達米亞、埃及、印度等另三大世界古文明的絕大部分信史,以及之後的希臘文明、羅馬帝國、基督教、回教、佛教、印度教等各式文明形式實體。黃元的計算十分方便,且對於十六億漢字文化黃種人而言,在文化及學術研究上,於事件、人、時間的先後,都便於建立更清楚的概念。在漢字文化黃種人新文明出現前夕,先將時間紀元標準化、科學化的系統建置妥當,以科學實用的原則為十六億漢字黃種人及全球人類樹立新的制度系統典範,又能兼顧絕大部分人類的方便需要。

為何要用黃元,而不用其他三大世界古文明的信史起點為紀元?
十六億漢字文化黃種人是現今世界上最大的族群,自當給人類中最大的族群方便,更何況美索不達米亞、埃及、印度古文明目前的人

口，與十六億漢字文化黃種人口相去甚遠；況且，這三大世界古文明所使用的文字，都已經不是從前古文明時期所用的，不像黃種人的漢字一脈相承從未間斷，而且涵蓋了印度古文明史，對於近九億的泛印度人而言，用黃元來記錄、了解印度史，也相當方便。其實，現今的印度不像漢字文化般，幾千年來都是以同一種仰韶龍山夏漢字文化為母體核心，而且漢字千古不易，印度文化卻歧異多元。阿利安白人入侵定居主導印度北部之後，所謂的印度文明，早已跟印度原住民創造的古文明史完全脫節變質。

至於其他比黃帝紀元更早前的紀元，純粹是虛幻的訂定一個紀元，並沒有本國的文明或歷史活動伴隨（例如俄國舊紀元），但黃帝是實實在在寫於世界第一部編年史的信史《史記》之中，〈帝王本紀年譜〉裡寫得清清楚楚。黃帝比耶穌存在的真實性只高不低，若有人想否定黃帝的存在，首先要想想，司馬遷編寫《史記》時，他手上所有有關黃帝的資料，你看過嗎？

改成黃帝紀元的作法

初期過渡階段中，翻譯書當中寫有B.C.和A.D.的，應先行轉換為黃元紀元，另外加上基元前、基元後的注釋（請參考本文寫作格式）。所有用到紀元的年分，應改用黃種人的合理信史，意即以黃帝為本位的黃元幾年，而非公元或西元幾年。黃帝誕生年，據《史記》記載乃始於基元前二六九七年，因此基督紀元再加上二六九七，就相當於皇帝紀元；例如，西元二〇〇五年就該改成黃元四七〇二年。換算公式如下：

黃帝紀元年＝基督紀元X年＋2697
黃帝紀元年＝2698－基督紀元前X年

未來，至少在中國區，新發行的漢字書籍應全部規定使用黃元；過渡期間，可使用黃元基元雙軌制。此外，還要將之前已經出版發行的漢字電子書內容，均數位化，輸入漢字文化局中央電腦後（請看〈黃鼠狼〉篇），再以超級字詞搜尋引擎全面按以下原則，專人專則，一次性改正，改正實例如下：
黃帝生於黃元1年（基元前2697年）

耶穌生於黃元2698年（基元1年）

中華民國成立於黃元4609年（基元1912年）

中華人民共和國成立於黃元4646年（基元1949年）

西方工業革命開始於黃元44世紀（基元17世紀）

如此大張旗鼓改用黃帝紀元，不是耗費人力嗎？

我們除了要找回民族自尊，更要實事求是，給自己方便，增加生活工作效率。有人會問，黃種人用了百年基督紀元已經很習慣了，改成黃帝紀元不是很不方便嗎？那麼，當初從用了幾千年的黃曆改到西曆時，就很方便嗎？當初改穿西裝就方便嗎？當初從用了幾千年的文言文改用白話文，用於公文、歷史書上不是很麻煩嗎？

方便不是問題，以前媚西，盲目學西，無知不負責的領導、學者帶著一般人民走向錯誤，用了不方便自己、只方便別人的系統。現在的領導、學者就應負起責任，帶領人民選擇實用、方便人民提高生產力的系統。在西方國家蠻性不改之前，必須與其針鋒相對，「以德服人」對於這少數的西方人已證明不管用，只有建立更科學、更先進的科技系統與之抗衡，以智以力令這些少數的西方人折服——他們表面上大說神愛世人，裝成基督徒的善良面貌，實則只信物競天擇，欺壓弱小；又以假的耶穌出生年定為紀元，內裡的宗教政治因素，遠超過事實科學。

現代的漢字文化黃種人，將與全人類一起創造新文明。值此脫離人類文明史的黑暗期之前，這一百年來西化所帶來的一切，以及西化之前漢字文化的一切，還有全世界已存在的文明、系統，無論是要存、要廢、要改，都必須以提高精神層次或物質生產力為原則。許多提倡全球化的人，實際上，就是要全盤西方化，或是被西方化而不自知，令漢字文化奴化自己與世界接軌。難道，幾千年來一直位在人類文明頂端的漢字文化，一無是處嗎？還有，許多由其他人類同樣花上幾千年發展出的各種文化，如若通通一起滅亡，人類真的會過得更好嗎？難道人類只需要西方文明？答案顯然是否定的。全球化並不一定就是其他文明向西方世界接軌，西方，也得學學如何向別的文明接軌。

沒有任何系統、主義、法律，可以一成不變地適合不停變化（進化
或退化，端看如何定義）中的人類。已革過的命也有可能再被革
命，已習以為常的價值觀也有可能被推翻。因此，任何系統、主
義、法律等文化科技基礎，在當時誰該使用何種系統、各種事物如
何命名，主要仍應以當時能增進使用者便利及生產力，且不會帶給
別人害處，甚至能善化人類行為，來做思考取捨。時值漢字文化黃
種人有機會建立新文明的前夕，放棄褻瀆基督上帝、放棄人為杜撰
的偽基督紀元，將是重建黃種人史觀的地基，是參天大樹的根本。

作者註：關於黃帝紀元始於何時及換算方式流派甚多，本文提供其中一種方法，作為讀者
參考。

住在香港堅尼地城卑路乍街，不到五歲的李瑪麗，母語廣東話說得還不流利，但從三歲起就被送入英語（英基English Foundation）幼稚園。出生前，她爸媽就決定用英文 Mary 為她取名，並且直接音譯為瑪麗，她的父母總覺得這樣比較跟世界接軌。在父母的期望下，她從英基幼稚園一直念到英基中學畢業，她努力結交白人朋友，並且越來越討厭她那黃皮膚黑眼珠、行為舉止都很「中國」的爸媽，甚至以他們為恥，只因他們說的一口蹩腳英文。她甚至也有點瞧不起美國人，尤其是「有色人種」的美國人，除了因為他們說的不是「道地英語」，她也說不出原因，她就是對他們有一種厭惡感。直到她在澳洲念書，在雪梨的一班火車上被四男二女的白種「澳洲人」痛打，還罵她是亞洲狗，叫她滾回去，她才黯然地回到香港。

李瑪麗故事的前半段，也就是香港的部分，天天都在世界各地上演。無數的小孩為了學非母語的英文，從小到大，每個月不知道花多少時間在學英文，在準備英文考試，甚至就業之後還要去英語補習班報到。為什麼要如此？為了更好的前途？為了賺更多錢？很多人認為，不學英文就無法與國際接軌，還舉出新加坡及香港這兩個最英語化的國度與城市是何等成功為例──國際化、全球化，要與世界接軌，就要學英文講英文。孫中山、

黃鼠狼

用母語吸收人類全部文明的成果
廢英文教育

胡適、徐志摩、福澤諭吉、李光耀、甘地、翁山蘇姬,這些「偉人」名人哪一個不是放過洋喝過洋墨水,隨時都可以來上兩句英文。跟他們一樣不好嗎?全世界的國際交流場合都講英語用英文,全世界都變成一九九七年之前被殖民的香港,不好嗎?家長、學生、所有人和整個社會都付出了巨大的成本學習英文,值得嗎?如果不學,可以嗎?我們要好好地探討一番。

為什麼英語在全世界到處橫行?

英國擊敗了西班牙無敵艦隊,建立起大英日不落帝國。大英帝國及其後裔美國因使用武裝暴力殖民,成為世界首強,使英語成為全球唯一國際交流語言,世界各國獨尊英語。從英國崛起至今不過短短三百年,英語在全世界到處橫行,就是因為英語系國家有錢有槍,在前英後美軍事力及經濟力的壓迫下,大家都只能看其臉色。

在一次和二次大戰期間,英語系主力國家美、英、加、澳、紐、南非本土均未成為戰場(二次大戰前的加、澳、紐、南非,都屬於大英帝國),其土地資源、資本財富、總國力居於獨強地位,導致二次大戰後能夠到處旅行的,大多是英語系人民。美國,則是戰勝主力國之中,本土唯一毫髮無損的國家,戰後又大量接收大英帝國創造的英語資源,使其英語勢力因而更加坐大。此外,大英日不落帝國時期,曾於地球各地建立非英語系民族殖民地,諂媚英美的各地殖民地高官富人、旅遊業者,無知到為了利益及虛榮心,以為講英文就等於脫亞入歐、脫非入美,輕則變洋買辦,重則變香蕉,外黃內白,不自覺地在旁擊鼓為英語助威,由此更加助長了英語的勢力。CNN電視、BBC電視、好萊塢電影、Window、Apple、Android電腦作業系統、MTV音樂電視台、Google搜尋引擎、Facebook社交網站、Discovery Channel、National Geographic Channel、Billboard排行、Grammy Award、Acdamy Award獎項、Time雜誌、New York Times報紙……各種眼睛看的耳朵聽的手邊用的媒介,無一不被英語系國家(尤其是美國)壟斷主宰。即使是位於美國紐約市的「聯合國」,其官方語言雖有好幾種,但實際上使用的還是只有英文,且書面語是以英式英文為主,可見超強美國不忘其文化祖宗。

對英語的一些迷思

1.使用英語就是文明的表徵？

英國曾號稱日不落帝國，以海上強盜、陸上屠殺發家立業，殖民地曾遍及全球。但全世界大英聯邦國協，除了澳、紐、加等英國直系子孫區可稱「文明已開發」，其他非英國人的異族地區雖然被英國殖民，為何只有新加坡及香港變得「文明」富裕？這值得探討。

現在仍屬於大英聯邦國協的國家（由英國，及前英國殖民地組成）如迦納、印度等，法定語言為英語，印度甚至還實施英美式民主系統，比起新加坡及香港的英語化可說更勝一籌。但以西方的標準來看，當然還是新加坡及香港比較文明，可見文明不文明，跟英語無關；也有人說，這兩個地方一直是英國資本大量直接集中及建設的重心，因此它們才會有今天。事實上，英國投入其他轉口要塞城市的心力如加爾各答、好望角，絕不少於新加坡及香港。但今日的新加坡及香港，其文明的程度，早已超過了包括英國在內的所有大英聯邦國協國家。這兩個地方有個共通點，那就是都屬於漢字文化區，而漢字文化的特色之一就是包容性極大，短期內就可適應、吸收各種文明，並將之本土化。

2.懂英語，比較容易吸收全世界的知識？

就目前的世界而言，懂英文的確比較容易吸收全世界的知識，但這個世界上有多少母語非英語的人，能夠輕而易舉就把英文學到接近母語的程度？多少母語非英語的人能夠閱讀英文毫無障礙？大多數漢字文化區的人如日本人、韓國人、台灣人，從幼稚園、小學開始學英文，放學後還要補習英文，一路升學考英文考到大學畢業，甚至去了英美留學，說出來的英文依然是半桶水。喝過洋墨水的「精英」尚且如此，更遑論一般人。學了一輩子的英文，絕大多數的人最後只能用英語跟美國人進行日常對話三分鐘，就無話可說了。將近十六億的漢字文化黃種人何必如此折騰自己，學了一輩子的英文，也沒體會到英語系文明的精華，只是浪費時間金錢人生罷了。

孫中山、胡適、徐志摩、福澤諭吉、李光耀、甘地、翁山蘇姬這些民族洋買辦，確實透過其英文能力引進了西方的許多舊知識，令其成為漢字文化區的新知識，做出了他們個人的貢獻。可是，對一個擁有將近十六億人、而且一直居於世界文明頂端的漢字文化，這種

只靠少數精英不停抄襲、引進其他文化科技思想，不求自己創見的方式，只能是漢字文化於過渡時期的權宜手段。我們看看近代三百年來全世界的洋買辦，哪一個對全人類有過重大的發明貢獻，以及自己真正的創見？他們都不過是鸚鵡學語，把西方的東西搬過來而已。有些小國或是小群體，人力物力文化力缺乏，仰賴洋買辦有其不得已的苦衷，但如果龐大的漢字文化也要靠洋買辦、要靠全民學英語，那無異自掘自己文化墳墓，自取其辱。

縱觀科技發明史、思想革命史，絕大部分的發明家、思想家都是以自己的母語來思考創造，來學習並書寫其創見，可見母語的重要性及便利性。漢字文化，上萬年來一直居於世界頂端，憑藉的是漢字母語，憑藉漢字母語來創造發明；不是靠著抄襲引進，而是以漢字母語創造出諸子百家的精妙思想，同時又以漢字母語吸收異族文明，將之進行再創造，例如引進佛教，便是將經書漢字化，而非全民學梵語。

3. 英文輸入，對於電腦效率比較高？
我們先比較一下目前世界上最多人使用的兩種語文——漢字象形字，以及英文拼音字：
●要表達同樣的意思，以目視文字了解的時間而言，漢字快。
●在完全能辨識的程度下，以手書寫速度而言，漢字快。
●在完全能聽懂的範圍裡，以最快速度說話，漢字快。
因此，以正常人對正常人的溝通表達而言，漢語漢字比英語英文字快。

當有了電腦鍵盤輸入法之後，漢字似乎比拼音文字的輸入慢上很多，但這不是漢字的錯，而是輸入方法的錯，只因現今的電腦是文盲低能電腦，聽不懂正常人說的話，看不懂正常人寫的字。早晚有一天，電腦（也許不再是電腦）至少可達到正常人在聽、說、讀、寫的能力，甚至可收集分析五官等各種感官傳遞訊息的能力。既然漢字在目視、書寫、會話方面都更有效率，當然會更適合將來更加人性化的電腦。漢字漢語無論是在人與人的溝通，或是人經由電腦溝通，都會比英文更有效率、更有生產力。

4.漢字需要保留嗎？其他語言文字文化需要保留嗎？

世界現存的六千五百種語言（每年消失數百種），全球同化為以英語為唯一主導語言文化，不是很省事嗎？如此一來，連微軟的windows視窗作業系統都可少做好多不同版本，更不用做複雜的日文版（因為必須混合漢字、平假名、片假名、英文擬聲外來語，還要加上英文字）。難道，因為漢字漢語最有效率，就要排斥其他低效率的語文嗎？以全人類的長久根本利益而言，全球有更多的多元文化、多元語文會更好，所謂兵來將擋水來土掩，我們無法預知長期的未來需要什麼，像昔日漢朝人挖到石油，還嫌弄髒了手呢，羅馬帝國的人哪裡會想到當時還全身包裹著獸皮的日爾曼人、央革魯傻個遜人後來會發跡，而且還懂得做賓士（朋馳）車呢？因此，只有留住最多的可能，才可能應付未來的許多不可知，才能最大程度保障全人類利益。任何現在看似非強勢，或被認為落伍的語言文化，人類都該努力予以保留、保存、保護，任何語言文字都可能是將來最有效率、最能開啟未來的鑰匙。

恢復漢語漢字應有地位　全面使用漢字母語學習

當你跟別人吵架、交流、談生意、戀愛還要用別人的語言時，你將永遠得不到完全的自信、自由與自尊，尤其是國家與國家之間，民族與民族之間，種族與種族之間，還有個體之間的對話交流。說著自己不熟悉的英語去跟英國人吵架討論，永遠達不到完全自尊。人口眾多的漢字文化圈，若要達到完全的自尊、自信，必須忍短痛破除與世界（英語系白人占優勢的世界）接軌的迷思，廢除有害的強迫英語教育，恢復漢語漢字應有地位，全面使用漢字母語學習。

漢字文化開始學習「胡語」的最原始動機，是因為看見西方的船堅炮利，因為科技不如西方，從此進入百年的扭曲方式的學習──百年來，全民學英文，導致近十六億人的人生浪費，以及人格扭曲。如今，西方的船堅炮利、工業革命也進入了高原期難有大突破，漢字文化黃種人亦對西方的各種科技思想，了解（或誤解）得相當透徹，漢字文化已經來到科技迎頭超前突破的過渡期，的確該回到發展的正軌了，也就是完全母語化，再度開始創造發明，並對全人類做出新貢獻。

全面廢除英文強迫教育的意義

全面廢除英文強迫教育，有以下許多層面的意義：

1.經濟性、實用性的意義

漢字文化，完全有能力將目前已有的科技文明，以自己的母語加以傳播、學習、流通。要讓世界先進文明徹底母語化，就該拋棄全國學英文、浪費人力物力的強制教育作法；這種強制的英文教育，經常讓人產生媚外、喪失民族種族自信心的副作用。與其讓如此之多有錢、才識卻不夠的庸才出國留學，製造出一堆半桶水的洋買辦，讓他們仗著半生不熟的英文招搖撞騙，還不如讓世界先進文化徹底落地生根，讓一般貧下中農子弟，只要受過基本中文教育，就可學造火箭，甚至創造更先進的科技。

2.政治性、先進性的意義

要在漢字文化圈，率先建立世界語言平等的示範，讓中文、英文、日文、德文、法文、西班牙文、俄文及各種語文，在漢字文化圈都可享有平等地位。以中國為例，所有路標皆改成可變式萬國語文顯示板，只要戴上特殊電子眼鏡或感應裝置，駕駛人、行人、地鐵公共交通乘客，都可看到他們所選擇的語言文字，讓各國人士不需懂得聽讀寫英文或中文，也可輕易地在中國旅行。海關申報及各種涉外申報也採萬國電子申報裝置，經過這些安排，可將中國建立為第一個對全人類、各國、各民族、各種族一視同仁，友好旅遊居住的樣板區。

3.文化性的意義——強制恢復漢字文化應有的自尊自信

藉由廢除強制性英文教育，也就代表強迫英美各式牟利文化侵略工具如 CNN、BBC 等媒體、好萊塢的電影，停止在漢字文化圈灌輸許多無益全世界大部分人類的西方思想。全面廢除英文強迫教育，等於是建立一道防奴化、防污染的防火牆，使得漢字文化圈的下一代，從小愛護自己的文化語言。

成立國際漢字翻譯局

在全面廢除英文強迫教育之前，要先成立國際漢字翻譯局，專事翻譯漢字文化圈以外、所有值得翻譯成漢字的出版物品，並負責設計

與翻譯為漢字過程中所有相關的軟體硬體（軟件硬體），例如可變式萬國語文顯示板、萬國電子申報裝置、網上翻譯軟體、萬國語言文字翻譯機等。

外文翻譯的原則

1.外文音譯的原則

以Anglo為例，兩音節，「Ang安」—「Glo各落」，要能有一套對照系統。模擬外語音的漢字盡可能選擇最簡易、最少筆畫的字，例如Kennedy照音標念為「Ken-Ne-Di」，就不該翻成刻意美化、複雜又難寫的「甘迺迪」，應譯為「甘乃狄」比較好；但若是要科學系統化，這樣譯還是不行，要誠實地依照原音直譯為「肯尼狄」。對於有些過去已翻譯、但不符國際漢字翻譯局翻譯系統的名詞人名（尤其是已被大量使用、且已成習慣的人名），過渡期間，可附上原漢字翻譯和原文行之，例如：「肯尼狄」（甘迺迪J. F. Kennedy）。翻譯時，應盡量簡化，能用「一」就不要用「伊」「壹」之類複雜或難見的字，歧視字一律改正（改正對異族的所有歧視命名），而且不要對歐洲白人自我中心式命名法冤冤相報。

2.外文意譯的原則

漢字文化圈裡的各國均應成立翻譯局，對於歧視漢字文化的不實漢字翻譯，一律修正新字詞。若是國際漢字局沒有處理的字詞，就要提出申請，不要逕行自行翻譯，要經翻譯局比較後，選擇最佳翻譯。

要做到書同文，自然有多種漢字譯名要統一。將外文譯為漢字應皆同字同名，但不該故意用不好的字予以醜化，例如把美國譯成黴國，英國譯成陰國，德國譯成倒國，但也別像當初翻譯梵文的佛經一般，將「阿彌陀佛」直接取自賣弄玄虛的音譯，放上與真正意義完全風馬牛不相干的字，故作深奧，欺負貧下中農文盲。直接意譯不就很容易懂嗎？就像英文的Good Bye不譯成「再見」，偏要譯成「古的白」，還說這樣念才有感覺，才有原來的魔力，根本就是唬人。

漢字很豐富，有極大的新組合及拓展性，但必須由國家單位來執行漢字統一。應訓練各種外語及涉外翻譯專才，至於國內教育則完全不需要教英文，國際漢字翻譯局應把所有有用的書籍，上自天文下

至地理全面漢字化、標準化，以方便漢字文化黃種人學習。還有，電影電視應盡量以母語配音，讓使用漢字之人只需憑藉母語，就可吸收、並表達人類全部的文明。

（作者註：本書某些篇章的文字，故意採用醜化的譯名，有其特殊用意）

3.更正推翻以西方為中心的命名法

以「亞洲」的命名為例，無論是漢字文化圈或其他亞洲國家，例如印度、泰國、阿拉伯國家，沒有任何一種文化具有亞洲概念說法。西歐人如同古代的漢人劃分中華夷狄那般，以西歐為自我中心，非歐即亞，非文明即無知，非基督教的信仰則是異教迷信，是一種胡亂的二分法命名，將整塊大陸的非歐洲白人一網打盡，胡亂照著自己的優越感及想像力，胡亂命名為「亞洲」。

其實從來就沒有什麼亞洲，有的只是「神州」。西歐白人自己高興以西歐為中心的命名法就隨他們去，你叫我狗我叫你豬，禮尚往來。這種情況好比中國以前以自我為中心，稱別的民族為夷狄、加狗字偏旁一般。以前的錯誤全部要更正，無論是古代的漢人還是現代的英國人，只要是對其他人類不懷好意、非實事求是的命名，都該指出他們的錯誤，並更正之。

漢字翻譯成外文

翻譯，是全面廢除英文強迫教育的計畫中，非常重要的部分，因此翻譯上有些原則一定要掌握，才可令近十六億的漢字文化圈各行各業之人，於吸收人類全部文明的過程中學得透徹、學得快，能馬上應用並加以改善，啟發出新的發明及思想。另外，中文譯成外文，也要掌握一些原則，例如：「龍」在中文裡的意義，不是英文的Dragon，因而只能音譯為Long；如果英文裡沒有等同意思之字，就不要硬譯。國際漢字翻譯局，必須主動提供各種語言翻譯的合理正確對等字，方便需要使用的人上網搜尋，並提供軟體即時翻譯更正校對；若有新詞，經國際漢字翻譯局收集之後，參考不同譯者意見，定出標準翻譯漢字，並提供給需將漢字譯成外文的工作者。尤其是針對歷史遺留下來的一些特定翻譯詞，更應該主動推廣其正確的外文翻譯字詞，例如全球最高峰，藏語原本就叫做「珠穆朗瑪峰」，清朝地圖也是如此標示。後來，印度人發現其為世界最高峰之

後，為了討好英國上司，以其英國上司之名命名為「埃佛勒斯」，之後經去函通知大英帝國地理學會更正，仍舊死硬不改，西方世界便以訛傳訛稱其為埃佛勒斯峰。一座世界最高峰，西藏人、黃種人乃至全人類心中的聖山，卻以一個不相干的英國殖民者為名，這種情況便需要中國強勢地做為重點，予以更正之。

萬國語文翻譯機

萬國語文翻譯機，將會是世界語言文化語格平等的重要發明（未來可內置於耳內）。這種可隨身攜帶的翻譯機，可以是電腦或非電腦裝置，對於各種語言的聽說讀能力均如人或更勝於人；可讓各國之人使用各自母語，不經任何其他語言，就可完全即時溝通。雖然現在還沒有，只要有心全力研發一定可完成。初期也許局限於最多人使用的幾種語言，後期則可擴充至更多語言，如此不但有利世界語言平等，也有利於世界和平。

今日，漢字文化圈要恢復漢字及漢語應有的地位，便需從堅持使用漢字及漢語做起。要逆轉目前獨尊英語的局面，推廣人類多元文化觀，漢字及漢語必須做為人類各現存語言文字的中流砥柱，完全拒絕國際化、全球化變相挾帶的英語化及語言人格奴化。更要全面廢除有害的英文強迫教育，全面使用漢字母語學習，如此對全體人類的文化多樣性，對未來未知的適應性，以及全人類的根本利益，有百利而無一害。

放眼今日世界，英語極為強勢，如若英語系國家能夠善待非英語系國家，國際交流都使用英語，自然是可以接受的過渡作法。只可惜，英語系國家卻恃寵而驕，得了便宜還賣乖，目中無人。絕對的權力，足使任何有人性的人變得野蠻動物化；因此，為了全人類的根本利益，在進入新文明的前期，必須建立起一股足可和英語系國家在軍事力、經濟力、文化力上相平衡的力量。目前，一般以英文為母語的人大都可輕易取得他想要的知識，可完全以英語輕鬆地相互切磋學習。試想，如果近十六億人的漢字文化圈也如今日英語文化圈一般，完全只用自己的母語進行學習、研究、發明，將會激盪出多少腦力靈感！未來，更有國際漢字翻譯局、網上翻譯軟體，萬國語言文字翻譯機的輔助，將能幫助漢字文化圈的人們輕易吸收、

了解別人的文明，還可避免今日英語系國家那種出於目中無人的無知，而導致的野蠻行為。

人類的學習過程十分複雜，若有能力多學習不同語言絕對是好事，但必須以個別興趣及專業發展為基礎，而非強制性地將英語學習變成強迫教育。對於絕大部分的人而言，還有什麼學習會比藉由自己最親切最熟悉的母語，學得更快呢？要達到這個目的，首先就要先全面廢除有害的英文強迫教育。

附錄：世界十大最具影響力的語言
以下排行根據自喬治・韋伯（George Weber）《最強語言：世界十大最具影響力的語言》一文，刊載於《今日語言》（Language Today）（1997年12月，第2期）。

（一）依母語使用人數排名

1	漢語	11億
2	英語	3.3億
3	西班牙語	3億
4	印地語／烏爾都語	2.5億
5	阿拉伯語	2億
6	孟加拉語	1.85億
7	葡萄牙語	1.6億
8	俄語	1.6億
9	日語	1.25億
10	德語	1億
11	旁遮普語	0.9億
12	爪哇語	0.8億
13	法語	0.75億

（二）依第二語言使用人數排名

1	法語	1.9億
2	英語	1.5億
3	俄語	1.25億
4	葡萄牙語	0.28億

5	阿拉伯語	0.21億
6	西班牙語	0.2億
7	漢語	0.2億
8	德語	0.09億
9	日語	0.08億

（三）依總使用人數排名

把第二語言使用人數加上母語使用人數，可得出以下排名

1	漢語	11.2億
2	英語	4.8億
3	西班牙語	3.2億
4	俄語	2.85億
5	法語	2.65億
6	印地語／烏爾都語	2.5億
7	阿拉伯語	2.21億
8	葡萄牙語	1.88億
9	孟加拉語	1.85億
10	日語	1.33億
11	德語	1.09億

（四）依使用國家數目排名

1	英語	115
2	法語	35
3	阿拉伯語	24
4	西班牙語	20
5	俄語	16
6	德語	9
7	漢語	5
8	葡萄牙語	5
9	印地語／烏爾都語	2
10	孟加拉語	1
11	日語	1

（五）綜合排名

綜合六大因素（母語使用人數、第二語言使用人數、使用國家數目和人口、在國際使用該語言的主要領域數目、使用該語言的國家的經濟力量，以及社會與文學聲望），得出以下世界十大最具影響力語言，按評分依次排列：

1	英語	37
2	法語	23
3	西班牙語	20
4	俄語	16
5	阿拉伯語	14
6	漢語	13
7	德語	12
8	日語	10
9	葡萄牙語	10
10	印地語／烏爾都語	9

誰長得美，誰長得不美？有無絕對客觀的美？美，能被計算量化嗎？這是人類美學永遠值得研究爭論的課題。什麼美，什麼好，在不能量化之前都是極度主觀的。美，不一定有客觀標準（也許有），但一定有主觀標準（也許將來可被科學化的量化，但不在此書討論範圍），美或不美的判斷，與許多因素有關，例如先天自我意識裡認定為美的人、事、物（有人天生就比較討厭黃色），也有後天的因素如權勢、財富、時代背景的影響，以及嬰兒期和成長期留下的潛意識。

老，長了皺紋，就一定醜嗎？觀點決定了對人、事、物的感受，對歷史人物功過對錯的判斷，低鼻、高顴骨、單眼皮、細眼、黑髮、黃皮膚……這些黃種人的形象特徵，從什麼時候開始被黃種人自己貶低？黃種人從什麼時候開始，普遍認為自己不若金髮、碧眼、白膚、高鼻、窄臉那麼美？音樂上，從什麼時候開始認為嘻哈（Hip Hop）、搖滾（Rock and Roll）、浩室（House）等類型音樂，就是新、就是時髦，而陝西秦腔就是老掉牙、就是落伍？傳統漢字民俗愛大紅、大黃、大綠，不好嗎？秦俑、唐三彩人俑、古仕女圖、各朝皇帝皇妃畫像，美嗎？漢字文化圈的文學家，得到以西方價值為文學喜好取向的諾貝爾獎肯定，就是好嗎？得到奧斯卡獎真的就是世界上最會拍電影、最會演戲嗎？以西方白人

人老珠黃　建立黃種人新美學

美學為基礎的諾貝爾文學獎、奧斯卡獎、普立茲獎等各種獎，頒給了許多醜化歧視「非西方」白人種族的文學、電影、新聞報導，他們可曾頒給徹底醜化歧視白人，觀點對西方不利的文學、電影、新聞報導？

試問，有多少漢字文化黃種人想過，自己似乎是在追尋一種永遠無法全面做得比西方白人更好、更美的規格標準，芭蕾舞就是一個例子；芭蕾舞追尋的美學，根本與黃種人的基本體形、頭形、生理等格格不入。還有，在黃種人世界流行的整形、豐胸、美白、變眼色、染髮也是。美白，你白得過白人嗎？豐胸，有幾個黃種女人的胸可比白種女人大；比身高，平均身高矮上十公分，既然白的是鶴，黃的是雞，就該盡量宣揚雞之美，而不是把雞硬生生打扮成鶴，或整形成鶴，再怎麼努力，雞也無法完全變成鶴。誰規定，白高鶴一定比矮黃雞美？可以去問問未受任何偏執美學主觀污染的幼兒，就可知道。會覺得白高鶴美，那都是被各種西方白人媒體廣告宣傳影響的，是他們用軍事政治經濟力打造的時代文化背景，所扭曲造成的。

美學觀點與有自尊的生活息息相關，是西方白人價值觀自認優越的最後一道防線，唯有超越這道防線，黃種人及其他非西方或非白人的人類，才能擁有完全自信自尊的生活。因此，以黃種人的長相、

明治天皇西化前，穿著的是
正統大和民族帝王服飾。

明治天皇易西服西髮，
是黃種人有史以來首度
臣服於西方白人美學。

體型、生理、文化為本，應在衣著、化妝、舞蹈及各種藝術上建立
起新的黃種人美學，對於黃種人能否獲得全面幸福生活是非常必要
的。

我們不需徹底否定西方白人美學，但是趨炎附勢、錦上添花其觀
點，只會讓自己的自尊受害。各種人類各有自己的多元美學，並不
衝突。

人種美學可以跨越國籍，但國籍不可跨越人種美學。在目前西方白
人美學當道的大勢下，一個來自落後烏克蘭的白人「醜」女，還是
會覺得自己比任何一個日本「美」女美得多，而這種「主觀美」的
比較，存在於種族與種族之間，並不會因日本進步，日本人就可以
脫亞入歐，脫黃入白。在美的認定上，所有同膚色同種的人都是同
呼吸共命運，無論是何國籍，總分享著同樣的待遇。

西方白人美學成了普世美學標準
香奈兒（Chanel）品牌，代表的是品味還是設計實力？是超高品質
材料的使用，或只是炫目的虛榮感？這些時裝和化妝品在西方媒體
主導促銷下，為購買其商品的人帶來虛榮及自我安慰感受，即使有
一天出現功能材質更佳的其他產品，甚至售價只有香奈兒的百分之

一，購買香奈兒商品的人也還是不會去買，只因消費者堅持自己的
美學價值觀。

這種受到西方各種形象廣告帶來的美學觀點，以及對有關白種美
女、巴黎紐約等所有「美麗」形象的想像，究竟會不會動搖呢？日
本女人能否堅持對香奈兒如宗教信仰般狂熱的購買慾？假若有一天
當她們知道，她們為了虛榮而耗費一個月薪水所買的香奈兒皮包，
是在河南養豬欄隔壁的小作坊製作的，那個價超所值的美金三千元
皮包，是由一個全身髒兮兮、剛餵完豬、上完廁所、也沒洗手的小
女孩，幫她們製作的；一個窮苦、只求每天有一碗飯吃的十一歲小
女孩，因家裡窮、父母去了上海做民工，她因家中臥病在床的祖母
沒有醫藥費，只好不去上學、一針一線認真地縫製著香奈兒皮包，
以賺取每個包包零點五美元的收入。如果日本女人知道了這些事，
她們還會買嗎？她們會不會動搖對香奈兒的熱愛？

一大堆這類的名牌商品，在巴黎、紐約的四季時裝秀中，設計師藉
著「美麗」高挑的超級模特兒（白人模特兒占絕大多數）展示時裝
及化妝髮型，即使是黃種人設計師三宅一生、山本耀司、Anna Sui、
Vera Wang 等也不例外，仍然得依循西方美學觀點，以使用白人模特
兒為主。如此頌揚出來的白女人美的形象，牢不可破，造成百年以
來，黃種人一再追尋不符合自己族群生理體型的美學標準，一再肯
定、跟隨白人族群生理體型的美學觀點。

曾經是鬼的西方白人美學，之所以成為普世美學的原因

西方白人主觀的美學觀點，變成普世美學觀點，其形成原因並非來
自於美的客觀標準，主要還是來自近三百年來，西方白人掌握了權
勢（軍事力、政治力）、財富（經濟力）、先發文化（文化力，例如
語言文字的優勢），因著這些優勢，從而產生了白人自己的優越感，
也同時造成了許多其他人種的自卑感，對黃種人國家的影響，尤其
是在八國聯軍及日本戰敗後。

現代認為的白人之美，在歷史中曾有這樣的記載：「清國駐英公使郭
嵩燾使夷邦，被同鄉士人及朝中士林不屑，稱之為未能事人焉能事
鬼，卸任回鄉之時被認為沾洋氣（犬羊獸性），焚其輪，郭噤不敢

八國聯軍（一九
○○年）前的光
緒皇帝和珍妃。

問。」當時正值大英帝國的全盛時期，清國人尚如此看待西方洋人，
更遑論清朝之前的「中國人」了。義和團，代表了最後一代歧視西
方白人的運動，在那個時代之前說你長得像洋人可說是奇恥大辱。
出洋相是表示像洋人的面相一樣醜陋奇怪，因而對洋人的描述通常
是鷹鼻貓眼；昔日對今日黃種人所羨慕的金髮碧眼，不但不屑，還
比之為貓狗般的野獸動物。日本人在明治維新之前看法大致與中國
人相同，甚至到二次大戰前都還有「鬼畜英美」的說法。從八國聯
軍前幾千年的過度自大，到日本戰敗後的過度自卑，從「鬼畜英美」
到「超英趕美」，大部分黃種人對白種人的看法有了戲劇性轉變，而
這過程只經過了不到一百年。

打破美學已然全球化、東西交流平等的假象

深受西方白人美學奴化的無知黃種人，最容易使其產生自慰心理
的，莫過於少數黃種人在西方白人主導的世界裡，能獲得一些代表
最高藝術（通常是主觀的藝術，而非客觀的技術）成就的獎項。但
這其實並非因為他們是黃種人之中最優秀的，通常只因為他們最符
合西方白人於政治文化藝術方面的獵奇心態，而且最終只能是陪襯
點綴，不能成主導。

這些獎項創造了西方無私接納黃種人的種族文化平等假象。雖然個
別的得獎者受到無知、無自信的黃種人媒體過度渲染，盲目吹捧這

些個別的黃種人得獎者在西方白人主導的世界裡，成就是如何如何的高。事實上，這些個別得獎者的小小成就，一來對人類整體文明沒有什麼影響創新貢獻，二來對西方白人主導的世界也不過像個小石頭被丟入汪洋大海。這些在黃種媒體上被過度渲染吹捧為英雄的這些黃種人，又有幾個西方人認識他們？雖然這些在西方世界獲得肯定的黃種人，他們付出心力所獲的成就值得肯定，但要增進黃種人在這個世界的整體形象，絕不能只仰賴這些鳳毛麟角，黃種人不需要依靠西方白人的肯定才敢於肯定自己，尤其身為大型黃種人國家的黃種人。

黃種人否定自我內心的美學母體，是注定自卑的死胡同

看看現在地球人的生活，各式各樣的廣告都在告訴我們同一件事——什麼才叫享受成功，最成功最享受的人生就是擁有以下特徵：健康、年輕、有錢、有豪宅名車、有私人飛機、能到處旅行、全身裝扮西方名牌……這些東西，其實不少黃種人都有，但有一樣即使是華人首富李嘉誠也得不到，那就是對自己黃種人形貌的自信與自傲。金髮藍眼又說著一口優雅英語的白人（是否為英裔不重要），生活在全球最美的金字塔頂端，西方白人媒體廣告推波助瀾著這些形象表徵，更是讓各族裔人人崇拜羨慕。許多黃種女人恨不得抱緊貝克火腿（Beckham）、不賴的窩（Brad Pitt）的白大腿，除了少數有自覺的人，其他人如果有能力也會或多或少盡量讓自己的生活形象往此靠攏。

多金的英語系白人帥哥美女形象，一直深植黃種人心中，但金髮藍眼的白人形象是天生的，此種優越的自尊是努力不來的，再有運氣也做不到。非白種人的其他種族，不打破這百年來的美學迷思，就無法在整體民族種族擁有衣食無憂生活之餘，擁有想要的自尊。這種自尊，是金錢財富所買不到的東西，是來自整體民族、種族的形象，這種形象帶給每個民族種族內的每個人，一份藉以生存的自信感。這種心中最深處的自尊，正是幸福生活的最終要素，而此終極美學於自我形象上的肯定與自信，比黃白種人於物質生活方面的平衡更難達到。像是已經非常富裕的日本，仍有許多人想把自己變成美國白人、美國黑人的樣子（其實，選擇美國黑人仍然只是選擇美國白人的一種變形而已），有了經濟力、但軍事政治文化卻仍被美國

出現在現代廣告中的白人俊男美女，這些頌揚西方白人的美學已成為普世審美標準，但其實並不適合黃種人。

殖民，日本便是「對自己與生俱來黃種人形象感到自卑」的實例。

黃種人如東京人，或新加坡人、香港人，經常堅持源自西方的所謂「品味」，例如嫌中國農民、民工土裡土氣，較西化的黃種人，歧視較不西化的黃種人，這種扭曲自我美學價值觀的現象，在西化的浪潮中屢見不鮮。這些較西化的黃種人有否想過，這種扭曲的美學價值觀，其實等於否定自己內在根源的黃種漢字文化美學母體，而注定陷入潛意識深處因否定自我所產生的自卑感。黃種漢字文化美學，是漢字文化黃種人因著氣候、文化、生活、黃種人面貌、體型、生理等綜合因素，發展了萬年而來的。但自明治維新以來，漢字文化圈的黃種人，從和服到西裝，從看白洋人是猴子到為追求高鼻大眼去整形、走上不適合自己生理體型的變態審美觀。大和民族的明治維新，為西化易服易髮，否定自己與生俱來特徵所帶來的服裝、髮型、美學；但如果這麼做得以增加民族種族自尊也就罷了，偏偏卻走上黃種人再美、也美不過白種人的死胡同，一條注定自卑的死胡同。

我們必須拿掉西方白人靠著經濟、軍事、政治、媒體強勢幾百年來建立的西方白人美學所帶給黃種人美學上的桎梏，我們必須重建黃種人自我的美學觀，以免永遠得不到來自種族、民族、國家最深根

處的自信自尊；若缺乏對自己與生俱來在形象及生理上的自信自尊，縱使物質富足、精神自由，也仍舊無法於整體生活生存上得到最大的自由。

如何重建黃種人自我美學觀點

1.發展經濟力和軍事力

重建黃種人美學觀點前期，首先必須在各黃種人區全力「超歐趕美」地發展軍事、政治、經濟力。為何大清國和以前的黃種人會覺得白人等異族長得像猴子，是披髮左衽的蠻夷？人們否定異族的長相穿著，只要長得和自己不一樣，就以偏見歧視的觀點說非我族類，原因之一，就是他們渾身上下有股牢不可破、源於自我中心的優越感，而這優越感來自當時擁有強大軍事、政治、經濟力做後盾。以大清國康熙時代為例，當時光是大清國就占全世界生產總值的百分之五十，有人有物自然有能力建構軍事政治力。今日風水輪流轉，黃種人也被西方白人中心論者認為是非我族類，逆轉原因就是當時黃種國的核心主力，即清國的軍事、政治力已然不如西方，之後，日、韓、台又紛紛成為美國的衛星國、保護國，自此，「亞洲」成了美國軍政經文的半殖民地；兩症併發，導致黃種人的漢字文化美學自信全面崩盤。由此我們知道，種族對種族的平衡，光靠經濟力是不夠的，必須伴隨著軍事力、政治力、文化力才行。

2.全面廢除英文強迫教育

今日的英國，影響力已然漸走下坡、綜合國力大不如前。今日的英國人，只是曾經富貴一時的敗家子，他們靠著祖先的遺產度日，面對非英國人（尤其是非白人）時，卻仍總是流露其種族民族暗藏的優越感；面對其他民族種族的人，如低智兒童說著他們的母語時，好的則抱持憐憫姿態，心地壞的則傲慢不睬、一副高人一等的姿態。因此，我們必須全面廢除英文的強迫教育，給予各語言如中文、馬來文、英文、日文、德文、法文、西班牙文、俄文等相同的地位。

3.控管西方白人的喉舌與美學教育

必須控管西方白人的喉舌，停止讓他們宣揚西方白種人充滿種族歧視的偏執美學觀點。意即要對國際雜誌、電視、電影等各式西方媒

體加以控管，從種族國家的高度由上而下，在教育、媒體方面施行
控制，有計畫的安排，必須矯枉過正地扭轉回已經被扭曲的觀點。
此外，也須在日常生活的服裝穿著、髮型、音樂上，同步引導媒體
及教育，務求從根本的基礎幼兒美學教育開始，多加展現黃種人的
形象，多加展演最適合黃種人的演出形式，以建立符合黃種人膚
色、聲音、生理體型的美學觀點。至於西方白人的喉舌，可於黃白
平衡之後再予開放。

4.選擇適合黃種人體型的藝術表演形式

黃種人的體型，並不適合追求西方白人帶來的所有藝術表演形式。
一些以西方白種人體型、長相、生理特徵為基礎、而定下好壞標準
的表演藝術（例如芭蕾舞），我們應該放棄追求，或是另起爐灶、另
定好壞標準，將之棄於黃種人的美學文化之外。

5.不能只是一味崇古

不可逢白必反，逢黃必擁，而要吸取全體人類進化的精華。像是依
白人生理體型自然發展出的西裝、燕尾服，這些服裝的原始裁剪設
計美學本依白人體格而建立，黃種人卻左支右絀地放在自己身上，
然後穿著這種沒法突顯自己文化特色的西裝，面對「英」明「美」
麗操著標準英語的英美人，說著自己那一口半生不熟的英文……這
樣一來，當然很容易因自卑而奴化。我們不需要走回頭路，堅決不
穿西裝、燕尾服，非要穿回長袍不可，而是要站在自己的美學觀點
上改進吸收全世界人類文明的成果。

6.製作工藝及藝術相關技術，必須全面達到世界最高水準

必須發展符合黃種人美學的工藝技術，然後達到世界最高標準，才
能體現出絕對黃種美學的美，而非製作出工藝技術低下落後、而只
想用阿Q精神戰勝法則，盲目、固執、肯定自己認定的美。例如
拍電影這件事，不能光靠民族精神一味肯定自己人所拍出的電影，
而是必須在攝影、錄音等硬體及使用技術上超前，且不能只是以一
兩個黃種人、再加上百分之九十九的好萊塢技術工作人員的方式超
前，一定要技術超前、內涵超前，並且以黃種人為技術工作人員主
力，才可能讓黃種人的美學觀點有自己穩固的基礎。

不要冤冤相報、又搞現今西方文化美學霸權那一套

要打破近代黃種人在美學藝術方面需先受到西方白人認可的可悲宿命，我們得必須重新思考、選擇性地接納西方白人發展過程中的藝術及美學觀點，不需有樣學樣、削足適履甚至東施效顰，而是要取其精華去其糟糠，發展出肯定自我的特有美學價值及藝術。

要打破目前只以西方白人美學文化觀點為完全主角的局面，要打破黃種人文化只是偶爾跑龍套的點綴現況，那麼我們便不能只是在西方白人建的屋子裡擺一些紅肚兜、紅燈籠，放一些黃種人的特色裝飾，就因此感到很光榮。而是要依照黃種人自我的美學文化觀點，建立起屬於我們的美學藝術大屋，依黃種人自我形象的文化觀點來建立由我們自己主導的世界性媒體，發出黃種人的聲音，建立黃種人的形象。

少數個別的黃種人，他們於藝術方面的成就之所以受到西方肯定，背後實有著各式各樣的原因。但光憑這些人的成就並改變不了今日黃白形象的大局，黃種人必須在經濟、軍事、政治、媒體上達到全面強盛，復興創造黃種人自己的美學觀點，才可能做到黃白平衡，進而有實力做到促進世界全人類多元美學的建立與平衡，達致包容接受和互相欣賞的人類美學新文明。

要心存善意地打破自己與別人的主觀，不抹黑別人、但也絕對不需要貶低自己，更要記得提攜弱勢族群的美學觀，以提倡各種族平衡的多元美學為己任，不以單一族群的價值觀為唯一的追尋方向。如果不想盲從地被迫進入西方極短樂、極無望的世界，便不應一味自吹自擂加自慰，固執地強調東方文化有多美有多好，而應該用各種努力累積的力量，有計畫有步驟地打破西方白人美學。

黃種人不單要打破令黃種人歧視受害的白人美學階級觀念，自己也要打破歧視其他種族美學觀念的陋習。自己種族民族所受的苦、所受的美學壓迫，必須止於自己，而不是一旦拿到優勢，便如同從前的西方美學霸權那般，冤冤相報，走上歧視否定別人的路子，沒完沒了。黃種人要下定雄心與善心，讓此種美學歧視、侵略、壓迫的惡性循環，在黃種人的手中停止。

你喜歡可愛的米老鼠（Micky Mouse）還是史瑞克
（Shrek）？超人（Superman）還是蝙蝠俠（Batman）？
《星際大戰》（Star Wars）還是《阿凡達》（Avatar）？
《鐵達尼號》（Titanic）還是《亂世佳人》（飄，Gone
with the Wind）？總有一個你聽過或喜歡的。

從《哈利波特》（Harry Potter）到《變形金剛》
（Transformers），從《魔戒》（The Lord of the Rings）到
《神鬼奇航》（Pirates of the Caribbean），《玩具總動員》
（Toy Story）到《獅子王》（The Lion King），好萊塢（荷
里活，Hollywood）的電影明星及動畫明星，就等同於
世界電影，全世界的大人小孩都看得如癡如醉，即使角
色、影片各異，但它們背後卻都飄揚著美國影像霸權
──好萊塢的身影。

以影史上最賣座的一百部電影為例，幾乎全都是美國片
（或是美國控制發行的英國片），其中具有「美國白人
英雄拯救全人類概念」的至少就有二十五部，而黃種人
英雄只有一個，正是那滑稽搞笑的「功夫熊貓」（Kung
Fu Panda）。這絕非偶然，而是充分反映出美國白人對自
己擔任世界救世主的自信。白人喜歡看白人英雄，天經
地義，倒是非白人坐在影院裡，看著自己非白人的同類
被消滅、被歧視，卻仍照樣為那些拯救全體人類的白人

黃色電影

重塑黃種人形象

英雄歡呼，這就是美國好萊塢電影的力量。

喝飲料時，你可以說可口可樂不好喝；吃東西時，你也可以說麥當勞不好吃，但是眼睛看到、耳朵聽到的一切，卻避不開美國的高科技文化輸出如電腦的視窗（Window）、蘋果（Apple），以及谷歌的安卓（Android）系統，因為它們代表了人類目前於文化科技的最高水準。而美國的所有高科技輸出，最具洗腦作用、最殘害人類善良新文明的，莫過於美國好萊塢所創造的各式各樣白人英雄（含動畫），以及其中貶低和醜化其他文化及非白人的意識型態，這也是美國價值觀的核心劣根性及盲點。丑角或變態弱智的亞洲人，殘暴的阿拉伯穆斯林，在好萊塢電影的傳播下深入各民族人心，導致許多人毫不懷疑地通過好萊塢電影扭曲的西方白人觀點，來觀看、認知這世界。

我們常聽到各國電影人（如法國、韓國）要政府立法，以抵抗美國電影的入侵和壟斷，可是我們卻從來沒聽過要抵抗美國詩歌的入侵和壟斷。原因在於，電影是商業與藝術兩股力量的結合，足以超越語言文字，在視覺與聽覺的結合下帶出其影響力。二次大戰後，美國的盟友國家之中不知有多少人長期被好萊塢的美國價值及美國人的優越感洗腦，種下了歧視所有非美國白人的潛在觀點，甚至還因長期習慣了好萊塢美國白人的觀點，連自己文化裡好的東西也瞧不起。

「黃色電影」是什麼電影？情色還是色情，都不是，是重塑黃種人形象的電影，是闡揚黃種人觀點的電影。世界是什麼，黃種人應有自己的觀點及視角，對於歷史上發生過的人、事、物應有自己的史觀。可是在西方百餘年來的洗腦下，許多黃種人像瞎了眼，盲了心，只知對西方白人觀點亦步亦趨，甚至以西方白人觀點來看自己、看自己的同類，以及其他非西方白人的族群，對於西方影像媒體醜化黃種人的形象，很多黃種人不但無知無覺，有時甚至還為其幫腔，為其作嫁，侮辱了其他黃種人，最終也等於是自取其辱。

黃種人自毀形象的實例層出不窮，他們侮辱了包括自己在內的黃種人形象，這種時候，必須有更多基於黃種人觀點及全人類根本利益

的電影、影像媒體力量來平衡。對於好萊塢以電影及相關媒體控制世界的惡勢力，黃種人必須在自己的國家進行反控制才行。要建立黃種人的美學觀點，必須從讀的文字（中小學以下應廢除英文教育）、說的語言（中小學以下應廢除英文教育）、視覺（平衡西方影像媒體）、聽覺（平衡西方音樂聲音產品）四頭並進，意即在電影及視覺媒體的抗衡上需有作為，不能任西方影像勢力為所欲為。

好萊塢電影霸權的建立

好萊塢帝國（Hollywood）的建立是憑藉政府國家的力量，並非偶然發生，也不是靠著市場機制形成，更非自由開放貿易的結果，現在則成了美國對外宣傳統戰的工具之一。一九二〇年之前，法國電影占了美國百分之五十以上的市場，戰前，美國內外市場均面臨法國、義大利的優勢，於是對內以各種貿易不公平手段限制對手電影進口，同時垂直整合美國主要片廠所擁有的戲院，控制絕大部分影片的發行上演；對外，則廣設直接控制對方發行上演市場的發行公司。

華爾街的資本，加上美國政府的配合，還有美國電影製作和發行協會的努力，成功地在一九二〇年之後將法國電影漸漸逐出美國市場。二次大戰後，美國電影輸出協會也藉著美國政府在政治、外交與國際貿易的力量，為其電影業護航，一個是為市場、一個是為意識型態輸出，各有所圖，皆蒙其利。美國最終壟斷了全球的製片業，還有發行與映演業，終於征服世界。對於這種依靠政府及資本主義聯盟所形成的電影力量，黃種人也同樣需憑藉相同手法才能加以反擊。

被扭曲的黃種人形象

黃種人的形象在好萊塢電影中，從早期的蘇絲黃（Suzie Wong）到陳查理（Charlie Chan）幾乎都是病態猥瑣的形象，再加上後來的小丑反派罪犯等角色，一直少有堂堂正正的形象，甚至就連好萊塢電影有史以來最正面的黃種人角色陳查理，本該是法律正義化身的探長，也因其言行怪異反成丑角。好萊塢電影中的種族歧視概念，則在傅滿洲（Fu Manchu）這個角色上達到污衊的極致，傅滿洲簡直集合了所有美國白人對黃種人最惡毒的偏見及想像。在眾多較有影響

傅滿洲（下）這個角色集合了美國白人對黃種人的極惡偏見，華裔女星黃柳霜（上）則多次飾演好萊塢電影中的辱華角色，他們都代表了華人的負面形象。

力的西方製作、華人為主角的電影中，具有自尊的華人角色就只有後期的李小龍、《末代皇帝》的尊龍，以及《臥虎藏龍》的周潤發，可是他們本人也都無奈地飾演過帶有黃種人負面形象的角色。

好萊塢電影對黃種人及其他非西方人的歧視，由來已久，也從未停止；從一八九四年默片時代裡華人洗衣店開始便持續到今，平時對黃種人客客氣氣的白人導演，拍電影或製作新聞報導時依然會展現出白人優越感，因為這才是他們內心真正的想法，因為這才是真正的人性，這才是真正的世界真相。畢竟，人類和平平等的假象，甚至就連在最單純的奧林匹克體育競技場上都做不到，更別提其他的情況。這麼一來，一般黃種人與白人交流時，潛意識裡亦普遍感覺得到自己是被歧視的，因此，黃種人要重新建立起自尊的形象，就必須靠自己的努力。

為何一定要改變黃種人這一代及下一代的影像環境

電影《末代皇帝》是一部講黃種人故事的經典電影，但一群黃種人演員（無論是大清國皇帝或宮女）卻全都講著蹩腳的英文，劇中還不忘大大美化皇帝的英國白人家教一番，意指大清國皇帝經過了無比聰明的白人老師啟蒙，學習了英文，才開始脫離弱智，才開始脫

離大清國傳統的陋習，似乎只有這種充斥白人英雄及觀點的黃種人電影，才能從好萊塢走向世界。這不啻是在說，全世界各民族及種族若想了解其他民族，還得看這種經美國加持後的電影才行。一個民族、國家、種族的歷史，如果必須經過英文的翻譯、英語系國家的認可，才能被世人以西方白種人的觀點了解，豈不荒謬？

影像不像歌詞是比較沒有文化隔閡的，它可以藉由導演、剪接者的觀點，輕易影響改變大部分人的觀點；尤其對於不求甚解的人而言，好萊塢創造的偽歷史也被當成真歷史，環繞在我們及下一代之間的全是英語系人的觀點，這等於是天天被洗腦一般。兒童時期看卡通，青少年時期看音樂電視（MTV）頻道，從小看好萊塢式的感官電影，成年後看英國廣播公司（BBC）、美國有線新聞網（CNN），以及一些比較具深刻思想的好萊塢電影……黃種人從小到大、周而復始地被這些英語系影像觀點一再洗腦，自然而然，當看到美國白人追殺印第安人的情節時，不但不會生出同為黃種人或者人類的基本同情心，甚至還崇拜那些白人英雄。

在英語系獨霸的影像環境裡，黃種人的下一代不假思索與毫不懷疑地接受了許多否定黃種人自我形象的觀點，不管是善惡之分，愛情

功夫片影星李小龍（上）及《臥虎藏龍》裡的周潤發（右下），是好萊塢電影中黃種人正面形象的代表。

形式，對人類人道價值的觀點，看歷史的角度，對異於自己的民族及種族形成偏見，甚至歧視……這些潛移默化早已深植於不求深思的人們心中。因此，英語系國家（尤其是美國政府）極力推行的西方價值，確然是人類邁向新文明的絆腳石。如今的好萊塢，雖然隨著美國國力下降，以及為顧及在各國的市場與票房，已經開始出現一些比較正面的形象，但仍不脫對異族的刻板印象──其權宜討好作法是，將越來越多的反派及敵人，換成了不會抗議的外星人，然而其中危害人類的西方白人價值觀及盲點，仍舊絲毫未改。說穿了，只要英語系國家依舊在軍事經濟力方面獨霸，就不可能有任何實質的歧視觀點改變。

我們不用太在乎西方白人如何看其他民族，也不必期待好萊塢電影中一貫傳遞的種族偏見哪天可以大徹大悟，因為無論是好萊塢電影，或是其他為英語系國家喉舌的影像媒體，自會宣揚英語系價值觀，這就是人性。最重要的是，非英語系族群要有自己的觀點，來看這些鋪天蓋地而來、為英語系國家喉舌的強勢影像媒體，如此，自然能百毒不侵。而要建立起自己的觀點，除了從教育著手，從現在開始改變黃種人這一代及下一代的影像環境，也是非常有效的方法。

為英語系國家喉舌的主要影像媒體

美國前國務卿季辛吉說，中國如果像西方報導描述的那樣，早就垮臺多次了。可見，這些為西方喉舌的媒體是如何不懷好意別有用心，像是英國廣播公司（BBC）、美國有線新聞網（CNN）的報導，往往居心不良，且伴隨著無知的偏見盲點。美國前總統小布希，曾經想轟炸位於卡達（Qatar）首都杜哈商業區的半島電視台，因為半島電視台呈現了非美國白人對伊拉克戰爭的觀點。

●英國廣播公司BBC

這是對全球覆蓋的新聞節目，有一大部分的經費來自英國外交部，前英國首相色查夫人（又譯柴契爾夫人）曾公開聲稱，BBC擔負著國家對外戰略任務。因而可說，在BBC內部工作的，除了少部分極有良知的英國人，其他無知或有意的英國人、英國買辦，能不幫英國執行各種宣傳嗎？不可能。

●美國有線新聞網CNN

從建立開始，就一直與美國政府合作，以得到第一手新聞。CNN在美國對伊拉克的波斯灣戰爭時，因為跟進跟出，而打下了名聲。但，若沒有美國政府的安排與協助，CNN是不可能辦到的，從此很自然地成為美國白人觀點的喉舌。

●音樂電視MTV

很多西方節目表面上追求好玩、愛音樂、愛世界大同、世界村的理念，骨子裡卻在鼓吹那既得利益者的白人文化——一種沒有牽掛、自然而然的不事生產，長期享受、浪費胡鬧的文化。在這些節目裡，例如之前的「龐克低PUNK D」教人胡鬧到處噴漆；「強女孩POWER GIRL」教年輕女孩成群出遊，做社會的敗類寄生蟲；「音樂電視MTV」頻道，有不同人種、民族之間的約會設計，他們似乎在追求人類和諧，實際上是想解決英美境內都有的種族問題，刻意為那些居劣勢的少數或主流權力的弱勢族群，製造平等假象。只要看看全美、英、澳、紐究竟有幾對男黑女白在一起，就可明白什麼才是真相。

這些逆反生產力的分子，以及對此種生活的鼓吹，其實，對曾經因紀律而富強的美國影響並不太大，畢竟之前已然中規中矩建立起國家軍事機器、國家經濟機器、國家政治機器，而且有效地運作多年，已然非常成熟，其國家基礎建設已完成，現在當然有老本負擔得起一些負數、負生產力的行為。但是對大部分的黃種人國家而言，在過渡階段期間，這種教導負生產力、寄生蟲行為的媒體節目必須加以輔導。青少年就像一張白紙，寓教於樂需謹慎，不能任這些初衷是娛樂紓壓的節目、電影、聲音、影像，一再於潛移默化之中，宣傳不利全人類根本利益的思想及觀點。

●探索頻道（Discovery Channel）、國家地理頻道（National Geographic Channel）不好嗎？

無論是探索頻道或國家地理頻道，除了科普教育節目，各種旅遊節目中總可見到那些真洋人及洋買辦主持人，在介紹旅遊所至的當地國家人民及其食衣住行時，似乎總看似客觀地在風景地理介紹之間，對這些國家的人文政治經濟採取西方英美式專有的批評貶低觀

點，不自覺地也引導觀眾經由這種扭曲觀點看待這些國家。真洋人有盲點很自然，倒是有很多黃皮膚的假洋人及洋買辦，到了西方（尤其是美國）留過學之後，因為沒有自己觀點，只好以自己在美國學到的美式偏執觀點（而且是半桶水），指三道四地批評自己國家民族種族，並也以同樣的觀點批評其他國家民族種族。因為，他們總覺得自己有世界觀，以美國人自居，來看這世界；用這種方式主持節目已是為害甚大，更別說剪輯影片時，影像自是完全以西方觀點呈現。

電影及影像媒體中的洋買辦現象

為以上西方白人喉舌影像媒體工作的黃種人，比比皆是。他們為了生存成為洋買辦，為西方白人的自尊與利益努力工作；有時，洋買辦們是為了自己及家庭不得已而為，但若是毫無自覺、還沾沾自喜於自己手上這份高尚的洋工作，渾然不知自己這是在助紂為虐，那就太無知了。因為這些宣揚西方白人價值的喉舌媒體，幕後的黑手正是他們那危害人類整體利益的大老闆。以黃柳霜（Anna May Wong，1905-1961）為例，做為第一位美籍華人好萊塢影星，生在美國排華的年代是她的不幸，選擇演辱華電影是她的無奈與悲哀。中國當時的國民黨政府、影評人和觀眾，更將她視為以性感魅力引誘西方人的低賤東方女性代表。據傳，黃柳霜曾說過：「即使我不演，也有別人會去演。」她說出了許多洋買辦屈辱求名求利求人生價值的心聲。究竟是黃種人的背景帶給了她屈辱的一生，還是她助紂為虐侮辱了黃種人全體，這對很多人而言是雞生蛋或蛋生雞的問題，但洋買辦就是洋買辦，無論是委屈的還是自願的。同樣的，如果是有辱西方白人的電影，則沒有一個西方白人演員會參演，這就是從電影誕生至今，於西方白人各種影像媒體的強勢之下，黃種電影人及影像媒體人的悲哀。

黃種人要如何才能擁有塑造自己形象的力量

未來的影像媒體，將會從3D走向虛擬的全感官影像（Virtual Reality），勢將在視覺上會有更新突破，以追尋感官感受娛樂的極致。然而，影像媒體不只是為了傳達動物性的娛樂，還要能感化人心。無論技術如何推進，但人性的呈現永遠是不變的命題。黃種人要掌握塑造自己形象的力量，不僅要仰賴影像技術超前於西方影像

工作者，同時更需在整體軍事經濟文化力上對西方超前，影像實力的建立又分成硬實力、軟實力兩方面——

1.硬實力

硬實力必須由國家級力量投入，才有可能打破英語系白人在電影及影像媒體的壟斷。表演人才及影音製作技術的突破，還有國內外製作發行宣傳放映的建立，每一個環節都需要大量的資本與國家的規畫。文化力雖重要，但在新文明來到的過渡階段裡，這項實力仍然得置於軍事力及經濟力之後；也就是說，一定要先發展出能於西方白人的軍事及經濟壓迫中自保自衛的能力，之後再來談文化力，否則無異是事倍功半。

2.軟實力

黃種人若要發展自己的喉舌媒體，展現出非英美的觀點，並加以宣揚傳播，必須從針對所有電影人及影像媒體人觀點的教育做起。只有當大部分從事影像媒體的黃種人，不再盲從於西方白人觀點，他們口中說出來的故事才不會人云亦云，影像也才能跳脫出西方白人中心式的盲點。

日本新力（Sony）雖買下美國哥倫比亞（Columbia）電影公司，但哥倫比亞電影公司的電影依然照樣呈現英美觀點。就算日本人買下整個英國的戲院，英國人寫的劇本、製作的影片，也不可能幫日本人做宣傳。因此，日本新力雖買下主要的創作製作工作人員都是美國人的哥倫比亞電影公司，哥倫比亞電影公司依然是一家不折不扣的美國公司。同理亦可證於 CNN、BBC、Discovery Channel、National Geographic Channel、MTV Channel 等英美影像媒體，如果主要的製作工作人員、主編等人不是受過全人類史觀教育，不是心存為全人類根本利益著想的想法，就不可能穩定展現出全人類的觀點。

因此，黃種人若想發展出自己的喉舌媒體，值此新文明未到的過渡階段，必須大量教育下一代的影像媒體人真正的黃種人新史觀，而且要從小學教育開始做起。但是，並不能只是灌輸反西方的觀念，而是要以人道思想為教育目標，才會讓下一代將來不被黃種人的盲點所遮蔽，並且對自己身上那不同於西方世界的史觀有信心，不至

於步上西方白人影像霸權主義的後塵。從小開始教育黃種人史觀，在這新文明來到之前的過渡階段確有其必要性，對全人類史觀的培養，以及對各式影音媒體所傳訊息的判斷能力，還有如何自我免疫於西方白人的有害史觀，都有著決定性的教育作用。如果黃種人缺乏自己的史觀教育，又毫無自覺，美其名看似與世界接軌，其實依然盲從於西方白人的觀點而活。

三百年來，英語系國家的影像媒體，隨著國家以強大的軍事政治經濟實力，施行帝國主義、殖民主義，其所跟隨散布於全球的軟實力是不容易動搖的。但若從中文為母語近八億人的實力，相較於以英文為母語的近五億人來看（據一九九二年統計），若隨著黃種人總體經濟力的迅速增長，仍然有機會打破一面倒的壟斷。再加上，以其他語言如以印度語為母語的也有三億六千五百萬人，這些母語大族群也會因其民族本土意識與人口迅速增加，大大削弱了原英語系國家影像媒體獨占全球化的優勢局面。但，絕不能只要求做到像今日西方白人的影像帝國殖民霸權主義那般，不但應該學習掌握西方在影像上的所有商業、藝術技術，最重要的是，在製作影像時要能走出西方白人式的盲點，而不再重複同樣的人類劣根性。「英雄造福人類」的想法早就該拋棄，黃種人並不需要為反制在白人影像作品中出現的這些英雄，也創造出一些黃種人英雄，並加諸歧視白人的觀點來「以怨報怨」地表現；而是應該看得更遠，將白人虛假的救世主形象打倒或平衡消弭後，觀念更先進地於影像上宣揚人本思想，無論是對白人或黑人，都不應有一絲歧視他人的想法，這才是黃色電影可以超過美國式西方電影的一種呈現方式。

我們必須改變全體人類已被西方白人觀點所洗腦的局面，尤其是被英美洗腦了三百年的意識型態。但，要改變西方英美人深植人心的主觀談何容易！然而，為了全人類的根本利益，縱然是精衛填海、愚公移山，也要將石頭一塊一塊地搬；更何況，如今有知識、也有財力的黃種人也不會是精衛愚公，西方觀點也不見得就是太平洋、西藏高原，只要黃種人文化一直秉持著善良史觀，一直吸收及代表全人類最先進的善良文明，隨著黃種人綜合國力不斷提升，西方白人也必須學會要尊重別人的觀點，全體人類各自對事物的多元觀點必將可被大量呈現。

若能打破目前西方白人觀點，以及來自英美，或各式各樣一言堂的意識型態，不僅對非英語系國家民族種族的人類有好處，也能讓英語系國家的人民慢慢意識到，自己必須正視面對新人類文明的大潮流。倘若仍一心一意想保住少數西方白人自私自利的優越感和既得利益，最後勢將淹沒在全人類覺醒的海嘯浪潮之中。

當一九九六年亞特蘭大奧運採用歐洲「謎」樂團
（Enigma）的歌曲〈反璞歸真〉（Return to Innocence）做
為宣導短片主題曲時，台灣原住民阿美族的郭英男憤怒
了，因為這首歌的主旋律及人聲，完完整整盜用了郭英
男於一九八八年受法國文化之家邀請、前往法國表演台
灣原住民歌曲〈老人飲酒歌〉的演唱錄音。但其實他大
可不必生氣，因為「謎」的製作人 Michael Cretu 本來就
是以盜用他人（尤其是原住民）音樂起家，甚至於名利
雙收（唱片銷量達六千萬張）；而且，正因為他慧眼盜
用的「善行」，創造了在這世上唯一真正流行過（一千
兩百萬張銷量）的純黃種人歌聲與歌曲。

連這唯一真正流行過的純黃種人歌聲與歌曲，依然是被
西方音樂人及唱片公司所加持過，這絕不能被當做是黃
種人對世界流行音樂的貢獻，而感到沾沾自喜。全世
界，有將近二十億生活在不愁衣食世界的黃種人，但對
於世界流行音樂文化的原創貢獻之少（幾乎等於零），
真可說是人類流行文化史的一大「奇蹟」。

一九六四年，英國音樂偶像代表「披頭四樂團」
（Beatles，甲殼蟲樂隊）的歌曲——〈黃色潛水艇〉
（Yellow Submarine）、〈昨天〉（Yesterday）、〈嘿裘〉
（Hey Jude）唱得舉世風行，而這些只是英語系國家成千

黃
色
潛
水
艇

黃種人未來的音樂

台灣原住民郭英男所演唱的《老人飲酒歌》曾被 Enigma 樂團盜用收錄於專輯中,並創下全球銷售六千萬張的紀錄。《橫跨黃色地球》為台灣魔岩唱片所發行的郭英男專輯之一。

上百首樂曲在世界流行的代表。一次大戰後,流行音樂盛行,對很多人產生很大的心理影響。雖然關在象牙塔裡的許多學者,都習慣稱呼流行文化為次文化或青少年文化,但文化就是文化,爛文化、好文化都是人類喜好及思想所呈現出的總體行為與結果,誰主誰次並不一定,在人類的不同階段,主也會變次,次也會變主。

英語系國家(尤其是英國和美國)的流行音樂加總,等同於二戰後流行音樂的同義字。英語系文化幾乎壟斷了世界商業音樂市場,從爵士樂、藍調、搖滾樂到電子音樂,無不經過英語化才能流行於全世界,而其他非英語系國家只能跟在後面模仿、抄襲。

黃種人西化前的音樂

以漢字文化黃種人的音樂為例,在古中原區曾有源於本土的古樂,最早的樂器有古琴、竽、磬、簫等等。孔子聞韶樂,三月不知肉味,並非感於純音樂之美,而是認為可善民心、移風易俗、教化人民。事實上,古樂技術低下,形式貧乏,直到漢武帝時張騫引進胡樂,眾樂官如李延年對胡樂進行抄襲模仿,中原音樂的表現力才開始豐富多彩,節奏明朗。隨著兩千年來,胡人的凋零,中原人把這些胡樂據為己有,自然而然,古樂加胡樂,便成了中國傳統音樂;

一九六〇年代，英國披
頭四（Beatles）樂隊
的歌曲，成為英語系國
家流行音樂風行世界的
開端及代表。

胡琴、琵琶、胡笳、羌笛引進後反而喧賓奪主，成了後來中原區的
音樂主流。

黃種人音樂的洋買辦

一大堆各國的音樂創作人，美其名為創作，實則為音樂洋買辦，只
能模仿、抄襲，黃種人更是幾乎完全喪失原創力（其實，漢字文化
黃種人在音樂方面，於引進抄襲胡樂前後，一直沒有什麼長進）。以
全世界人口最多的華語音樂區為例，自有流行音樂以來，其中心從
十里洋場的上海轉進到台灣，一次大戰後至今，出現了數百萬計的
各色流行歌，但若將這些歌曲其中的中文去掉，將純音樂擺上世界
流行音樂舞台，還能稱之為原創的部分非常少，而屬於原創、又能
在世界流行的完全沒有，這是一種音樂上的奴化與能力技術的低劣
化。

以流行歌曲為例，音樂的洋買辦也跟其他類型的洋買辦具有相同特
徵，有不知羞恥抄襲西方的東西，說成是自己創見的；也有奴化的
音樂人以為自己懂一些西方音樂的皮毛，便沾沾自喜自以為洋氣
的……黃種人音樂裡的洋買辦現象，充斥在所有的黃種人國家。西
方用音樂帝國主義來羞辱、殖民其他國家，這些洋買辦不但沒有自
尊或無知地被殖民，而且還自覺或不自覺地當起西方音樂的馬前卒。

無論是最先引進英語系國家的各種流行音樂，並加以模仿抄襲的二
手貨西化日文歌曲，或是將西化的日文歌引進，然後模仿抄襲成三

手貨的台灣國語歌曲（一九九五年以後，再加上抄襲，以模仿拼湊嘻哈 Hip Hop、饒舌 Rap 及電子舞曲為主的英美化韓文歌 K Pop），或是引進台灣美英日韓化的國語歌曲、再模仿成四手貨的中國流行歌曲……從日本到印尼，從台灣到泰國，如果有所謂的音樂殖民帝國主義，在古典音樂方面，黃種人還可勉強說是被西方「半殖民」，畢竟仍有一些古典民族樂器曲如民族音樂、民歌、戲曲、原生態音樂的留存，還能撐起民族古典音樂的本土地位；但在流行音樂方面，則已完全淪為英語系國家的殖民地，這即便不能說是幾十億黃種人的恥辱，也仍是幾十億黃種人的悲哀。

黃種人對流行於世界音樂的原創貢獻，幾乎是零

目前流行於世界、被全世界人類廣泛愛好喜歡的音樂，無論是傳統古典音樂或是流行音樂，沒有任何一個是源自黃種人；反觀，白人、黑人、印度人或土耳其人，他們無不對目前流行於世界的音樂有貢獻。拉丁情歌、黑人爵士搖滾樂、印度 Goa 電子舞曲，各種膚色各種民族所創造出來的各式各樣音樂，都在世界各地為全人類所欣賞，唯獨黃種人缺席。因此，在古典音樂方面，以及一次大戰後的非古典形式音樂，幾十億黃種人對世界流行音樂的原創貢獻，幾乎等於零（只有一個例外，那就是郭英男）。

西方古典音樂奠定了西方音樂殖民霸權的軟硬體基礎

西方古典音樂能占優勢，不只是文化審美觀的不同，而是在音樂作曲技術、音樂豐富多樣性，以及樂器使用表現力方面遙遙領先，而目前用這種配器形式的音樂，已經無法突破。其他非西方的古典音樂，在表現力方面能與西方古典音樂類似、足以構成交響樂表現力及其綜合結構的，只有中國的民樂（幾乎全部源自胡樂）了。中國在一九四九年之後，也確實將中國民樂的表現形式可能性做了徹底研究及實驗，並得到了非常大的成果，甚至能用中國的民樂演奏西方交響樂，對於中西古典樂器的各種新組合（例如鋼琴配胡琴），也有許多成果。但這些對民歌、戲曲、原生態音樂、民樂的努力，卻在改革開放之後令人們漸漸視之為老土，這是因為帶有各種西方形式的中文流行歌曲及音樂，開始大量湧入。殊不知，這些中國民樂及歌聲本質，才是黃種人在聲帶及共鳴結構獨特性方面的絕佳呈現，就像西方古典音樂的聲樂亦來自白人聲帶及共鳴結構的獨特

性，硬要黃種人去學去模仿，只能事倍功半，且結果常常是畫虎不成反類犬；就如同白人來唱中國的民歌，可以有不同樂趣，但往往無法原汁原味，也是一樣的道理。

黃種人的古典音樂，例如中國的民樂、日本的能劇、印尼的甘美朗，這些都有自己的獨特性。但相較於西方古典音樂，黃種人的古典音樂在全人類的古典音樂世界中，已完全淪為徹底的小配角；甚至，即使是在自己的國家，也遠不如外來的西方古典音樂受歡迎，已然成為在極少數人之間流傳而已。

拒絕再當地球音樂的寄生蟲

過去，黃種人因戰爭關係在軍事方面敗下陣來後，便開始從經濟、政治直拖累到食衣住行育樂，自甘為奴，只求溫飽。黃種人開始自暴自棄地將西方的所有東西，無論合不合適，全都放在自己身上、放入自己腦袋裡。僅僅一百年，黃種人已被西化所奴化，失了志氣，已習慣被西方白人領導，做西方白人的跟屁蟲，而非領導西方白人，讓西方白人跟在我們後面學習。西方發明的音樂及樂器當然大可拿來用，但若只是在音樂內涵及形式上求模仿，黃種人的音樂依然不過是地球上音樂的寄生蟲。

以黃種人之中最早開始西化的日本人為例，許多日本音樂人如此地想變成西方人，穿得西化，彈唱的都是西方音樂的日文版，但依然在世界流行音樂上沒有任何具分量的貢獻。原因除了黃種人共有的基本體質基礎與西方音樂並非自然混成，難以在其上突破之外，主要的問題仍是自甘墮落。絕大部分日本人（少數例外，例如坂本龍一 Ryuichi Sakamoto）甘於當音樂上的劣等民族，不思創造，抄襲模仿成風，這也是重要原因。這一堆音樂奴才，就連與世界原創音樂人爭雄的一點點志氣也沒有，對人類音樂文化貢獻也完全沒有理想，總是自慰式地引進各種形式的西方音樂；第一個引進、並加上日文歌詞的，還經常無知地以為自己真的原創了什麼，其實這只能騙騙自己日本人的掌聲與金錢，他們在世界樂壇只是一群跟屁蟲，寄生在別人原創的東西上，不但可悲而且可恥。

中國則一直都是外來音樂及樂器的垃圾筒，除了少數樂器（例如古

琴），目前所有的中樂器幾乎都是外來的，幸好原創的使用民族或國家早已消滅或失傳，現在這些樂器便反倒成了中國的國粹。也幸好源自或搭配這些樂器的音樂歌樂，很多都是針對各地黃種人的發聲器官體型構造而原創，例如唐努烏梁海（圖瓦 Tuva）的喉泛音唱法（Hoomi），在世上獨樹一幟；然而，卻也跟黃種人的許多原生態音樂一樣，只在特定小眾之間傳誦，並無法登上全球流行的主流、影響感動全體人類。黃種人應該好好發揮自己的潛力，展現志氣，下定決心對人類的音樂做出貢獻，更應大器懷抱開創人類前所未有、新未來音樂的目標。

黃種人的音樂應如何突破現有困境

明白黃種人現有的音樂困境之後，又該如何突破重圍？如果只是一部分的黃種音樂人（包括自覺與不自覺的洋買辦）模仿並引進西方古典、現代的所有音樂類型，自然可以隨其繼續發展，繼續抄襲引進，畢竟這也能豐富黃種人的音樂生活及聽音樂的樂趣，例如二〇一二年韓國的樸載相（PSY）名為〈江南 Style〉（Gang Nam Style）的歌曲，成了有史以來第二度以母語歌曲（但朴載相的曲，混了大量英語）登上美國告示牌（Billboard）主要榜前三名的黃種人歌曲，而且是有史以來唯一創造全球大流行的黃種人歌星。其實，這首歌曲的音樂及舞蹈裡所有元素，都是模仿、抄襲西方行之多年的電子舞曲及舞蹈而來，雖說娛樂了全球大眾，但在原創性上的貢獻依然為零。不過，在西方音樂強勢之大潮流下，當漢字文化黃種人於軍事力、經濟力及文化原創力還未能超越西方之前，這種攻占方式也是無奈之下的權宜之計，在此路線上若要有所突破，就得做到比西方還西方，將西方所有的原創元素，加以發揮拼湊重組變形。

但黃種人的音樂，不應該只有以感官刺激的動物本能性音樂、來娛樂全球通俗市場的這種茶餘飯後東西，也要有充滿原創性或文化深度的多樣性音樂，就像披頭四等眾多西方音樂人對全球音樂及文化人的長期影響力這般。因此，其他真正有原創能力的音樂人，也不能忘記黃種人對世界流行的音樂「貢獻為零」的事實，更應該要努力原創。初期，可將西方古典及現代音樂全部民族化，加上民族語言的音韻特徵、民族樂器、民族人聲；最後，再反客為主，純粹只以西方已創造的音樂類型為輔，將民族特色聲音當做主軸，創造出

新的聽覺體驗。但是，要想創造對全球人類有原創性且有全球影響力的音樂，光有不同於西方現行音樂還不夠，還必須要有黃種人國家國力及原創自覺性的配合，才有可能乘風而起，順勢而為。

流行，不純粹是音樂好壞的結果呈現，而與文化的強勢性息息相關。西方目前的所有音樂，從古典到最新的電子音樂（無論是流行或古典學院派）都已陷入了瓶頸。以最新的電子音樂為例，不管是商業或學院派，已經多年沒有任何突破，新作只是一再重拾前人的牙慧，可說，西方音樂已進入一再模仿自己的困境（就像其他西方文化一樣），因而，此時正是黃種人的音源切入西方現有音樂的最好時機。

技術與硬功夫的提升

從樂器聲及人聲經過麥克風收集，音源經錄音混音，最終來到人的聽覺系統……每個音樂的構成，於各個階段都有和其美學觀點無關的硬功夫部分，而這是黃種人若要對人類音樂有所貢獻，必須掌握的硬功夫。至於美學部分，這涉及了軍事力經濟力政治力的強弱，並不如技術與硬體的提升那麼單純。

人聲合成重組技術

人聲合成重組技術，是未來各個聲音藝術及日常應用的關鍵核心技術（例如蘋果手機 iPhone 的人聲應答系統 Siri）。這是因為，人聲是目前在音樂及日常聲音運用上最複雜的發聲，如果能掌握這項技術及開發配套的軟硬體，就能掌握創造未來新音樂的新類型，也能掌握各種聲音形式在藝術及日常上的應用。新樂器的開發在視覺上有其意義，但是在純聽覺方面，若能掌握人聲合成重組技術，就能製造出地球上目前所有已知的音源及音色，也能創造出前所未聞的新音源及音色，而後便自然可以新音源及音色，創造出新音樂。

至於新音樂曲式及表現型態的開發（例如新的節奏），則會隨著人類新的生活型態及隨之而來的新美學自然產生。要加速這個新音樂的演化，便得仰賴人聲合成重組技術的成熟運用，由此決定了新音樂的許多進程。

只要想像一下，我們去看一齣多角色演出的歌劇《蝴蝶夫人》表演，所看到的卻只看到一個人在台上唱的場面——一個人可於現場同時唱各種不同角色的人聲，甚至連所有的樂器伴奏都可一人同時演唱出來，這不僅可能，而且會是未來音樂的一個新起點；只要將樂譜輸入程式，音色程式預設好，不管是什麼聲音，不管是獨唱合唱獨奏合奏，一旦透過未來的人聲合成重組技術，一個人都可以同時演唱出來。

黃種人聲帶與身體生理上的獨特性

胸腔的共鳴、頭形的不同，以及因語言的使用帶來習慣共鳴位置的不同，這些都會影響人的喉嚨聲帶所發出的音質、力度與密度。白人、黑人、棕人各有不同的發聲方式、語言習慣，身體的天生結構也不同，無論是靈魂藍調（Rhythm and Blues，R&B）、搖滾樂（Rock and Roll）或饒舌（Rap），只要是當今美國葛萊美獎（Grammy Awards）所涵蓋頒贈的獎項，只要是該獎項是以天生喉嚨聲帶演唱來評斷，黃種人在進行生理結構改造前，於這些項目上是永遠唱不過他們的。因為，這些歌樂之所以會成為如此旋律，如此發聲，正是源自於天生聲帶發聲器官、語言習慣、身體結構的肌肉的協調性，因此若是跟隨西方人引領的方向而走，黃種人在聲樂上注定是輸家，達不到他們的最高水準；甚至，在西樂樂器演奏上，尤其是要用呼吸吹奏，或是跟體型、手形有關的，也大抵是如此情況。

縱使有少數幾個黃種人能達到比較高的西方器樂演奏水準，也無法掩飾此一事實——有些東西，黃種人再怎麼努力也達不到世界最高水準，因此我們若想找出自己聲音的特點及優點，還是必須從傳統的民歌、戲曲與原生態裡的歌唱人聲，加以尋找。

人聲，在目前電子音樂及取樣合成技術還未得到突破性發展之前，仍然是目前已知最複雜的發聲體。因而在可以隨意改變合成人類聲音及生理結構之前，每個人的聲音及說話都是不一樣的，當然也許在可預見的未來，只要經由聲音處理裝置（可外置，也可內建於人體），每個人都可唱出他所聽見的任何形式聲音（像是人類可聽得到人聲、樂器聲、噪音等等，也包括人類目前聽不見的聲音，例如從口中發出一萬兆赫的頻率）。然而，黃種人目前仍必須面對各種族的

獨特身體及共鳴結構，並掌握各民族在各自語言中的發聲獨特性。

從黃種人各民族語言發聲的獨特性，找出新的音源

以日本演歌為例，日本演歌在音樂形式上雖非日本人的原創發明，
但加入了日語之後，便令演歌具備了聽覺的獨特性，就像白人黑人
的人聲獨特性同樣源自於他們各自說母語的獨特方式。從西方古典
歌劇到美國的嘻哈饒舌音樂，以西方語言為母語的人，或是使用西
方語言為音樂載體的人，無論是黑白棕人種都做出了不同的貢獻，
但母語為西方語系的黃種人，對流行類型音樂的貢獻依然幾乎沒有。

黑白棕人種一直不斷在西方語言（尤其是英語）基礎之上，發展各
式各樣在發聲說話及唱歌方面的可能性。反觀以漢語為母語的人
（幾乎百分之百是黃種人），雖總人口數超越英語為母語的人，卻在
八國聯軍之後文化自信心潰散無存，百年來在音樂方面對西方語系
（尤其是英語系）音樂一直亦步亦趨，導致漢語及黃種人生理身體結
構的獨特性、可能性，一直未能獲得充分發展；事實上，光是發展
這個部分，就能對人類音樂做出極大的貢獻。

黃種人如何創造能於全世界流行、並打動異文化人類的原創音樂

黃種人要創造能在全世界流行、並能打動異文化人類的原創音樂，
除了獨特性，還要找到目前人類在聽覺喜好上的共通點。在新的未
來音樂誕生之前，若想對世界音樂有所貢獻，在全體人類聽覺早已
適應，並喜好西化音樂的大潮趨勢下，黃種人只有兩條路可走。

第一條路，是全力發展創造未來的音樂，創造新的樂器，例如全力
研發可發出新音色的電子及萬用取樣樂器；但這個比較難達成，
首先得在音樂及電腦的技術上達到或超越現今西方水準才行，日
本人雖已掌握電子合成器在商業部分的超前（例如日本的 Korg、
Roland、Yamaha），但在音樂本身的創造及音樂電腦軟硬體的應用
上，仍遠遠落後於西方的技術水準，更遑論其他黃種人國家。這將
是一條必須有真功夫硬功夫才能走的道路，黃種人必須走這麼一條
真正原創於黃種人的艱難道路，也唯有走上這條路才能徹底超英趕
美。

第二條路則是先退而求其次，在現今已受歡迎、遍及全球人類的西方古典及流行音樂基礎之上，加入黃種人獨有的音源及音色。此種方式雖非真正的原創，也無法改變西方音樂的結構及原創性獨霸，卻可豐富現有的西方音樂內容，也算是對人類音樂有貢獻的一種方式。在這第二條路上，可萃取現有的民歌、戲曲、原生態音樂、民樂等音樂的音源及音色，例如黃梅調、陝北小調、京劇、台灣原住民的歌聲、民族樂器等等，這些都是現今世上獨一無二的寶貴資產，也是黃種人在傳統音樂來源中比較可能對世界有所貢獻的部分。這些音樂之所以能流傳下來，跟黃種人在被西方奴化之前對音樂的聽覺審美觀是相連的，這些音樂足可使西方音樂的豐富性極大化。

人類未來音樂的可能面貌

要猜想人類未來音樂的可能面貌，除了豐富多樣化的音源、音色、語言人聲、音樂節奏類型，更重要的是必須了解聽覺產生的基本過程，控制改變神經衝動，和控制大腦皮質聽覺中樞解讀成音的方法。

●聽覺產生的基本過程

聲波，是通過空氣傳導和骨傳導兩種途徑傳入內耳。聲波傳入內耳使柯蒂氏器中的毛細胞興奮，毛細胞又和聽神經的末梢相接觸。毛細胞興奮後，會激發化學物質的釋放，使蝸神經產生衝動。衝動，會經蝸神經傳導路徑傳入大腦，經大腦皮質聽覺中樞的綜合分析後，我們就會感覺、聽到聲音。這整個過程由聲波引起的機械振動，轉變為生物電能。

●聽覺的傳導路徑

外界音波→耳殼→聽管→鼓膜→鎚骨→砧骨→鐙骨→前庭→耳蝸中的淋巴液→耳蝸上的聽覺受器（柯蒂氏器 Orgin of Corti，由毛細胞 Hair Cells 組成）→聽神經（前庭耳蝸神經，第八對顱神經）→耳蝸核（Cochlear Nucleus，將訊息依高低頻率進行區分）→交叉繞過上橄體核（Superior Olive，聲音的位置由此處辨別）→上傳至中樞神經纖維束（the Lateral Lemniscus）→下視丘（Inferior Colliculus）→視丘（Thalmus）裡的內側膝狀體（Medial Geniculate Body）→大腦聽覺皮質區（Auditory Cortex）→成音。

由以上精細的傳導可知，只要在音源到成音的路徑中改變任何一個過程，我們就會聽到不同的聲音。因此，未來音樂很可能經由醫學手段與技術，對此傳導路徑施以各種刺激控制（例如人工化學物質、人工生物電能），達到控制大腦聽覺皮質區成音的結果，因而能創造出人類未來新的聽覺體驗──未來的音樂。

藥物在聽覺視覺幻覺和身體的使用

最早可用以影響聽覺及感官的東西是酒精，從人工的酒精、到可以製造出天然幻覺的迷幻菇、大麻，一直到近代大量被使用的嗎啡、鴉片、安非他命，海洛英、古柯鹼……使用者在使用時都因得到很大的享受而無法自拔，可見追尋這種快樂也是人類的天性之一。

其實，運動時產生的安多芬（Endorphins，又稱腦內啡）也是類似嗎啡、鴉片的腦下垂體分泌，可說是天然止痛劑和興奮劑；以近代使用於各種用途的藥物 LSD 上癮為例，LSD 以前是合法的，心理醫生甚至可以開給病人做為治療用途，所以問題主要還是在濫用、上癮，以及對中樞神經的損害方面。然而，追尋感官享受的極致是人的天性之一，不是靠禁止就可抑制的，因此若能令藥物變得像食物般無害，或是不使用藥物而直接用生物電能，也許可達到得其利避其害的結果。

五官及各種生理神經的虛擬刺激令聽覺享受極大化

聽覺、視覺、幻覺、電子音樂、藥物與聽覺神經反應的控制，以上元素的混合使用及其控制技術，將左右人類未來音樂的面貌。今日，已有很多人沉迷於聽音樂時要使用藥物助興，他們喜歡一種如夢似幻、真假莫辨，以及音樂變得具像化的感覺。藥物，加上電子音樂，以及現場的感官刺激，還有影像虛擬視覺的整個大結合，可達到目前應用於感官上的極致。將來，很可能可從醫學生理聽覺及藥理角度進行連結與突破，人類聽覺體驗的快樂感有著音樂電波脈波刺激，也可合併視覺及生理上的各種變化（例如刺激不同的荷爾蒙，或控制生物電能），進而達到最大的快樂。

在未來，這些聽覺、視覺、幻覺、電子音樂、藥物與聽覺神經反應的控制，也有可能變成如同餐廳的菜單；意即，為達成特定聽覺生

理享受，使用者也許可以像點菜一般選擇不同的聽覺及視覺神經反應的刺激，甚至可虛擬出皮膚的觸覺，令使用者的享受與快樂，更為多樣化且極大化。

4 結語

黃道
廢道
無道
無無無無無無無⋯⋯道

黃書
廢書
無書
無無無無無無無無⋯⋯書

何不出世何不入世

馬雅人出世的說　人類五萬年文明徹底再來一次　又入
世的量出金星與地球的距離
我說　宇宙無始無終　地球必毀　萬物何用　萬論皆休

老子出世的說　道可道非常道　又入世的弄出了一本
《道德經》
我說　天地不道　道也不道　老子不道　經也不道　道
如不道

釋迦牟尼佛出世的說　執著是痛苦來源　又入世的說我

黃粱一夢

從巨象變成蜉��<ruby>蝣<rt></rt></ruby>到全人類涅槃

不入地獄誰入地獄
我說　原慾誅八戒　隨慾勝悟空

孔子出世的說　道不行乘桴浮於海　又入世的周遊列國找賞識他的
國君
我說　思無邪　自我一生矛盾也沒關係　我們都是人

莊子出世的說　泉涸　魚相與處於陸　相呴以濕　相濡以沫　不如
相忘於江湖　與其譽堯而非桀　也不如兩忘而化其道　又入世的跟
趙文王說天子劍　要他用天子劍匡諸侯服天下
我說　混沌不清　陰陽不分　善惡不明　是非不定　乃天地人合一
之境

竹林七賢向秀郭象出世的說　自生自爾自化自然自得　又入世的用
外在的酒色藥石音樂山水寄託靈魂　甚至任職當權熏灼內外
我說　反自然順自然都是大自然　反自生反上帝都是大宇宙自生自
滅

陶淵明出世的說　不為五斗米折腰　又入世的懷有大濟於蒼生的壯
志　經過四次掙扎才辭成官
我說　不為五斗米折腰那麼五十斗呢　總有個價錢或東西可使沒有
信仰的人違背原則良知　殉道則是對所有物質慾望的鄙視　是出世
的最高階段

李白出世的說　君不見黃河之水天上來　奔流到海不復回　千金散
盡還復來　五花馬千金裘　呼兒將出換美酒　又入世的擺脫不了對
仕宦的執著渴望　並寫出為自己請託的贈崔諮議　贈崔司戶文昆季
等露骨求展抱負的詩
我說　人可以是理想的奴隸　美酒的奴隸　回憶的奴隸　他人的奴
隸　自己的奴隸　不論是那哪一種奴隸　但始終都是奴隸

蘇軾出世的說　我欲乘風歸去　又入世的投入政治而入獄　牢獄生
涯結束後謫遷黃州終不悔
我說　痛苦自虐貧困快樂富有性壓抑性滿足　不管哪一種　只要是

有自尊能自傲的活著　都是一種幸福

蘇格拉底大智的說　我唯一知道的是我一無所知　又若愚的　常被潑婦妻子侮辱　最後還被判死刑選擇飲毒而死

我說　人類真的一無所知的是命運　人類一無所感的是人類自己

柏拉圖純真的創造了人類歷史上最早的烏托邦理想國　又市儈的在理想國裡提議對他自己的階級有利的政府形式　提倡獨裁又階級歧視的貴族政體　強調城邦整體　鄙視個人幸福

我說　細菌對一個從象腿上的觀察所得到的構想與結論　再怎麼天才　再怎麼智慧　也只能是細菌的天才　只能是細菌的智慧　只能是細菌的想像　連大象毛長什麼樣子都搆不著邊

亞里士多德無情的說　我愛我師　我更愛真理　又深情的說　我不想讓雅典人再犯下第二次毀滅哲學的罪孽　為師祖蘇格拉底之死不平　亞里士多德還留下一個遺囑　要求將他埋葬在妻子墳邊

我說　凡人最愛的還是愛人親人　在凡人的世界　真理最後總是在愛與親情前低頭

笛卡兒嚴肅的說　我思故我在　普遍懷疑　絕不承認任何事物為真　對於完全不懷疑的事物才視為真理　卻又可笑的和一位叫法蘭辛（Francine）的女性機器人一起旅行

我說　愛不是靠理性懷疑　不是靠打破砂鍋問到底得來的　不放棄理性就跟機器人愛吧

洛克以權威醫生的口氣說　人生下來是不帶有任何記憶和思想的又像無奈的病人　終身未婚　也沒有留下任何子女　沒來得及在有生之年看到他的理念被實踐

我說　醫生也醫不了自己的病　只能看著自己的身體不自主的翻觔斗　一次次的跳　最後還是站在原地　來也空空　去也空空

盧梭道德的說　人是生而自由平等的　又墮落變態的鍾情年輕少女　一心渴望著她們的鞭打　他曾躲在黑暗街頭　向陌生女子露出他的臀部　渴望著她們的鞭打　盧梭與同居了二十五年的女僕瓦瑟在布戈市結婚，他們生有五個孩子　全部寄養在孤兒院　盧梭拋棄其

所有的親生孩子
我說為了熱血喚醒全人類　而冷血的犧牲自己的骨肉　真是個絕對
高貴的絕對野蠻人

尼采警世的說　與怪物戰鬥的人　應當小心自己不要成為怪物　當
你遠遠凝視深淵時　深淵也在凝視你　又自信的說　假使有神　我
怎能忍受我不是那神　所以沒有神　尼采最終終於出了神　受精神
病折磨至精神崩潰
我說不一定沒有主宰　但是萬物的造物者就算有　祂顯然忘了我們
的存在

馬克思譏諷的說　我只知道我自己不是馬克思主義者　又自嘲似的
度過悲慘的一生　因為經濟和債務問題　精神焦慮　受痔瘡肝病風
濕所苦　極度潦倒　為了解放全人類的理想　使妻子小孩都遭受悲
慘命運　他七個孩子中有四個夭折　剩下的三個其中兩個自殺　一
個先他而病死　連妻子生病藥錢都付不起　小孩夭折也付不起埋葬
費　他窮到說對他而言最愚蠢的事就是結婚　其實他深愛他妻子
深愛他的每一個小孩　但他也深愛全體人類　馬克思還是忍住悲憤
寫出了他的最重要著作《資本論》　雖然他造福不了自己的家人　他
卻建立了他想拯救全人類的唯物史觀
我說　自觀主觀到客觀忘我　每一個人都可以創造想法　解釋這個
世界　但宇宙還是天地不仁　不理人言　不理人性　自行其是

貝多芬滿懷希望的寫給一位醫生的信內說　我要向我的命運挑戰
貝多芬創作了降E大調第三交響曲　之後被標題為英雄　獻給的是
永恆和人類　後來他的英雄拿破崙背叛了革命　他貧病交迫又見婚
姻無望　支氣管炎　長期臥床　變成全聾　這一切讓他開始流失希
望　他的歌曲　囚徒的合唱　有一段唱著　噢　自由啊　自由　你
會回來嗎　我的天使　我的一切　我的我　這合唱成了貝多芬命運
交響曲的最後哀歌　貝多芬因為肝硬化動了四次手術　醫生安德雷
阿斯瓦烏希給了他七十五瓶藥　藥物摧殘了貝多芬至死
我說　在無語無言無想無思的音樂天籟中　人類才是絕對自由的

天籟說

老子的老子還是老子
規律沒有不規律　不規律中找出規律　規律必然不規律
人有人性天生所然

廢書胡說連篇
宇宙有幾千萬億兆個星河
方內方外　無限擴張
人不過是宇宙一灰塵一微生物一夸子一無子一無無無無無無無無無
無……子

胡想十八次等於零

catch 191
黃書

作　　者 張洪量
責任編輯 繆沛倫
編輯協力 楊儀靜
校　　對 謝惠鈴、李微
美術設計 蔡南昇、盧紀君
封面攝影 鍾少雯
法律顧問 全理法律事務所董安丹律師
出 版 者 大塊文化出版股份有限公司
台北市105南京東路四段25號11樓
www.locuspublishing.com
讀者服務專線 0800-006689
TEL (02) 87123898
FAX (02) 87123897
郵撥帳號 18955675
戶　　名 大塊文化出版股份有限公司
版權所有　翻印必究

總 經 銷 大和書報圖書股份有限公司
地　　址 新北市新莊區五工五路2號
TEL (02) 89902588 (代表號)　FAX：(02) 22901658
製　　版 瑞豐實業股份有限公司
初版一刷 2013年1月
定　　價 新台幣300元

ISBN 978-986-213-414-6
Printed in Taiwan

圖片來源

24 Dragon robe of Chinese Emperor Qianlong (1736-1796)/Grassi Museum, Leipzig, Germany/ Photograph by Dr. Meierhofer
28 Open Clip Art/ 百樂兔
31 地圖繪製：練徹
32 地圖繪製：練徹
34 U.S. National Archives and Records Administration/ by William Dinwiddie
36 The North American Indian / Photograph by Edward S. Curtis (1868–1952)
39 圖片翻拍：yiching
40 圖片翻拍：yiching
43 地圖繪製：練徹
49 地圖繪製：練徹
50 The teaching Confucius/ Portrait by Wu Daozi, 685-758, Tang Dynasty.
54 Photograph by Gisling
56 圖片翻拍：yiching
58 圖片翻拍：yiching
62 地圖繪製：練徹
63 地圖繪製：練徹
75 Library of Congress /Author: Johann Theodor de Bry (1561–1623)
77 繪圖：盧紀君
79 Creator: Department of Defense. Department of the Army. Office of the Chief Signal Officer. (09/18/1947 - 02/28/1964)
91 Frontispiece from Picturesque New Zealand, by David Paul Gooding. 95 The New Student's Reference Work/Author: Unknown
97 The New Student's Reference Work/Author: Unknown
99 The New Student's Reference Work, 5 volumes, Chicago, 1914 (edited by Chandler B. Beach (1839-1928), A.M.,
    associate editor Frank Morton McMurry (1862-1936), Ph.D.), scanned by User:LA2 in October 2005.
104 Historica, Yamagawa shuppan/Author: Anonymous
105 Laurence Oliphant (1860). Narrative of the Earl of Elgin's Mission to China and Japan in the Years 1857, '58, '59. p. 279./Author: Unclear
106 Naval Historical Center Photo # SC 213700/Author:Army Signal Corps
110 地圖繪製：練徹
115 The White House from Washington, DC
116 1840 advertising poster Via Duke University website/Author:Jos. A. Beard
126 originally posted to Flickr as George Soros - World Economic Forum Annual Meeting Davos 2010/Author:Copyright by World Economic Forum.
    swiss-image.ch/Photo by Sebastian Derungs.
128 Tsien Tsuen-HsunScience and Civilization in China: Volume 5, Part 1, Paper and Printing, C.U.P.1985/Author:Chris55
131 Public domain
141 from Moore, Frank, ed. Portrait Gallery of the War. New York/Author: D. Van Nostrand
145 Maj. R.V. Spencer, UAF (Navy). U.S. Army Korea - Installation Management Command.
146 U.S. National Archives and Records Administration
148 Collection of photos related to the September 11 attacks, meant to be used as the infobox image for that article on Wikipedia./Author: UpstateNYer
152 Transferred from en.wikipedia; transferred to Commons by User:BanyanTree using CommonsHelper
153 圖片翻拍：yiching
154 圖片翻拍：yiching
161 Etching created by Cadell and Davies (1811), John Horsburgh (1828) or R.C. Bell (1872).
162 International Institute of Social History in Amsterdam, Netherlands/Author: John Mayall
178 Author: Bobjgalindo
188 Author: Alexander Bassano
190 Library of Congress
216 圖片翻拍：yiching
217 圖片翻拍：yiching
219 圖片翻拍：yiching
221 圖片翻拍：yiching
228 圖片翻拍；yiching
229 圖片翻拍：yiching
237 圖片翻拍：yiching
238 圖片翻拍：yiching

國家圖書館出版品預行編目 (CIP) 資料

黃書 / 張洪量著. -- 初版. -- 臺北市：大塊文化, 2013.01
　面；　公分. -- (Catch ; 191)
ISBN 978-986-213-414-6(平裝)

855　　　　　　　　　　　101026214